南非文学译丛

血

脉

Bloodlines

Elleke

Boehmer

[英]

艾勒克·博埃默　著

蔡圣勤　江鹏　译

深圳出版社

版权登记号　图字：19-2024-196号

图书在版编目（CIP）数据

血脉 ／（英）艾勒克·博埃默著；蔡圣勤，江鹏译.
深圳 ： 深圳出版社，2024. 12. -- （南非文学译丛）.
ISBN 978-7-5507-4087-7

Ⅰ. I561.45

中国国家版本馆CIP数据核字第20243K0Q33号

血脉

XUEMAI

出 品 人　聂雄前
责任编辑　林凌珠
责任校对　万妮霞
责任技编　梁立新
封面设计　朱镜霖

出版发行　深圳出版社
地　　址　深圳市彩田南路海天综合大厦（518033）
网　　址　www.htph.com.cn
订购电话　0755-83460239（邮购、团购）
设计制作　深圳市龙瀚文化传播有限公司 0755-33133493
印　　刷　深圳市希望印务有限公司
开　　本　889mm×1194mm　1/32
印　　张　11.25
字　　数　262千
版　　次　2024年12月第1版
印　　次　2024年12月第1次
定　　价　59.80元

献给史蒂芬·马修斯

这是一张标注"1899年纳塔尔"的黑白明信片，正面有海滩和带大遮阳篷的码头茶室，背景是茂密的灌木丛。三位女士和两位身着黑衣的男士，站在一匹拴着的马旁边。安西娅·哈迪和朵拉·迈肯夫人都熟悉这张明信片。它陈列在当地历史博物馆的玻璃柜中，旁边放着一颗"沾有布尔人①血"的子弹。明信片背面的字迹很浅，内容未向公众公开。

亲爱的家人们：

　　你们无法想象我们多么渴望回到海边与你们团聚。我们一直饱受饥饿的折磨，但精神状态尚可。围城局势总体上稳定，但有时会变得十分紧张。你们听说了吗？成功投向镇里的炸弹多数来自爱尔兰反叛者，而非来自荷兰人。

　　我们非常希望能在圣诞节前得到解救，现阶段我们无法透露更多信息。

　　明信片落款签名为"我们所有人"。

---

① 布尔人，阿非利卡人的旧称，南非的白人种族之一，以17—19世纪移民南非的荷兰裔为主。

1

上午 11 点 10 分，在海滨便捷超市的正门外，一枚炸弹爆炸了。

一瞬间，白烟滚滚。爆炸后，残骸碎片飞溅坠落。窗框扭曲，架子碎裂，砸在爆裂的罐头上。米袋破裂，鳄梨盒和菠萝木箱也被压扁。碎石瓦砾翻滚。瓶子、平板玻璃、冰箱门、红蓝相间的水桶、铁锹、瓷砖、收银台，处处是支离破碎的痕迹。

被炸裂的金属穿透皮肤的屏障，刺进肉体，撕裂了血管。瓦砾压碎了骨骼。一个男人尸首分离，一旁的混合糖果柜倒在水泥地上，糖果沿着他的血迹散落。飞来的玻璃碎片将某位受害者的左臂从肩膀处切开，在死于严重的腹部创伤之前，她曾试图用另一只手臂将其攮在身边。

这场爆炸发生在一个星期四，正赶上复活节周末。今年的复活节较早，但天气还是异常炎热。驱车八百多公里来到海边的人比平常更多，享受仍然温暖的海浪、炙热的海风和冰激凌融化滴落在脱皮下巴上的凉意。天气实在是太热了，上午 10 点左右，沙子就开始灼热起来，衣服下的皮肤感觉烧伤一般。南克莱克顿水族馆是南半球最大的水族馆，装有空调，父母带着孩子们在这里排起了长队，就连表演的海豹也比平时更为暴躁。为寻地遮阴，早点吃上午饭，一张张因日晒而泛红起皱的脸庞，聚集在购物中心和海岸酒店的酒吧里。

这枚炸弹是自制的，用了一堆炸药和家用钉子，小巧轻便，它被装在一个运动包里带到了爆炸地，包里还装着一双满是泥垢的运动鞋和牛肉汉堡包的残渣。仿佛这防油纸里包的食物很烫，或涂满了蛋黄酱，滑腻腻的一样，这个包裹被小心翼翼地放在便捷超市拱廊边的垃圾桶里。在汉堡包包装纸的掩盖下，炸弹从包里滑了出来，发生了爆炸。

在走向垃圾桶前，背着运动包的男人在超市买了一瓶波纹塑料瓶装的番石榴汁。他把金箔瓶盖往后拧，喝着果汁离开了超市拱廊，转身朝邮局方向走去，准备打个电话。

大约在上午 11 点 06 分，一个孩子举起手，指向超市快速收银台上陈列的亮晶晶的聪明豆。印度洋反射的蓝色光芒在她头顶的天花板上翩翩起舞。孩子的母亲刚买了六个超市现场烘焙的油亮的十字面包，她一边等待找零，一边剔出指甲缝里的沙子。她拍了拍孩子举起的手，往里塞了一个热乎乎的面包。

上午 11 点 10 分，一个街区外，一名男子用手捂着耳朵尖叫，却无法听到自己的声音。警车和救护车蜂拥而至，孩子们大喊大叫，人们抱头乱窜。他掸了掸衬衫和裤子上的灰尘，穿过熙攘的人潮，匆匆走开。耳中的嘈杂声愈加响亮。玻璃碎片像钻石地毯般覆盖在人行道上，发出脆响，他没有听见。身边跑过的人尖叫咒骂着："去他们的，去他们的，该死的恐怖分子，一切都没有改变，去他们的。"他也没有听见。他看见嘴唇在翕动，却听不见任何声音。

大约三天后，他耳朵里的噪声达到了顶峰，与此同时，感谢上帝，他的听力恢复了一些。有人呼吁目击者挺身而出。于是，这名男子悄悄地躲在一边，练习用英语大声告诉自己，他去附近是为探望女友维多利亚·马兰古，她在一个度假公寓里做清洁工。确有其事。他想背下来，以防有人怀疑他。国家也许正在扭转颓势，曼德拉老人自由了，大变革的传言像咖喱粉一样弥漫在空气中，灼人眼球——但你仍然无法相信这局势。如果警察知道他，菲尼亚斯·姆德拉罗斯，一个恰好在爆炸现场附近的黑人，毫无疑问，他们会把他带走审问。

在监狱里，一个人仍然可能仅仅因为在抗议人群中喊了一声"权力"就被人用水管勒死。

上午 11 点 10 分左右，一位老人在海边山坡上的花园里修剪玫瑰，突然感到一阵猛烈的震动。他想，是地震，还是地下采矿工程？当然了，这里的海岸并没有任何地下工程。他走向花园门口，顺着山坡朝镇中心望去，似乎一切如常。大约一小时前，住在隔壁的女士去超市了。他希望她一切安好。从门口，他可以看到九重葛树篱和树木之间有一条细细的蓝色海洋线。他想，如果发生地震，海平面会突然上升并折叠吗？

突然，爆炸了。瞬间的破坏造成了耳鸣，穿越了几个世纪。

过去与未来相互碰撞，箔纸包裹的糖果漂浮在流淌的血泊中。

九十年代初的那个濯足星期四①，南克莱克顿海滩的爆炸夺

---

① 指濯足节，基督教纪念耶稣建立圣体圣血之圣餐礼的节日，在复活节前的星期四。

去了六条生命，六十七人因飞溅的玻璃碎片和碎金属而受伤。报纸上称，十分不幸的是，相比以往，这次更像一起真正的突发事件。但就突发事件而言，死亡人数相对较低。伤亡人员碰巧都是白人，相比其他群体，白人更有能力在非洲的烈日下到海边度假。

2

一般情况下，安西娅·哈迪一天只会完成一篇新闻报道。

"昨天，这里最年长的居民奥利弗·斯旺在家人的陪伴下，庆祝其百岁寿辰。"

安西娅将瘦削的身体从写字板上挪开，眯起眼睛，透过苍白的睫毛端详着句子。不，不够好。不过是平淡无奇的事实罢了，太平淡了。

"昨天，这里最年长的居民奥利弗·斯旺迎来了自己人生的第一百零一年。她端着淡黄色的生日蛋糕，上面燃着十根大蜡烛（寓意 10×10），身旁围着她的四个孩子、十一个孙子，还有七个……"

但这种写法似乎南辕北辙，像家政杂志的风格。安西娅撕掉这一页，拿起一张照片端详，上面的奥利弗·斯旺正拉着一个重孙穿一件宽松的粉色安哥拉羊毛开衫。这件开衫正适合年龄不大的人，其星形纽扣在孩子的脸颊上留下了印记。安西娅打了个哈欠，把额前稀疏的金色刘海吹散。

这天中午，办公室安静且闷热。角落里，一台电风扇轻轻地转动着，阳光照在蓝色的窗户上，安西娅任凭想象驰骋——它们仿佛悬挂在一团蓝色烈火的中央。

　　邻桌的亚瑟·奈杜头靠信筐，一撮撮光滑的黑发从摊开的手指间伸出来。其他记者都在吃午饭，安西娅则留下来完成奥利弗·斯旺的故事。其实亚瑟的唠叨不无道理，这不过是一天中的某一项工作，她大可不必如此拼命。但当时安西娅还是新人，她告诉亚瑟，她对业务还不熟练。显然，她拿起笔却写不出东西便是佐证。

　　她写了几个关于百岁寿辰的简短段落。一般情况下，在周四这天，安西娅只会在笔记本上写下这些潦草的段落。原因有二，其一，复活节季开始了。《纳塔尔^①时报》虽然风格轻松，是真正意义上的地方报纸，但通常会尝试刊登两页严肃的本地新闻。在假日期间，编辑们则降低了要求，故事不追求深度，报纸内容也更少了。"让我们面对现实吧，我们必须去读者想去的地方。"记者，尤其是新记者，被派去寻觅假期中的奇闻趣事："选美皇后参观野生动物保护区""男孩冲浪时遭遇巨浪""退伍军人在山上骑摩托越野"。尽管会被压在沾满沙子的手肘和各式防晒霜瓶子底下，但这些故事确实能吸引人们的注意。

　　另一个主要原因是安西娅是新来的见习记者。她今年二十三岁，是报社里最年轻的记者之一。今年早些时候，她给主编写了一封充满活力和决心，甚至可以说非常活泼的信，"我想做的是，写出家喻户晓的新闻"。安西娅在纳塔尔大学的硕士生导师尼古拉斯·格里菲斯博士热心为其引荐。

　　"安西娅·哈迪有一种敏锐且稳定的洞察力，如果她想继

————————
① 纳塔尔省，南非联邦和1994年以前南非共和国四个省之一，此后改称为夸祖鲁-纳塔尔省（又称夸-纳省），位于南非的东部。

续当一名研究世纪之交诗歌的学者，这种洞察力将无比珍贵。不过她志不在此，如她所言，诗歌里的文字似乎与我们生活的世界相去甚远。我相信她会在一个截然不同的文学领域发现自己的才能具有重要价值。"

安西娅·哈迪想离开大学，致力于写出家喻户晓的新闻，这种热切的愿望很快打动了她的新雇主。编辑们用信件通知了她到岗的时间。后来在一次通话中，她要求提前一个月开始工作，如有必要，工资可以减半。"我是认真的，我希望能尽快开始工作。"他们提醒道："你会无事可做，而且也没有报酬。"安西娅略有踌躇，但仍表示自己并不介意。她来到主编的办公室，满脸通红，激动地陈述自己的情况。她穿着宽松的印度裙子，苗条的身材出奇地纤细，披肩的头发刚刚洗过，蓬松透亮。

报社仍然犹豫不决。两周后，报社的一名记者一夜之间失踪了。他的朋友称，这与消费者的抵制有关，他不得不逃往莫桑比克。其妻子在接到电话时则称："他无法面对我，因为我发现他有别的女朋友，衣柜里塞满性玩具和崭新的性感衣服。"

于是，安西娅接替了他的工作，第一个月领半薪，一边工作一边自学。他们表示有不懂的她可以问，但一定不要打扰到别人。

她尽可能按要求行事，但感觉不太对劲——尤其是当下，政治上的变革层出不穷，新闻业不应该更加忙碌吗？话虽如此，她还是小心翼翼地度过了最初的几周，独来独往，默默地完成自己的报道。她几乎难以相信自己的运气，薄唇因专注而紧绷着。从韵律分析、音步长度到版面分栏、版面尺寸——

将日子转化为报道，将声音即时转化为段落，一天断断续续地写出两段至少可以发表的故事，在南非的这一历史性时期——这已经是惊天好运。

安西娅再次拉过笔记本，撕下一页，决定重写关于奥利弗·斯旺的第一个简单句。反正现在还为时尚早，不必为了效果而过度劳累。

"昨天……"写到这里，她放下笔，凝视着蓝色的窗户。

酷热中，她的思绪模糊，变得迟钝，开始飘忽不定。她注意到附近桌子上的电话响了，恍惚中觉得声音似乎是从别的房间传来的。电话铃声懒洋洋地盘旋在潮湿的空气中，缠绕着风扇有节奏的嗡嗡声。亚瑟动了动身子，却没有醒来。他的呼吸声在安西娅耳边悠扬，在他旁边实在是很容易打瞌睡。她的额头枕在笔记本上，皮肤贴着冰凉的纸张。她摇了摇头。工作时昏昏欲睡，就这样过了一个多月，四十天，四十一天……

电话声戛然而止，几乎同一瞬间，另一张桌子上的电话又响了。

"我要接吗？"

亚瑟仍旧在睡觉。铃响了二十多声，仿佛钻进了她的心里。她拿起电话，那头传来新闻编辑的声音。

"你好，你是？喂？噢，安西娅啊。谁和你在一块？"

背景中有交通噪声，他应该在城里的某个公用电话亭里。

"听着，我刚刚从广播中听到，海滩那边发生了恐怖袭击之类的事。在南……南克莱克顿。我希望有人能尽快赶到那里，正好亚瑟在，你们一起去，现在就出发，这可是大新闻。我要得到目击者的证词，明天登上头版。"

这天上午早些时候，甚至在半小时前，安西娅还在写奥利弗·斯旺的故事，第四十一件这样的小趣事，她简直不敢相信自己竟有如此运气。如今，真正的大事件发生了，她梦想成真。她几近头晕目眩，快要喘不过气来。此时此刻，从诗歌到新闻报道，沿着拥挤的东街驶向爆炸现场，在她身旁，亚瑟·奈杜汗流浃背地握着方向盘。安西娅无法相信这千载难逢的机会竟降临到自己身上。

此刻，安西娅清楚地意识到，她花了那么多时间研究的维多利亚时代晚期诗歌，与这一戏剧性事件，与外部世界并没有多大的联系。毫无疑问，两年前她做了错误的决定，应该选择不那么令人疲惫、不那么虚无的课题。那些世纪末的暮色诗歌，那些皎洁的月色，那些缓慢的游行和弥漫的渴望，似乎与这一切都相去甚远，在当时却对她有着莫名的吸引力。其时，诗歌精雕细琢出的轮廓创造了一条道路，通往另一个地方——那里缥缈朦胧，不用履行社会责任，极其平和，与世无争。

他们来到东街的尽头。士兵们驻扎在格林阿克斯百货商店的入口处，阳光在机枪的枪管上闪烁着。为确保穿着精致鸵鸟皮鞋、打扮得体的女士们可以安心购物，在充满压力的当下，这里的世界便是如此，处于红色警戒状态。曾经在公开场合互相抨击、在旧种族隔离斗争中剑拔弩张的双方，也已开始考虑和谈。关押了二十五年的政治犯被拍到在阳光下愉快地眨着眼，每天都有二十四小时多种族迪斯科舞厅在海滨开业。相比原本充满距离感的虚无缥缈的诗歌世界，安西娅更乐意来到这里。事实上，她既紧张又兴奋。

亚瑟开车经过一个停车标志，在南滨海大道的尽头，车流变得密集起来，可以看到码头方向闪烁的蓝色警灯。亚瑟试图沿着主干道绕南克莱克顿转一圈，穿过旧郊区向海滨驶去，但这里的道路也被堵塞了，杂乱停靠的汽车或疯狂鸣笛，或早已被遗弃。他们仍然无法看到海滩方向有什么异常。海鸥在头顶盘旋尖叫。

"这行不通。"亚瑟说。他脸上狭长的线条似乎沉了下来，显出深深的沟壑，声音却出奇地沉稳。"我们把车停好，跑过去吧。不管是什么，把你看到的都写下来。如果是大新闻，我们会从路透社看到官方报道的。如果我们走散了，你就坐出租车回去吧。"

不过他们并没有分开，因为路的尽头被警方的警戒线封锁了。人们靠在橙色的塑料警戒线上，好像很冷似的，紧挨着蜷缩在一起。他们穿着凉鞋和沙滩衫，与愁云密布的脸格格不入。在另一侧，一个人力车车夫头戴塑料犀牛角头饰，斜靠在珠饰推车上，与其他人一样停在通往海滨的路上。尽管他小心翼翼，但挂在他脚踝上的一串串符咒和用可乐瓶盖做成的护身符偶尔还是会叮当作响。每当响声传出，人群中的叽叽喳喳、窃窃私语就会停止，大家都转过脸望着他。

"不过是些捣乱分子。"

"我们的新伙伴，见鬼吧！"

"我不明白，该死的，他们没有脑子。他们只会说：'不，巴斯①，我不明白。'"

"别退让，看看会发生什么。"一个男人的脸因假哭而扭

---

① 巴斯（baas），来自南非荷兰语，意为"老板""先生"，是旧时黑人对白人的称呼。

曲得厉害，"我说，干脆以牙还牙。去他妈的和平！让他们尝尝我们的厉害。"

"杀了那些混蛋，为什么不把他们活活烧死？"

两个警察紧紧地挽着胳膊，守着警戒线，亚瑟透过他们的身影张望。午后的微风从海上吹来，夹杂着沙尘。

"你闻到炸弹碎片的味道了吗？就像在建筑物内部呼吸一样。"安西娅说。

"我不想去想这些，"亚瑟说，"我们继续走吧，这群人的情绪糟糕透了。"

他说话时，前面一个白人妇女转过身来，似乎想让他安静，却看到了他的肤色，她的脸立即抽搐了一下，接着挺身向前走去。

亚瑟走到一边，利落地转过身来。安西娅紧随其后，她能感觉到那女人呼出的气息喷在她脖子上。

他们接着去了医院，但这里设置了更多的橙色警戒线，聚集了更多人。亚瑟向一名安保人员出示了记者证："有伤亡名单吗？"那人却假装没有注意到亚瑟，目光从他脸上移开。

"他是印度人。"安西娅低声说。

"什么意思？像我这样的黑人吗？安西娅，拜托，真是咄咄怪事。自从我为《纳塔尔时报》写了一篇批评有色人种聚居区过度拥挤的专题文章，我妈就很少和我说话了。"

他们又等了一个小时。四辆警车在车流中缓缓驶来，他们听到救护车到达后逐渐减弱的鸣笛声，安全入口一定藏在大楼侧面的某个地方。

"看上去是一次非常严重的袭击。"安西娅说。

012 | 血 脉

"天知道呢，这可能是一场大灾难，也可能是有计划的报复。也许有人对变革的速度感到不耐烦了。虽然老囚犯们获释了，但我们离民主选举还有很长一段路要走。在许多方面，我们仍处于水深火热之中。但我怀疑有人擅自行动，不如回办公室，听听广播新闻，写下我们能写的东西。"

办公室依旧安静而闷热。那天，工作人员都回家了。新闻编辑里克在亚瑟的桌子上留下一张便条，上面写着："出去吃个快餐。你们有什么发现？"

亚瑟办公桌后面的文件柜上有一台收音机，在每两首热门歌曲的间隙都会重复播放同样的新闻片段："重大伤亡。疑似有十人遇难，近百人受伤。"

主持人的声音尖利，似乎很激动："警方表示，这是一起随机的炸弹恐怖袭击。"

亚瑟在桌子之间的过道踱步，拨了拨汗湿的衬衫，嗡嗡作响的风扇不停转动着，向左，向右……像一名全神贯注的观众。

"你试着开始写吧，"他说，用手指点了点安西娅的写字板，"我得放松一下。我百思不得其解。这似乎是个重大变化，如果有运动组织参与其中，那就八九不离十了，但这不像他们的风格，他们并非冷酷无情，迄今为止也没有采用过这样的战斗方式。那为什么现在要投炸弹呢？或许这枚炸弹本应在别处引爆，却误伤了平民。我不知道这他妈的是怎么回事，糟糕透了。"

安西娅试图从街道警戒线旁人们所说的话中提炼出主题。

她写下"愤怒"和"慌乱"，然后停住了。

接着，她又写道："昨天海滨发生的爆炸事件，引发了愤怒和慌乱。"

愤怒和慌乱？她停下来，把笔推开，对自己的行为感到惊讶。用早上写百岁寿辰的同一支圆珠笔、使用同样的句式来报道这起事件，她突然感到很抗拒。"昨天……"

她要说些什么？她究竟知道什么呢？有十人疑似遇难。"愤怒""慌乱"。文字显得如此磕磕绊绊，苍白无力。即使是像亚瑟这样心思细腻的共情者和经验丰富的记者也不知道该写些什么。非正义性行为，看似报复，有十人疑似遇难。去年，无论是在大学里还是在报社，反压迫斗争是无人质疑的理想。通往正义的道路有时会出现分歧，但即便如此，人们都一致认为，某些权利必须用武力捍卫。她曾经大声疾呼，在别人发言时用力点头：积极分子仅因要求权利而挨饿，被殴打、电击、下毒，这是不可饶恕的。

然后，一枚炸弹爆炸了，有十人疑似遇难。

这不仅仅是暴力问题，还有事件发生的特定时机，让人深受打击。曼德拉老人刚从牢房里出来，鞋上的灰尘还没来得及拂去，他步履艰难、不可阻挡地走在通往自由的柏油路上，头顶的蔚蓝天空璀璨夺目。那时，安西娅刚开始这份工作还不到一周，蔚蓝的天空也照亮了她光明的前途。然后，十名受害者倒在了海边。此时，他们的死亡具有特别恶劣的性质，无异于谋杀。"大家立即愤怒和慌乱起来。"

亚瑟越过她的肩膀去读她写的句子。一开始，他的笑容有些苦涩，但随后变得和蔼可亲了，脸色也柔和起来。

"听着，你可能已经累得不行了。你先回家吧。我会完成报道的，这其实是我的工作。我不会也不能说太多。我会提到医院里的沉默墙、如临大敌、尘土飞扬，虽然这可能也有点过头。路透社应该会揭露更多细节吧。"

3

遇难者中有格伦达·哈特，一名刚退休的教师，声音铿锵有力，目光却羞涩腼腆，住在离海滩几条路远的一间小平房里。她的女儿达琳·克罗斯女士说："老太太喜欢抽金边臣香烟。我们会永远记住她优雅的抽烟姿势。像这样，手指笔直。"

那天早上，格伦达·哈特抽着烟，从茉莉花树篱上探出头来，告诉同样已退休的邻居彼得·马洛，她要去商店给孙辈们买复活节彩蛋。

"她经过时，我正在修剪玫瑰，"马洛先生说，"看到她居然带着购物袋，我很惊讶，因为她通常是开车去镇外的契克斯购物。她常说，她不喜欢海滩边上的商店。这一点我很认同。她告诉我，现在乞丐太多了，他们随地吐痰、在人行道上乞讨，让她感觉很不自在。'但是，这也是没办法的事，'她说，'我忘了买彩蛋，是我的错。'"

所罗门·马卡蒂尼是个乞丐。在爆炸中，他的背部被弹片击中受了轻伤，却没有一家报社采访他。如果有人问他，他可能会说那天"得到眷顾"了。他告诉在街上卖报纸的朋友，先祖的灵魂对他很"仁慈"。要不是他从购物中心走出来，要不是他已经走出了一段距离——"你知道的，只要我愿意，我这条坏腿就能跑得很快。"——要不是他走开了一段距离，他就会被压住，伤势会严重得多。如果抽金边臣烟的老太太没有给他钱，还给了他两支金边臣烟——"兄弟，整整两个兰特①"——如果手里没有钱，他就不会盯着路对面的酒铺，也不会在爆炸前走开一段距离了。

莎莉·朗和尚塔尔·斯通也遇难了。她们是闺蜜，是最好的朋友，一个十四岁，一个十四岁半。"年龄差不重要，感觉我们像是在同一天出生的。"尚塔尔和莎莉是女子高中八年级的学生，她们一起去夜店，一起看杂志，一起调戏男孩子，一起傻笑个不停，一起偷偷抽烟，一起晒太阳。在海滩上，尚塔尔和莎莉互相给对方化妆，寻找涂抹口红的最佳方法，她们知道这会让男孩子着迷。给自己的嘴唇涂上颜色，然后慢慢地亲吻对方。与此同时，两人都斜视着附近晒日光浴的男人，留意他们惊诧的目光。这在意料之中，她们对这种目光已习以为常。

那天早上，尚塔尔和莎莉去便捷超市寻找卫生棉条。两个女孩都很期待来月经并发育出恰到好处的乳房，开始真正的生活。尚塔尔的姐姐告诉她，使用卫生棉条可以让自己失去童贞，并为随后的事情做准备，也就是学会如何与男孩子们相处。炸弹爆炸时，莎莉正试图把一盒丽尔莱思棉条塞进她的短裤腰带里，尚塔尔则在一旁望风。

来自德兰士瓦省佛罗里达②的汽车修理工安德烈斯·克朗

---

① 兰特，南非共和国官方货币，由南非储备银行于1961年2月正式发行，取代之前的南非镑。
② 德兰士瓦（南非语：越过瓦尔河）省，1910年至1994年曾是南非的一个省，现已拆分。

耶说："是我想吃冰激凌和热十字面包。我说我要去超市，但玛蒂说自己太懒散了，需要锻炼，所以她去了，带着我们的小女儿卢安妮。我希望去超市的是我，而不是她们。但我最希望的是正义得到伸张。我希望放置炸弹的人被绞死，我会为他的父母祈祷。"

玛蒂和卢安妮是他的妻子和孩子。他愿意为妻子和孩子献出生命，这种情感引发了无数人的共鸣，并在报纸上被广泛传播。

还有一个遇难者，是最后一个被确认身份的，也是唯一的男人。人们在他破碎的尸体旁边发现了他的公文包，里面装满了网球袜样品，还发现了一个大手提袋，里面有用塑料封包装的新橄榄球衫，这些东西都完好无损。公文包的隔层里放着一张护照照片，上面是一个微笑的金发女子，写着"爱你的，安××"。

人们认为，炸弹爆炸时，该男性遇难者就站在超市门口，正在吃午饭，一个热十字面包和一瓶果汁。他离炸弹十分近，也许就正对着炸弹，这就可以解释为什么他的身体受损如此严重。事实上，他的头骨像蛋糕一样被切成两半，被撕裂了。他甚至还可能看到了恐怖分子在投放了致命的防油纸包后，站在对面的垃圾桶旁喝果汁。

在审判中，检方要求被告证实是否有这种可能。是否有一个手持大袋子的高大白人男子站在离他不远的地方？这个人是否正吃着面包，就像他在爆炸发生前那样？

"你有没有想过，迈肯先生，你有没有想过这些人就像站在那里的那个男人一样，很快就会死去？"

018 | 血 脉

仿佛是巧合，一个面包和一瓶果汁。一种说法开始流传，他们的午餐是一样的，至少是相似的。在审判期间，《爱尔兰独立报》的一名特派记者注意到，当天早上，爆炸案嫌疑人和其中一名男性遇难者购买了几乎一模一样的午餐，而且都是在被袭击的超市购买的。一位当地记者对此提出异议，关于果汁的细节也许正确，但两个人不一定都吃了面包。遇难者的手上的确有波纹塑料瓶，对事件进行回忆重构时，嫌疑人本人也提到了番石榴汁。然而，那天早些时候，被告购买了一个卷起来的牛排汉堡包。他把炸弹放入垃圾桶时，正是汉堡包的包装把炸弹掩盖了起来。但被告是一个公认的骗子，他可能会对自己吃了第二个面包一事含糊其词。

这名记者没有再深入探讨这个问题，能够指出这一点就足够了，有番石榴汁的联系就足够了。讽刺的是，番石榴汁原来像夏日的鸡尾酒，现在却成了复活节的祭品。

仿佛是命中注定。在谈论爆炸案时，人们提到了相似的午餐，建立这种脆弱的联系是一种向无意义妥协的方式。随机的恐怖袭击背后似乎隐藏着某种模式，尽管这种模式很快就土崩瓦解。那天，命运、上帝和先祖的灵魂决定挑选出最佳人选：恶魔、吸烟者和女性。但为什么是吸烟者，为什么是女性？嗯，这是命中注定的，某种程度上是宿命使然，也许与正席卷这片土地的巨大变革有着神秘的关联。一些人死去，一些人生存，不能仅仅归因于巧合。

仿佛是设计好的一样。人们还发现，哈特女士与莎莉·朗的祖母居然参加了同一个妇女协会，尽管朗老太太紧闭双眼，全神贯注，无论如何也想不起哈特女士的面容。朋友告诉她，哈特女士曾借助放大镜做了一件漂亮的小钩针工艺品，但朗老太太还是摇了摇头。

许多人还指出，在当时到处都是游客的情况下，多达三分之二的受害者都是当地人。这结果令人大吃一惊，并再次突显了这一事件是多么罪大恶极。嫌疑人本来想打击富人的旅游业，打击垂死的、动荡不安的白人国家，结果却伤害了当地人，甚至半数受害者是儿童。

哈特、朗、斯通、克朗耶。哈特家和克罗斯家、斯通家、朗家，还有丧偶的安德烈斯·克朗耶。在爆炸发生后的几个星期里，遇难者家属的照片不断见诸报端。他们脸色苍白，肩并肩地站在验尸官办公室前的台阶上。他们手牵着手，参观被炸毁的超市。只要条件允许，他们将参加所有死者的葬礼。安德烈斯·克朗耶和达琳·克罗斯出现在电视新闻中，要求加强购物中心的安保措施，谴责制造此次暴行的恶棍。此情此景，他们咄咄逼人，不加掩饰地表达厌恶，这也是无可非议的。

对遇难者家属来说，每个活动或仪式都能抚慰人心。但即便如此，偶尔，如果采访者迟到了，对话停滞不前，或拍照花费了太长时间，灾难感会再次向他们袭来，就像一阵眩晕。与此同时，他们也会觉察到共同的悲痛下所掩盖的东西，其他丧亲者通常衣衫不整、面红耳赤、唯利是图、不受约束、脾气暴躁，甚至愚昧无知、粉刺丛生、粗鲁无礼，简直是骇人听闻。他们与自己毫无共同之处，为什么上帝要这样随心所欲地把他们和我们扔到一起，被媒体和政客利用。这有什么意义呢？有时他们甚至情不自禁地想，其他人对自己来说是全然陌生的，这些人，他们的损失哪有我们的惨重。

但这些想法十分隐秘，对比起来，悲伤中的共同慰藉更让人心安。可耻的优越感转瞬即逝，仿佛他们一直以来都以这种命中注定的方式联系在一起。他们的名字将永远彼此关联，他们所爱之人的名字也将被这毁灭之热焊接在一起。玛蒂·克朗耶、卢安妮·克朗耶、莎莉·朗、尚塔尔·斯通、格伦达·哈特，以及最后确认身份的邓肯·弗格森。丧亲者不得已投入陌生人的怀抱，这些陌生人和自己一样，陷入了悲惨的境地，并因此被彻底改变。

4

那天晚上，安西娅·哈迪一回到公寓就给自己泡了一杯茶，做了一份番茄沙拉和烤奶酪三明治。每每深夜降临，她都会吃这些她称之为"无须多虑的食物"。她打开电视，等着刚下肚的三明治消化。电视恰好在放八点新闻。那是医院前面的场景，一排排灯火通明的窗户和一条条警戒线，拍摄于他们几个小时前所站的同一位置。

"恐怖主义犹如脱缰野马。"记者皱着眉头。

安西娅关掉了电视。

她起身，伫立于窗前。电灯发出嗡嗡的声音，异常响亮。她难以适应这种安静。那天下午，亚瑟在办公室里的踱步和直言不讳让她觉得自己很傻，很肤浅，如坐针毡。但现在，她想回到那里，被嘈杂的声音包围，继续写报道。紧绷的弦一下子松弛，突如其来的平静，仿佛在她耳边回响。

从客厅的窗户望出去，可以透过棕榈树看到贝里亚的海滩。她还没有挂窗帘，窗子空空如也。海滩边一片灯火辉煌，灯光随着树木的摇曳而闪烁，一如往常。那里刚刚发生了一场大爆炸。一切都粉碎了，燃烧了，改变了，无法挽回，并且原因不明，亚瑟的反应至少说明了这一点。但她觉得应该有更广泛、更彻底的回响，至少应该在她内心产生更大的反应。公寓应该受到影响，窗户应该出现裂缝，电话应该断线。她看了看自己的手，涂了指甲油的指甲非常光滑，她的身体瘦削挺直，双脚穿着舒适的鞋子——她似乎完全置身事外。为什么事件没有引起更多的关注，造成更大的影响？为什么她不为所动？"昨天引发了愤怒和慌乱。"这就是她想说的全部了。

　　她朝电话走去，想给邓肯打个电话，看看他情况如何。她想到了他缓慢而低沉的声音，她爱听的那种轻柔的高低起伏的声音，有时说什么甚至并不重要。"安西娅，我的女朋友，我的女孩，怎么样了？"邓肯能安抚人心。不过今天晚上，安西娅转念一想，也许他会过于冷静。邓肯认为，从长远来看——"安西娅，我的意思是，从长远来看"——一个人与其组织一次政治会议、写一本小册子，不如种一棵卷心菜或一排玉米。当然，这取决于你在哪里种菜。但从长远来看，这能帮助更多的人，大有裨益。

　　安西娅又从电话旁走开了。邓肯今天不会来公寓，这也许是好事。明天是耶稣受难节，他要么在自己的公寓，要么在他母亲家里享用一顿有肉有土豆的大餐。他仍然每隔一个周末去他母亲家一次，长假期间也不例外。今年复活节，安西娅的父母都在度假，但安西娅通常会把回家的时间安排在邓肯不来的周末。她和邓肯在一起不到六个月，时间还不够长，不足以让他们改变家庭习惯，发展自己的关系。他们还没有对这段关系产生足够的信心，不是吗？

　　窗户对面的墙边摆放着一些纸板苹果箱，里面堆满了她的书，提醒着她近来发生的变化。她沿着墙壁踱步。今年早些时候，安西娅开始在《纳塔尔时报》工作，为离工作地点更近而搬到了新公寓，但主要是为了把学生生活抛到脑后。搬家那天，她和邓肯搬完最后一个箱子后，铺开一块大花地毯，那是她在纽卡斯尔的祖母送的。虽然是暂时的，但地毯显眼地铺满了整个房间。随后，由于天色已晚，他们就把东西搁在那里，出去吃烤香肠和薯条了。从那天起，她似乎就再也没有时间来整理这个地方了。虽然听起来有点荒谬，但却是事实。

她随手从一摞书中拿起一本，拂掉一层薄薄的白色灰尘，试图找到能与她心情产生共鸣的东西。是佩特的《文艺复兴》，还是《叶芝文集》，抑或一卷莱昂内尔·约翰逊的关于爱尔兰的诗集？阿契贝的《瓦解》是大学对当前环境所展现的一种姿态。但是面对一颗炸弹呢？面对这种极端的反抗行为呢？面对六个人死去，十个人死去，二十个人死去呢？这些死者不过是毫无戒心的购物者。什么样的反应才算是恰当的？街上的白人会说，把他们的领袖释放出来，看看他们遵守的是何种准则。这种观点正确吗？她如何才能理解如今的这种震碎一切的愤怒？

走投无路的人只能以极端的方式发声。理论上她是能够理解的，虽然不太真切。她能想象随后向邓肯阐述自己的想法时，他那忍耐又百无聊赖的表情。既然压迫者阻断了非暴力抵抗的一切途径，人民就有理由武装夺取政权。过去，她常常和朋友们在学生会食堂里谈论这些事情，甚至谈到忘记了时间。他们从谈话中汲取灵感，将其转化成振奋人心的口号，印在 T恤衫和海报上，"立刻终结压迫，为权利而战"。这些 T恤衫很快便在学生会的商店里一售而空。

与实现理想相比，印刷简直轻而易举，她一边想，一边又沏了一杯茶。摇旗呐喊远比轰炸与被轰炸更容易。但今天发生的爆炸事件却截然不同，与其说是困难的，不如说是毫无意义的。因为希望的迹象刚出现，这次爆炸行动就把它破坏了，将其碾碎在脚下。"我向你们所有人致以问候，我的人民，无论你在此抑或流亡在外。"曼德拉在夏末那个神奇的日子里说道。各地自发组织的街头庆祝活动，边境归来歌唱着的军队，在十字路口等待的行人热情地互相问候，从这些迹象里，每个人都可以看出——世界即将被重新绘制。可如今呢？如今，这个新世界就像便捷超市一样，被炸成了碎片。

她再次把《文艺复兴》从一堆书里挪到另一堆里时，书本掉落了，并翻到了最后几页。"人生的成功就是永远像宝石般的光焰一样炽烈燃烧。"她在这个句子下画了线，厚厚的铅笔印迹暴露了她标记时所用的力度。

翻页时，几片桉树叶从书里掉落。她捡起树叶，放回原位，那里有轻微的压痕。去年年底，就在她放弃学业之前，她和邓肯决定一起出游，和朋友们去河边野餐，这些树叶便是那时留下的。那段时间发生了很多变化。同行的朋友是安西娅的导师尼克及其妻子玛乔丽，正是他们，在一个晚宴上介绍安西娅和邓肯认识的。她记得，她带着这本书去野餐，遮人耳目，掩盖她对退学的忧虑。她带着书和邓肯离开人群，坐在桉树稀疏的树荫下，尼克和玛乔丽和善地微笑着。"我们继续约会见面吧。"邓肯说着，把她拉到身边。

这不是他第一次这么说，但当时在树下，在有桉树香味的温暖氛围里，她答应了。他们当时正在谈论其他事情——玛乔丽的强力果酒，不合群的大学生活，尼克如何斥巨资邮购柏林墙的砖块——邓肯顺势悄悄地提出了请求。一个男人竟可以如此温柔，安西娅心中小鹿乱撞。

她还是试着拨了他公寓的号码。电话铃响起，他可能猜不到是她来电。她想知道他会做些什么来逃避电话的干扰。下班后，他常常在地毯上躺几个小时，双手枕在脑后，旁边放着一瓶啤酒，听着晦涩难懂的音乐，乐曲像创作这些音乐的作曲家的名字一般别扭，潘德列茨基、卢托斯瓦夫斯基，诸如此类。他将自己的懒惰归咎于工作太累。她曾试着把他拽起来，挠他痒痒，让他从冰箱里给自己拿啤酒，他只会慢慢松开双手，然后握住她的手。

"安西娅，安西娅，我知道，我坐在车里整理了八个小时商品样品，好像不用休息一样。但你得明白，当一个人一整天都在努力推销商品，却失败了，然后只在停车场小睡了两个小时，他难免会想，本可以如何度过这些时间。看，也许我不擅长运动，过去的学习让我习惯了缓慢。"

她无法反驳。尽管销售工作枯燥无聊，他的自嘲仍然十分犀利。邓肯获得了艺术学位，却在一家运动服装厂当销售代表，简直风马牛不相及。然而，毕业后找工作时，他发现专业对口的工作少之又少。"'哦，艺术专业学士，你会打字吗?'我不得不说，我不会。"

安西娅知道，邓肯去年之所以支持她的决定，就是因为打字这件事。对他来说，报社的工作意味着面向世界，切合实际。他们第一次共进晚餐时，吃的是他做的椰汁蔬菜三角饺。那时，他是这么说的："我的意思是，这些体育界人士给我这份工作时，说'你可以畅所欲言'，但我已经把一切关于美术和塞尚的抽象思想从我的脑海中抹去了。安西娅，你可以抓住这个机会。即使不能改变社会，新闻业至少能教会你打字。"

安西娅又给他打了一次电话，然后拨了他母亲家的电话，铃声响了两下便挂断了。时间已经很晚，他母亲本来就十分嫉妒邓肯给她的时间。某一个周日，安西娅接他去看电影，发现他母亲嘴唇翕动，默默地计算着儿子那天待在家的时间。不知为何，她觉得现在干涉这种亲密关系还不太合适。

虽然现在还不太合适，但也快到时候了。难道是他们在一起的时间不够长，还不足以改变他们的生活模式？安西娅回想起自己刚才的推断。好吧，或许这是事实。但即便如此，就在最近，自从她开始在报社工作以来，有时候，不适感会突如其来，尤其是在此刻，这一晚——他们的关系毕竟才刚开始，某种程度上跳过了几个发展阶段。他们交往还不到半年，但他们的关系已经开始呈现出一种……嗯……如同秋天暗淡的光芒。她意识到自己在思考，他们好像已经在一起磨合了很久，能够以一种无言的默契和一句轻声的、近乎耳语的"没关系"来克服一切，无论是熬过分开的时间，还是弥合意见的分歧。

当然，大多数时候她并不介意，这是因为她对邓肯的品质极为欣赏，他深思熟虑时的平静，他低调的怀疑精神，以及她所敬重的和平主义，这与她时常陷入的混乱的冲动形成了鲜明的对比。但是，在今天这样的日子里，她被这种冲动击倒了。这段关系这么快就呈现出如他内在一般平静的柔和色调，的确是一种缺失，一种真正的损失。这段关系过早地进入了这种被动状态——后来她称之为别无他法的、命中注定的被动。

她给自己倒了一杯水，走到窗前。海风吹拂着棕榈树，海滨大道和码头上的灯光不停地闪烁着，变换着颜色。白色，黄色，白色，白色，蓝色。安西娅想，不公正和慌乱，愤怒和更多的愤怒。她闭上眼睛，脑海中出现一排排灯火通明的窗户，想起了风中的沙砾。

她把杯子放在窗台上，带着一本书上了床。一本书信集。"我亲爱的莎士比亚夫人①……"她随手翻开一页，却不得不把书放下。这些话在她眼前扭曲、消散。她用双手抱住头，把书靠在膝盖上，但书页上的一行行字仍然飘忽不定。她想放弃，就像邓肯一样，重重地往后坐下。他的头枕在手上。他的头枕在我的手上，安西娅的思绪也开始飘忽，我的头枕在他手上，他的手握住我的手，我的手握住他的手，我的手，他的手……

---

① 奥利维亚·莎士比亚（1863—1938），原名奥利维亚·塔克，英国小说家、剧作家、艺术赞助者，1894年与威廉·巴特勒·叶芝成为好友。

5

库尔公园，高威郡

周五上午

我亲爱的莎士比亚夫人：

最近，我因流感卧病在床。尽管我们的政治生活一片阴霾，但昨天，我的精神却恢复得很好，是一段时间以来的最佳状态。昨天深夜，我眼前出现一个病入膏肓却充满希望的人，他声称自己刚用炼金术熬出了长生不老药时，我似乎唤起了这种状态。

这场新的悲剧令人忧心忡忡，悲痛不已。我想知道如今我们的文学是否会经历巨变？诗歌是否会再次被政治束缚，被当作煽动的工具？我已经好几天没有看报纸了，不知道我们陷入了多么深重的困境，尽管在整个爱尔兰，未来似乎越来越黑暗。我注意到一个让人不安的现象，那便是每个人说话都小心翼翼的，因为无人知道谁将成为明天的主人。

我们透过窗户看到的一切都美好而宁静，而且一直如此。

然而，在两英里①外的一条主干道附近，英国士兵鞭打了两个年轻人，然后把他们的脚跟绑在货车上，沿着道路拖行。他们的身体支离破碎。一个乡下人说："年轻人的母亲只看到了头颅。"他所说的头颅滚落在路边。

我每天都在写作，并发现在动荡不安之中，我能写得更出色。始于这一切的振奋人心的事实是，我们最终可能在相互蔑视之后学会宽容。

明天，我要去库尔湖钓梭子鱼。这不是中世纪获取食物的方式吗？我要在外面钓够四条鱼，以饱餐一顿。

如你所言，你表哥莱昂内尔·约翰逊的著作气势非常磅礴。我很高兴你喜欢我的诗，这是莫大的快乐。

你永远的

威廉·巴特勒·叶芝②

---

① 1英里约等于1.6千米。
② 威廉·巴特勒·叶芝（1865—1939），爱尔兰诗人、剧作家和散文家，"爱尔兰文艺复兴运动"的领袖，英语世界中最伟大的现代诗人之一，获1923年诺贝尔文学奖。

6

电话是 9 点 10 分打来的，就在安西娅上班几分钟后。此时，收听早间新闻的每个人都已知晓爆炸事件遇难者的身份。然而，安西娅却因心烦意乱睡过了头。今天是耶稣受难日，所以报社只有一名骨干员工，她却迟到了。她刚坐下来，翻开桌上刚出版的报纸——《购物中心发生大爆炸》——电话铃就响了。

日后她可能会说，她早就料到了一切。在去上班的路上，假日的交通十分缓慢，锁车门时，她的裙子被车门夹住。她还睡过了头，这些都预示着她对这一天的负隅顽抗，仿佛有一种力量在阻止她了解所发生的事情，阻止她知晓这般命运。

当然，这是后话了。此时，铃声响起，她一下子跳了起来。

她虽然坐着，但不得不扶着桌子一侧，以免摔倒。她发现木桌的边缘划破了她的手掌，电话听筒朝上仰躺在报纸上，声音从里面传出。有那么一瞬间，安西娅异常冷静，她饶有兴趣地张开手，看着桌沿在皮肤上留下的鲜红印记。

"安西娅，你没事吧？"

亚瑟走过来，搂住她的肩膀，她不明白他为什么要这样做。此时，骇人的声音仿佛从远处传来，一种干涩哽咽的啜泣声，有人用怪异的哭腔大喊："不！不！不！"

弗格森夫人让女儿通知安西娅和邓肯的其他朋友，她自己则一大早便注射了镇静剂。她躺在医院的一间私人病房里，打量着海盐晶体从窗户顶端的角落呈扇形散开的图案。她暗自思忖，这些晶体要花多长时间才能遍布整个医院。她想象晶体沿着地板、手术台、不锈钢橱柜、水槽、手术刀向外辐射，沿着墙壁向上，横跨天花板，最终铺满一楼太平间的大理石台面，而她儿子就躺在那里。她看到晶体在他的脸上延伸出冰冷而精致的棱角，他的眼睛睁得大大的，就像他婴儿时那样。她宁愿这样想，他被晶体包裹着，浑身银色，冰冷。这样，他的身体就仍然是完整的，头颅完好无损，而不是如今这般支离破碎。

7

被告人约瑟夫·迈肯在被告席上进行自辩，称其最初的目标是袭击邮局。

"我想做好这件事，精心挑选出要袭击的政府机构。以前参加小组行动时，其他同伴总是对我很不耐烦。我锁定了南克莱克顿海滩上的邮局。"

"迈肯先生，这么说，你是承认了。"州检察官说着，右脚跟在地毯上磨了磨，"但你不是同样可以选择离主干道更远的警察局吗？或者邮局右侧的地方法院？用你的话说，这些地方还不足以'与敌人交锋'吗？为什么不是这些地方，迈肯先生？为什么不选择市政厅？在它前面有那么大一尊漂亮的白色女皇雕像，静坐在美人蕉花坛中呢！"

面对此番嘲弄，约瑟夫·迈肯不为所动："几年前，我参与了在艾尔姆特里邮局的行动，非常成功。"他今年22岁，声音很轻，却非常坚定，"我也参与了午夜的地雷爆炸行动，我想继续以同样的方式行动。邮局虽然偏僻，却是个强有力的机构，所以我把目标锁定在南克莱克顿海滩上的邮局。"

"继续以同样的方式？"检察官大声质问道，"那么，少数服从多数的原则就这般轻率地被抛弃了？难道邮局是这样一个令人厌烦的象征吗？"

约瑟夫·迈肯并没有把这些话当作问题，他目视前方，一言不发。听到头顶的风扇转动时底座摇摇晃晃，感觉有一只苍蝇落在前臂上，皮肤也随之抽动了一下。

南克莱克顿邮局又长又窄，屋顶低矮。他仍然能准确地想象出那栋建筑的模样。他曾花好几个小时在它前面的街道上行走，假装打电话，假装喝可乐，罐子里却空空如也。邮局有四扇窗户，大门是砖砌的拱门，前面有五座电话亭。在人们等着打电话时，绿树成荫的紫花槐树将柔软的紫色花朵落在他们头上，犹如清晨的梦境。邮局侧门曾经挂着以英语、南非荷兰语写就的"非欧洲人/非白人"标识。他还记得小时候曾和爷爷来取退休金，爷爷总是小心翼翼，生怕走错门。如今，他们不再挂那些东西了。不过，无论他们做什么，对他来说都无关紧要。那种无足挂齿的事情与侮辱，他都不在乎了。

邮局是一栋小巧而朴素的建筑，检察官说"它有一种迷人的乡村气息"，但这同样无关紧要。如果没有拱门，没有电话，这栋建筑应该会更小。艾尔姆特里邮局是由肉店改建而成的，它本来可以更大，可以大得多，就像市政厅一样，有高高的窗户和巨大的柱子。它也可以是由锃亮的白色大理石筑成的，就像检察官提到的那尊雕像一样。约瑟夫·迈肯曾坐在雕像旁的长凳上。在他还是个孩子时，妈妈曾在星期天带他来这里玩。他看见那雕像的底部，那女人的石裙被尿渍染成了黄色。

但这一切都无足轻重，重要的是人们进邮局的方式，他们像牲口一样，步履蹒跚地在拱门下进进出出。无论雨天还是晴天，无论有钱还是没钱，人们几乎每个星期都要去邮局办事。

他的母亲，他的阿姨，每个人都在那里停留，见面，邮寄包裹，处理退休金、许可证、通行证、邮票，以及生活所需的其他东西。每次处理这些东西都会让他们意识到——谁才是老大，现在也是如此。即使我们的领导人现在自由了，白人国家仍然是老大。地方法院就不一样了。你不会像去邮局那样，经常和你认识的其他人去那儿。在邮局里，你舔舔邮票，感觉到政府厚厚的胶水粘在舌头上。你排着队等电话，仅仅只是想和同伴、女朋友说说话，你的声音沿着国家规定的线路传播。后来，当你亲吻女朋友或者吃午饭时，舌头上仍能尝到邮票上甜甜的胶水味。

受缚于机器内，不断挣扎。

运动组织的目的是反对专制的国家机器？没错，迈肯同意检方的说法。但他个人更倾向于武装宣传这一说法。他又补充道，在邮局、医院或者诊所、国有托儿所这些地方，你感觉自己就置身于机器之内，无法改变任何事情，也无法挣脱。它早已渗透日常生活，你发现自己犹如困于天罗地网。就像他的同伴们被国家的非官方行刑队死死抓住并遭受踢打一样。

说到这里，约瑟夫抬起了下巴："在这个国家，我们就处于这种境况。历史证明，那些布尔人可以不择手段。他们还没有放弃战斗，我试图让事情出现转机，我不过是在反击。弱势群体仍然没有权力。"

检方表示，难道这就能说明随时炸掉这些建筑物，炸死里面的人是合理的？"拜托，迈肯先生，想一想，想一想。那些身穿度假装的无辜者，一个历经变革的国家的公民，这就是你把他们炸成碎片的理由吗？"

"不，"约瑟夫·迈肯提高了音量，断断续续地说，"抱歉，不是的，这不是我的本意。"

约瑟夫最后选定邮局，是因为它坐落在一块向街道突出的土地上，这样的位置刚好是他需要的。他计算好时间，测量了距离和步数。第二个目标是超市，度假的白人会去那里买冰激凌。穿过便捷超市的拱廊，对面便是国家航空公司的办公室。多年来，其阳光灿烂的标识顽固地照耀着人民的苦难。袭击航空公司能够同时打击当地的海滩旅游业和富裕国家的资助，一举两得。

但邮局仍然是他的目标，其大门外有五个公用电话亭。

"我当时想，时间一到，电话亭就没人了。"

约瑟夫一直在说话，但法官双手抱头，似乎并没有在听。

"我想以同样的方式继续行动，"约瑟夫·迈肯说，"我本打算等商店关门后再行动的，我想先打个预警电话，但是运动组织办公室的那段小插曲打乱了我的计划，这点我昨天也说过了。那是前几天发生的事，即所谓的维护法律和秩序的先发制人行动。也许是某个极端因素导致的，不怪国家，但我知道极端因素在国家内部无处不在。我知道他们在那里装了足以炸毁一座水塔的炸药，袭击了运动组织办公室的托儿所。他们后来说，这是为了维护和平。最近刚解除禁令，释放了黑人领袖，和平可能会被扰乱。除了反击，别无选择。我精心策划好了，但几天前发生的事情糟糕透了，尤其是关于托儿所的那件事。我想，如果我是被困在里面的那个小男孩，我母亲会怎么做？报纸上刊登了一张被袭婴儿的照片，头上伤痕累累。这张照片让我特别不安。它告诉我，我们仍处在战争中。"

他停了下来，气喘吁吁。

"如果需要，你可以停下来休息，迈肯先生。"

辩护律师提醒过他和他的母亲，自己做供述会遇到些问题，比如他们可能不会听，你会感到焦虑不安，嗓子也会哑掉。审讯开始时有人问："您好像拒绝使用翻译，迈肯先生？"他点了点头，他当然不需要翻译服务，就像他不需要他们免费提供的法律顾问一样。如果有必要，他母亲的法律援助律师就可以帮助他。在这片土地上，没有哪个法院会公正地为他辩护。他是一名军人，一名战俘，只要他们明白这一点就行，而他只会英语这一种语言。

"我想继续说。"他说道。

他把被告席^①的木栏杆抓得更紧了。

"我确认过所有细节，但很快就出了问题。炸弹拿晚了，出租车被堵在路上。这些天我都是独自行动的。我到那儿的时候，已经快到午餐时间了。我决定直接动手，还有一刻钟就到11点了，晚一点人会更多。我选择了红色的刀刃，也就是红色的定时引信。红色引信有25分钟来引爆炸弹，还有一种黄色的引信，只有10分钟的时间。我知道我有25分钟的时间去打电话。我走得飞快，汗流浃背。但事与愿违，我走到电话亭前时，每个电话亭里都有人，每个都有人。我不能走近去告诉他们让我打电话，这会引起别人的注意。我试着慢慢地走来走去，但我做不到。我等了10分钟，10分钟后，大约是11点，我知道，如果我这时打电话，必定会引起恐慌。"

---

① 此处原文为 witness box（证人席），疑为作者笔误。

"一堆钉子、迟到的出租车、被占用的电话，"这位州律师在他的便笺上写道，"袭击的过程确实很普通。"他想给他的孙辈们写一本回忆录。他在这个沿海地区的地方法院里干了近四十年。四十年，如红宝石般璀璨的年华。在这段时间里，他尽其所能地追捕像约瑟夫这样的犯罪分子，不过他敢打赌，约瑟夫可能是其中的佼佼者。这场审判的胜利——一定会胜利——将为他的职业生涯画上一个完美的句号。

"我不想出错，"约瑟夫·迈肯说，"也不想做错事。我想在凌晨4点30分去邮局。训练的时候，他们告诉我们，人民是我们的朋友，白人也是。我不想表现得像个种族主义者。我是一名军人，我总是很小心。"

他说他总是很小心，他母亲说他是个好儿子。然而，正如检方不厌其烦地强调的那样，被告成年后看过的四五部电影中，唯一记得的电影明星便是西尔维斯特·史泰龙，一个把事情搞得一团糟的大块头。尽管辩护律师强调他母亲做了很多努力，但被告知道的书很少——阿米尔卡·卡布拉尔[①]的著作、列宁的《怎么办？》、爱尔兰激进分子约瑟夫·康诺利的传记，都是诸如此类的有关革命的文本。他有时会读报，把有关布莱顿炸弹客、爱尔兰和利比亚的恐怖组织以及它们之间的联系的报道剪下来。他自己也承认，他不信任教科书，在十几岁的时候便停止了更广泛的阅读。此外，迈肯的辩护律师也不得不承认，他太忙碌、太愤怒了，没有时间去阅读。因此，除了康诺利那个造成永久革命性破坏的梦想和史泰龙的雇佣兵外，约瑟

---

① 阿米尔卡·卡布拉尔（1924—1973），几内亚比绍革命家、政治家、军事家、思想家，非洲最重要的反殖民运动领导人之一。

夫并没有令人信服的模仿样本。兰博①的身影在火光中显现，维多利亚风格的邮局大楼的砖块和柱子从他的头顶倾泻而下。

然而，辩方律师指出，如果这是他的模仿样本，那么约瑟夫·迈肯在被告席上结束陈词时所说的话就令人难以理解了。

"我知道自己做了什么，我现在很心痛。人们说我铁石心肠，但事实并非如此。如果可以，我很乐意削肉剔骨以补偿幸存者。"

"但是，"检察官磨着脚后跟说，"辩方难道不知道这些话是学生顾问教给他的？况且，他还说得乱七八糟。"

---

① 指约翰·兰博，反映越南战争的主题电影《第一滴血》的男主角，由史泰龙饰演，该人物形象被广泛用以指代以暴制暴的硬汉。

8

　　朵拉坚持要走路去。她已经感觉到自己的大腿在互相摩擦，一种恼人的、潮湿的摩擦。今晚她将不得不贴上创可贴。但她坚持走路。朵拉·迈肯相信走路可以使自己保持冷静。

　　刚过八点半，法院大楼对面的临时停车场里，汽车已经被刺眼的阳光炙烤着了。她把眼皮合上又睁开，眼前的世界镀上了一层玫瑰色。路边的杜鹃花呈现出更深的粉红色，叶子则是鲜红色的。

　　停车场里，车辆杂乱无章地停放着，她眯着眼睛缓慢地穿梭其间。腋下出了汗，熟悉的刺痛感。今天不应该穿这件红色尼龙上衣的，太紧、太炫目了，但是约瑟夫喜欢它。他喜欢红色，一直都很喜欢，因为那是斗争的颜色。她那三件漂亮的衬衫如今都太紧了，就连这件曾经宽松的皱褶衬衫也变紧了。上周，她去了教堂义卖市场，但没有淘到什么得体的衣服，不够得体，不适合在法庭上穿。显而易见，白人女士们不会把自己最好的旧衣服捐给慈善机构，因为她们不知道衣物最终会被送去哪里。想象一下，她们可受不了在街上或在电视上看到一些黑人妇女穿着去年最时髦的款式。"亲爱的，真是受不了，炸弹客的母亲竟然穿着我的约翰·奥尔斯大衣。"

此时，大腿之间的摩擦造成的疼痛感愈发真切。她不得不分开双腿走路，这让她看起来笨拙无比。最近她觉得自己变胖了，脂肪堆积如山。一圈一圈的脂肪堆积在她的背上和手腕上，甚至肩膀上。她熨衣服、写自己的名字时，这些脂肪都在颤动，她根本不需要这些紧身衬衫来告诉自己她有多胖。

但这也是意料之中的事，不是吗？每天都要去法庭，听那些永无止境的问题，其实并不算真正的问题，不过是用以抓捕约瑟夫的天罗地网罢了。约瑟夫被拘捕了，约翰却嗜酒如常，这是意料之中的事，但也可以理解。柏妮丝是唯一有正当收入的人。还能指望什么呢？每当她回到他们的两居室活动板房时，她就吃东西。吃能填满时间，食物能使人内心变强大。她用大量上好的骨头熬制高汤，再在汤里加入浓稠的蛋奶冻，用来做炖菜或者做咖喱茄子，茄子用孟买纯正的酥油煎出了完美的紫色光泽，然后柏妮丝拿出了几包饼干。

"朵，你需要这些，你明天可以边走边吃。"她摆出了"多吃点"①酥饼、手指饼干、含坚果碎的甜柠檬威化饼、杏仁味的"皇家美食"饼干和上好的"吉卜赛奶油"巧克力饼干。吃完了这些，她还可以给马利饼涂满巧克力碎和黄油酱，再享用一番。

柏妮丝在一家折扣店的仓库工作，知道什么能让朵拉好受一点。她不敢亲自去法庭。

"朵，我知道，我是你妹妹，我很想支持你，但我不能去。如果我听到他们的谎言，看到他们对约瑟夫的所作所为，我会

————————

① 一个广受当地人喜爱的南非饼干品牌。

忍不住尖叫的。约瑟夫说事情是他做的，天哪，我想说，你为什么不就此收手？"

"是他做的，是他做的，事情就是这样。"朵拉每天晚上吃着饼干都这样说。如果柏妮丝不在，她就自言自语，或对着粘贴在梳妆台旁的照片说，照片上是戴着巴拿马帽的年轻的阿尔伯特·卢图利①；或对着躺在前门旁沙发上喝着老布朗雪莉酒的约翰说，虽然这与自言自语没什么区别。"这就是我在法庭上思考的事情。我试图坦然面对这件事。的确是他做的，那些人死了。"

这天，烈日炎炎，她感觉头重脚轻，燥热无比。每天晚上，丹尼尔·穆迪律师都提议早上来接她，省得她长途跋涉到诺斯维尔法院去。她先坐早班车，再换乘另一辆巴士，然后沿着主干道走过公园和板球馆。但她想走路，边走边想约瑟夫。她随身带着许多照片，把它们并排放在一起，试图清晰地记在脑子里，这样在法庭上与他的目光相遇时，她就能立刻确认他就是约瑟夫。

他目光狂热，头发已剃光。

小时候，约瑟夫在后院的泥坑里玩耍。他能神奇地修复坏掉的保险丝、灯泡，多么聪明的小孩啊！虽然他在学校里喜怒无常，但很聪明。他趴在厨房的桌子上，把灯泡的细小银丝缠绕在一起，那盏灯便又可以用了，没有灯罩的遮盖，光线特别明亮。

这就是约瑟夫。去年圣诞节，约瑟夫还在家。他假装没有

---

① 阿尔伯特·卢图利（1898—1967），黑人解放运动领袖，曾任南非非洲人国民大会主席。他提倡甘地式的非暴力斗争，1960年获诺贝尔和平奖。

给她买礼物，一副很内疚的样子，主动清扫了后院和门廊，然后，拿出了在 OK 商店销售的最大盒巧克力。就是这个约瑟夫，在同一天，即便是圣诞节当天，还邀请了一些朋友来家里，他们在一起谈天论地，聊女孩、政治，诸如此类。3 点钟，她给他们送去橙汁，待了一会儿，询问他们的学习情况和未来的规划。看到他们似乎很喜欢约瑟夫，还开玩笑说约瑟夫总是告诉他们该做什么，她非常欣慰。

她把这些有关约瑟夫的画面记在心里，因为她知道，一旦走进薄荷绿的法院高墙，听着大电扇在头顶嗡嗡作响，置身于地板抛光剂和潮湿的气味中时，她将无法直视他。约瑟夫就在他惯常站的地方，戴着手铐，粗脖子的看守人像保镖一样站立两旁，仿佛他是危险的野兽。他就在那里，被指控，离她那么近，又那么无助。但和他打完招呼后，她还是不敢直视他的眼睛。

今年早些时候，就在他谋划一切的时候，他跟她说话时开始不敢正视她。乔①，一向是个诚实的孩子，说起话来直截了当，所以那时她就知道，一个大麻烦正在酝酿，比他以往卷入的任何事件都要麻烦。

而现在，她成了那个把目光移开的人。区别在于，她没什么好隐瞒的，只是不忍心看到他这个样子。

约瑟夫，她的儿子，被指控了。

她并没有因为他而感到羞愧，她希望事情不是这样的。她并不排斥他，一点也不。他如此勇敢，直截了当地说："我是

---

① 约瑟夫的昵称。

一名军人,这件事是我做的。"他总是能感受到人民的疾苦,这让她十分敬佩。他还为自己做辩护,就像六十年代的人那样,除此之外,他还要忍受他们所有的责难。"现在开始吧,迈肯先生,好好想想。事情为什么会如此,为什么是现在,为什么是现在?"但她不想看到他被指控。对一个母亲来说,将自己的孩子抚养成人,告诉他是非对错,然后看着他被打上杀人不眨眼的恶魔的烙印,用鲜血染红了国家的未来,这意味着什么?她用手捂住嘴巴,痛苦万分。

一群人堵住了通向法院大门的台阶。她转向一边,在手提包里摸出一面小巧的镜子,照了照自己的脸。结实的宽鼻子,精致的底妆,厚度适中的嘴唇,柏妮丝称之为"半丰满型"。她抿了抿嘴唇,好让口红更均匀,然后转过身来。阳光在偏光眼镜上闪动。一个身着工装裤的男人拿着挑杆麦克风,朝她的方向伸过来。到处挤满了扛着闪闪发亮的摄像设备的电视记者、吵吵嚷嚷的外国记者,以及前来凑热闹的旁观者。国家与其反对派对立。国家与一个疯子对立。审判已经进行了八天,他们也能认出她了。"迈肯夫人,请说句话。""就一句话,迈肯夫人。"记者们争先恐后地往前走,旁观者则留在原地。"恐怖分子去死吧!""让他像狗一样狂吠吧。"他们尖声喊叫,声音都嘶哑了。

这时,她无比希望自己当初搭了律师的便车。

这些记者应该遵守社交礼仪的。人群越来越挤,记者们靠得很近,近得仿佛要把她的上衣撕碎。但她认为自己是为了约瑟夫才这样做的,她是在替他面对这群人。人们叫着"杀人犯""凶手"。她就像约瑟夫一样,听着他们声嘶力竭地叫喊。

即便他们大喊大叫，怒目圆睁，他们也能亲眼看到这个凶手来自什么样的家庭。她用力挺肩，上衣紧紧裹在胳膊上。她是凶手的母亲，是的，一个体面正直的女人，一个受过教育、衣着得体的人。在这个残酷而封闭的社会中，她努力养家糊口，拉扯着家人往上爬。又是什么驱使她的儿子成了夺人性命的凶手？难道不应该是一些庞大的——庞大的、阴险的、可怕的东西吗？不应该是某种不会因为总统粗暴的手一挥而在一夜之间改变其性质的东西吗？

她抿紧双唇继续往前走，像梦游者一样伸出双臂，在人群中为自己开路，他们不得不退后。每天这个时候，这场景都会重演一番。然而今天，一位年轻的白人女性一直站在她前进的路上。她有着记者那种盲目猎奇的神情，但并没带笔记本。她皮肤白皙，金发碧眼。许多人都想让自己的肤色看起来比原本的更白，真有趣。

"您好。"那姑娘说道。

姑娘抓住她的手腕，不是很用力，却很紧。朵拉抽回手。这个姑娘是否知道像这样贸然上前，侵犯她的私人领域意味着什么？本以为隔离法至少会保障这一点权利呢！注意别碰到我的棕色皮肤了。不，这个姑娘不可能意识到——显然，她的表情出卖了她。尽管这个姑娘在强迫朵拉，脸上却闪过一丝畏惧感，一种怪异的、一闪而过的退缩。

"您好，"她又说，"今天退庭后我们能在别的地方见一面吗？能一起聊聊吗？"

朵拉摇了摇头。

"不是为了写报道，是为了我自己。"女孩简明扼要地说。

朵拉向前走了几步，感觉到姑娘皮肤上潮湿的温暖，脸红得异常，此时，两人的距离近得朵拉可以看见她眼睛里密布的血丝。

"您儿子做的事情难道不可怕吗？"女孩低声问道，目不转睛地盯着朵拉。

在法院的台阶上，朵拉说出了她的第一句话，说："他错了，但也没错。"

"您支持他的行为？"

"毫无疑问。对他来说，国家仍然处于战争状态。形势开始逼迫他。我明白他为什么那样做，我为他难过。"

"求求您，"女孩说，"我真的需要和您谈谈。可以吗？"

9

朵拉·迈肯的后门廊上放着一个她称为杂物箱的小木箱。箱底压着一张手写的优质牛皮纸，纸面朝下，她从未拿起来看一眼。

凯瑟琳·戈特

非洲之行个人必需品

都柏林雨衣

系带靴

一顶巴拿马草帽

四条荷兰裙子（原色棕色，用以掩盖泥点）

一件精致的绉绸衬衫（玛格丽特姨妈说，真丝在高温下会被损坏）

两件法兰绒衬衫

我的修女薄纱茶歇裙（海上航行时穿？）

一把深色绸伞（绿色的衬里，《殖民地手册》的建议）

一批绿皮凯尔特人协会小册子 ——《为了爱尔兰共和国和布尔人》

两件法兰绒睡衣

七条细布内裤，四条棉质衬裙

三件紧身胸衣（一件备用）

旅行用的梳刷套装（玳瑁的质地较轻）

一本大理石纹的笔记本和一个写字板（就是这个）

肥皂

其他物品：

一本缝纫书

六对鞋带

一个为德兰士瓦^①捐款准备的轻便结实的箱子

应急物资：

三盒止痛散

蜡烛

注意事项：

吸油纸？

　　玛格丽特姨妈的建议：即使是最好的肌肤，在炎热的天气里也会变得油腻。我知道我的肌肤远不够好。但用这种补救办法会不会让人们联想到中年人？

　　姨妈说，它不会在脸上留下白色的条痕。

---

① 德兰士瓦共和国，1852—1877年和1881—1902年间布尔人在现在的南非共和国北部建立的国家。

10

邓肯·弗格森。他的朋友们会记住他，因为他珍惜自己乐意与之共事的物品。譬如，他用来制作结实的书架和大箱体床的木头，祖父母农场里年轻的祖鲁男孩教他雕刻的软石。他能熟练使用各种工具，他最喜欢的红木水平仪上有一双"警惕而苛刻"的绿眼睛，还有打蛋器和抹刀——他是一个完美主义的蛋奶酥制作奇才。他从忙碌中抽身，表情平静地欢迎大家，手里仍紧握着木头或金属模具。这就是他的朋友们对他的印象。

这篇关于爆炸案遇难者的文章终于在邓肯葬礼后的一周完成了。然而，当憔悴苍白的安西娅·哈迪把文章交给主编罗伯特时，他清楚地知道，安西娅就是文中所说的"朋友"之一。罗伯特只看完中间那一长段就把纸稿推开了。

文章中颠倒的文字仿佛在与安西娅对峙。她曾愚蠢地认为自己的提议会通过。不过是愚蠢的自怜罢了，现在意识到这一点为时已晚。怎么会让邓肯成为一篇纪念所有遇难者的文章的主角呢？因为她头脑发昏，因为一切都失去了意义。自那个可怕的耶稣受难日之后，她的内心、她的思想、她的骨头都变得沉重而阴暗。悲伤紧紧地裹挟着她，无论走到哪里，她都能感受到那可怕的寒意。邓肯？邓肯在哪里？——他不在。她无处可寻。无处可寻。她不相信，大声呼唤他——可是没有回应，没有回应。只剩令人窒息的沉默。

安西娅试图通过工作来转移注意力，譬如撰写一篇纪念文章。她计划将年轻女孩们的故事作为爆炸事件报道中的一段插曲，并通过同学们的回忆来串联起整个故事。为此，她联系了莎洛米·斯通和奈奥米·斯通姐妹俩，并通过一位沉默寡言的母亲联系到了她们的姨妈。

奈奥米·斯通说："尚塔尔是学校最好的自由泳运动员，但她让另一位队员莎莉·朗赢了比赛，因为她喜欢的男孩是游泳队队长。"

放下电话，安西娅已泪流满面，她紧紧抱住自己的胳膊，指甲划破了皮肤。不是真的，这不是真的，他们会回来的，她哭喊着。他们从爆炸现场的另一边走了出去，犹如穿过一面破裂的镜子。他们在另一边的某处休息，虽然伤痕累累，但都还活着。可超市尘土飞扬的废墟中毫无回声，没有别的动静。尚塔尔的名字，邓肯的名字，都不在伤者之列。

"我应该继续深挖那些年轻女孩的故事。"安西娅喃喃自语，却不敢直视罗伯特的眼睛。

如今的情况似乎在强人所难。报社记者将自己的悲伤公之于众，这一切是如何发生的？这理应如此，邓肯当然会成为这篇文章的主角。她爱他，不是吗？她想念他。不，她是如此需要他。有时，她的胸腔似乎会因为这沉重的悲痛而破裂。这段关系有时也许会让人觉得过于稳定，过于沉闷？——但从前的不适现在只会让她想起自己所失去的一切。因为她需要的正是他的安静，以及他的安定感所带来的慰藉。她希望他回到自己身边，握着她的手，聆听音乐。一个如此温和的人，却落得如此下场。他的身体是所有遇难者中受损最严重的——这简直糟糕透顶，难以形容。太不公平了。

她早该有所警觉，她当然会以邓肯为文章的中心。他的年龄恰好是遇难者的平均年龄，他是她眼中的普通人。她是他的朋友。他的死亡方式与他所主张的一切都背道而驰。

安西娅的文章从桌子上滑落。罗伯特再次拿起那几页纸稿，翻页的速度有点快，与他表现出的同情并不相称。这种克制的礼貌影响了办公室的气氛，现在，在安西娅办公桌附近的同事们交谈都很小声，仿佛在为进行日常的工作而感到抱歉。在这个似乎充满悲伤的世界里，悲剧成了政治，丧亲之痛成了新闻。

爆炸发生几天后，运动组织发表了一份简短但措辞亲切的哀悼声明："我们希望，不远的将来，我们的国家能够免受屠杀与报复……"自事件发生以来，这篇声明以及个别政客表达的不安，每天都出现在《纳塔尔时报》头版头条上，印在关于大型葬礼、铺满鲜花的棺材、歇斯底里的送葬队伍、种族混杂的集会以及警方追捕"超市凶手"的报道旁边。

安西娅用手腕压住那篇被退回来的文章，免得被人看到。

棺材就像胸花一样，她一边想，一边把稿纸摆正，轻轻地敲了敲。胸花和送葬队伍。歇斯底里的胸花，装饰着送葬队伍的康乃馨。① 就在写奥利弗·斯旺的文章前不久，她写的第一

---

① 安西娅在写文章时将"胸花（corsages）"和"送葬队伍（cortèges）"这两个词弄混了。

篇文章中就出现过类似的失误:"这位结婚五十年的新娘佩戴着由依然宠爱她的丈夫从毛里求斯空运过来的兰花送葬队伍。"她感觉自己在微笑,犹如一台愚蠢的机器,嘴巴僵硬地咧开,与自己的神情不相符,看起来像在哭又像在笑。送葬队伍,胸花。那天亚瑟走过时倒着读完了,笑得眼泪都出来了。

"这是一个很好的提议,安西娅。"罗伯特为她的微笑所鼓舞,"写一篇追溯死者生平的文章。显然,我同意这是冒险之举,但我认为这可能会引人入胜,能让人了解背景,有一种悲怆感,让人感受到幸存者的坚韧不拔。但我们不想要……"他移开目光,又看了看她僵硬的笑容,"一份个人讣告,你明白我的意思吗?"

她干瘪的嘴唇与门牙粘在了一起,她抬手遮掩,想让它放松下来。

他沉默着等待她的回答,但放在桌面上的手指紧攥着,已然不耐烦。她当然明白,写作并非疗愈良药。邓肯也说过类似的话:"记住,安西娅,新闻工作是实用的,但它不是一种解决方案,无法建造房屋。人们往往固执己见,不会轻易被改变。"

邓肯。邓肯的声音。她多么想念邓肯的声音。突然之间,像在过去两周里的许多时刻一样,安西娅觉得,她一个人的身体根本无法做到在容纳这么多的渴望和遗憾的情况下不支离破碎。罗伯特显然想结束他们之间的谈话,但安西娅确信,如果她现在稍有动作,她便会摔倒,摔成碎片,让自己在众人面前发出某种形式的剧烈哀鸣。

安西娅想到邓肯,邓肯的声音。她试图平静地呼吸,紧紧地抱住双臂，仿佛要把内心的空虚混沌包裹起来。邓肯说话的样子，仿佛文字是需要小心翼翼地捧在手心的物品。那缓慢的声音像嗡嗡声，轻柔而稳定地传递着他的讯息。

在帮她搬家时，邓肯的声音断断续续从公寓的远处传来。"你刚才说什么？"安西娅在她平常写文章的餐桌旁边喊道，"你说是还是不是？咖啡还是茶？你刚才说什么了？"

"我说，我的女朋友，我的女孩，我说我爱你。"

他的声音断断续续地传来，像一个萦绕心头的幽灵，此刻这般不经意地出现。而她坐在那里，因谨慎、恼怒却宽容的主编而紧抿嘴巴，暗自神伤。邓肯喉咙里的嗡鸣声，像深夜广播里的静电噪声："我爱你。"

"我爱你，"她想回应，"我需要你。"

爆炸发生十天后，也就是邓肯葬礼的次日，这篇文章的构思就具体化了。安西娅站在没有窗帘的窗前，萌生了这一想法。一篇关于爆炸事件遇难者的报道，一篇讲述六个遇难者生平的短文，这是爱他们的人最珍贵的回忆，将与《纳塔尔时报》强调的人文关怀相呼应，却也鞭辟入里，让人们看到这一事件所造成的真正的灾难与恐怖，表明死者是多么优秀，他们现在是多么让人怀念。

亲属们在超市废墟吊唁的第一张照片已经见报。他们脚下摆放着一辆翻倒的手推车，一种简陋的祭品。

安西娅对罗伯特说，一篇回忆文章不仅能更贴心地在遇难者之间建立联系，还能为炸弹造成毁灭的那一瞬间提供背景信息，展示这一事件对人们生活的影响：无论他们是谁，无论他们来自哪个种族、年龄几何，他们的生活都被这种暴力残酷地摧毁了。

在爆炸发生后漫长的十天里，安西娅试图参加其他人的葬礼，与其他丧亲者见面和交谈，以此来减轻自己巨大的悲痛。有一次，她洗完澡，穿上一条被邓肯称为"校服"的灰色连衣裙，但发现没有浅色的长筒袜了。不穿袜子，而且还有媒体在场……她决定不去了。

还有一次，安西娅驾车沿街而行，突然失声痛哭了起来，没有任何征兆，她的胸膛如撕裂一般，喉咙疼痛难忍。后视镜映照出她扭曲的脸，妆也花了，宛若一幅悲痛的漫画。

最后一次，她差点儿就到海岛沙滩那边的天主教堂了，但有人恶作剧，把指示牌转了个向，她拐错了弯。没过几分钟，她就放弃了，开车回了家。

邓肯的母亲一定去参加了那场葬礼，女孩们的葬礼，因为第二天早上她在殡仪馆里站在儿子的棺材前，胸前戴着一朵黄色的玫瑰花蕾，正是《纳塔尔时报》报道过的天主教堂的胸花装饰。

胸花，送葬队伍。

漂亮的黄色，安西娅轻轻地用手触摸着花瓣，渴望邓肯的母亲能给她一个拥抱。但是身材瘦小的弗格森夫人因悲伤而变得憔悴，似乎没有听见她说话。

那天，安西娅在窗前眺望大海，决定以拼贴的方式讲述南克莱克顿六个遇难者的故事。她内心想做些什么——这几乎成了一种生理需求。用某种坚实的东西来抵御她内心深处令人不寒而栗的疼痛和空虚。

据她所知，失去亲人时，有一个心照不宣的过程，那就是要度过一段痛苦空虚又难熬的时光。突如其来的泪水打破寂静，随后渐渐消失，重回麻木。在公寓熟悉的房间里，她的每一个脚步都在空虚中回响。

十天来，她每天早上都出门购买生活必需品，面包、牛奶、咖啡；每天十点半，沐浴、穿衣、进食、哭泣。她倚窗而坐，聆听寂静，内心和她的世界一样空虚。

家人、朋友、尼克和玛乔丽时不时打电话来："我们要去海滩。我们能理解，安西娅，如果你不……"

"保重，亲爱的安西娅，我们想念你。"

安西娅站在窗前，紧紧地抱着双臂，哭了起来。

第二天，也许是第三天，她那正在开普打高尔夫度假的父母打来电话。

"亲爱的，如果你需要，我们马上就回来。这太可怕了，令人难以承受。我们可怜的、可怜的邓肯。"

"你在吗，亲爱的？听着，如果你需要，我真的能回来。今天有航班——"

"我没事，妈妈，我想我没事的。"

她尽可能坚定地说。父母几乎还不认识邓肯，她和邓肯在一起的时间毕竟太短了。独自承受悲伤固然痛苦，但让他们觉得有义务与她同悲，这更糟糕。

"我让自己忙得不可开交，想着终于要打开那些箱子了。等你们回来后我就好了。总之，这里的情况很糟糕，你可以想象一下，每条主路都设置了路障。他们想抓住那个人，那

个 ——恐怖分子。”

“恐怖分子”，她说得含糊不清，这是警方在报告中使用的词。你与同事、大学时代的朋友曾在私底下称之为“积极分子”“自由斗士”。自由斗士、游击队员，越来越多的报纸承认他们为正义而战。

那些话如今却哽在她喉咙里。

“杀了那些混蛋，该死的恐怖分子。”一名男子在爆炸现场喊道。

安西娅又低声说了一遍：“恐怖分子。”她惊讶地发现，这竟让她充满力量，感到平静。

就在同一天，应该是第三天，复活节之后的周日，邓肯的姐姐打电话邀请安西娅去他们家做客。她是邓肯唯一的姐姐，叫露易丝，比邓肯大十岁，身材高大，满脸雀斑。

“安西娅，如果你愿意，就和我们待在一起吧。虽然我们不能提供太多东西，只有食物和一些酒。我母亲注射了大量镇静剂。但我们觉得共同熬过这个时刻尤为重要，邓肯肯定也希望这样。”

安西娅是在葬礼前两天的周四过去的，距离爆炸发生已经过去一周。在晴朗的天空下，秋叶在花园的游泳池里打转。温暖的空气中弥漫着池水中熟透了的西瓜的味道。露易丝的两个孩子吃着抢来的巧克力，满脸通红地在草坪上玩接球游戏。

人们三三两两地站在一起。露易丝守在母亲身边，因此没有人过来引见。

一个有着邓肯般肉肉的鼻子、戴着军用十字架的驼背男人靠着落地窗，讲述着军旅生活中的奇闻轶事。他那金发碧眼的妻子附和着他。

安西娅从他们身边走过，想起了邓肯。去年年底，就在圣诞前夕，邓肯将撕碎的绿色征兵文件扔进了大海。

"这里有什么可保卫的？"他喊道，头发被风吹乱，"偏见和贫穷吗？"

　　　　"为了忠贞不渝的爱情，
　　　　足以战胜死亡的压力：
　　　　如今他们的灵魂沐浴于幸福中，
　　　　他们胜利了，永登极乐。"

露易丝与母亲坐在塑料桌旁，安西娅把莱昂内尔·约翰逊诗集的影印本放在露易丝的蛋糕盘下。安西娅推了一下她的胳膊，指了指诗集。这是她昨天找到的，也许是要在葬礼上朗诵？

露易丝淡淡一笑，转动着母亲手腕上的银手镯。

在香蕉树篱的树荫下有两个高个子男人。他们是邓肯的同事，站在锡盆两侧，里面的啤酒罐叮当作响。

"我听说了，在那样的爆炸中，补牙的填料会全部脱落，从嘴里飞出来。"

邓肯牙齿不好，满嘴都是补过的牙。

一个小时后，安西娅去帮弗格森家的女佣伊万杰琳洗碗，不小心摔了一个陶碗，那是弗格森太太用黏土制成的，不过并没有摔碎。她放声大笑，笑得很奇怪，笑声嘶哑，最后咳嗽起来。她想起了从邓肯那张被撕裂的嘴里飞出的填料。

爆炸般的叫喊声。

女佣伊万杰琳拍了拍安西娅的前臂，她的指甲被杂牌洗涤液漂得发白。

"冷静点，安西娅小姐。我们会想念邓肯主人的。"

即使主人不在了。

随后，她又去收拾脏杯子，然后分发烤饼，在摆满鲜花的餐具柜前碰见了露易丝和弗格森夫人。

弗格森夫人焦躁不安地拨弄着马蹄莲的花茎。

"我说过不要花，不要花。露易丝，安西娅，那个组织叫什么名字？我说捐赠给——什么来着？草根组织，邓肯更喜欢这种方式。"

"饥饿行动？"露易丝说。

"甘地修道院基金？"安西娅说，忍不住打了个哈欠。

方才歇斯底里的笑声仿佛解开了她内心的枷锁，从那一刻起，安西娅似乎要喘不过气来。她张开嘴，仿佛要大口吞咽或哭泣，结果却打了个哈欠。她强忍住这些无法阻挡的、打哈欠时所挤出来的泪水，直至露易丝惊恐而关切地看着她。最终，安西娅决定在天黑前离开聚会。

那天晚上，第二天，以及随之而来的葬礼日，她都被喘息和哈欠折磨，脸色很难看。葬礼上出现了更多的马蹄莲，更多的人，他们的汗水里混杂着浓烈的酒气，以及更多摆满炖菜、涂了黄油的面包卷和折叠式纸巾的餐桌。伊万杰琳一如既往地卖力，负责铺开和折叠物品，弗格森夫人也在镇静剂的作用下面带笑容。

仪式开始时，安西娅宣读了圣弗朗西斯的祈祷文，而不是莱昂内尔·约翰逊的诗歌，这是露易丝要求的。她边读边想，这说明，着迷于死亡仪式的诗歌并不适合现实生活中的仪式。小教堂里很暖和，她觉得自己的脸色好了些，试着去想邓肯，想他那低沉的声音。但她只听到管风琴嗡嗡地演奏着赞美诗，露易丝单薄而甜美的女高音挣扎着跟上节奏。她紧紧地抱住自己，再次感到无比凄凉，喉咙里哽咽着无声的啜泣。前排那位军人家属发出阵阵鼾声。

就这样，葬礼第二天，安西娅站在窗前，双臂交叉，决定回去工作，得想办法让自己有事可做。她不能再去弗格森家，不能再加入那些各自为伍的哀悼者的行列了，她无法忍受。她告诉自己，这篇纪念文章是重新缅怀邓肯的一种温和方式，是介于哀悼和日常工作之间的一种折中选择。

风猛烈地吹着，打得窗户砰砰作响。她看到远处的海面上起了点点波涛，一定汹涌异常。她记得上学时班里有个男孩是"冲浪高手"，在大学最后一年的周末因车祸失去了女朋友。车祸后的那个星期一，他来到学校，在自助餐厅孤零零地站着，显得有些局促不安，因冲浪而晒得黝黑的身体和染成白色的头发成了他痛苦的可笑陪衬。

安西娅想起了他的表情，并在其中看到了自己的影子：坐立不安，孤立无援，紧紧抱住自己的双臂。

回到工作岗位的第一天——爆炸后的第十四天——她先给自称家属团体发言人的安德烈斯·克朗耶打电话。她本打算解释自己的身份，一个和他一样失去亲友的人，也是一名记者。但她还没来得及说"记者"二字，对方就先开口了。

"我不知道你怎么想，但我自己很清楚。以牙还牙，哈迪小姐，这就是我的观点。只有正义才能消除不公，别想着改革。这是受上帝诅咒的野蛮行径。"

时间一分一秒地过去，他还在说话。

"谢谢你，克朗耶先生，我们再联系。"她说。

她不确定是自己打断了他，还是他干脆不再说话了。

除了与奈奥米·斯通的谈话，这是她做的唯一一次电话调查。

罗伯特·迈耶把她送到办公室门口，手搭在她的肩膀上，一种轻柔的慰问。

"安西娅，这个爆炸案必须处理得非常妥善。你肯定是第一个意识到这一点的。作为少数几家独立媒体之一，本报不一定支持炸弹袭击的机构。"

"一家超市和毫无戒心的路人，一位母亲和她的孩子，一个和平主义者。总共六人死亡，数百人被恐怖吓到，犹如受到爱尔兰共和军狂热分子的袭击。"

安西娅停下来，惊讶于自己反应之激烈，就像她对自己不断哭泣感到惊讶一样。

恐怖——又是这个词。看到罗伯特眨眼，她尴尬地扭过头去。曾经热烈支持的政治观点已然闯入自己的生活，迄今为止，除了使用"恐怖分子""爱尔兰共和军狂热分子"这些琐碎的词外，她还无法做出更有力的回应。

"好吧，是的，恐怖，"罗伯特说，"但也许不是有意为之。我们必须考虑全面，是错误还是有别的理由？炸弹客是否是被迫这样做的？对此我们必须保持清醒的头脑，避免感情用事。运动组织一直奉行不以平民为目标的准则，到目前为止，他们否认对此负有责任。全国范围内的追捕正在进行，但还没有人被指控。有些人，比如某些受害者亲属，已经准备好将所发生的事情简单地归咎于野蛮和政治倒退，我们最不希望的是落入他们的陷阱。"

安西娅既不是受害者亲属，也不是一名正式的记者，她收拾好公文包，再次休假回家。在她等待的时候，罗伯特让秘书写了封正式信件，建议安西娅再休两周的假，从 5 月至 6 月末，还可酌情再休六周的半工半薪假。亚瑟在通往罗伯特办公室的走廊里遇见了她，递给她一杯咖啡："去食堂。"她和他一起下楼，但走到食堂门口时，她不得不往回走。她看到大家都抬起头，停止了咀嚼，显然是在看自己。她觉得有点难过，喉咙紧紧地绷着。

亚瑟陪她走到停车场，起码什么也没说，没有强行安慰。

再次休假时，日子过得很慢：每天早上 11 点 10 分，她都会在日历上画掉一天。好在她已经不再打哈欠，哭泣也渐渐减少。她在一个新笔记本上写满了内容。新笔记本是绿色的，新闻工作专用的那本是红色的。她写作是为了保持手感，完成已经开始的工作。她写作是因为时间漫长而空虚，她希望邓肯在身边，这是让他留在记忆中的一种方式。

邓肯，写作会让事情成真。

不知不觉中，我开始在报纸上写下你去世的故事，你已离开人世。

"离开我吧：我是堕落的人之一。

什么！在我悲伤的陪伴里，

难道没有寒风掠过你的心？"

在葬礼前，我阅读约翰逊的诗集，发现我在这几行诗句下面做了标记。这是一种预感吗？是来自死亡的警告？

"安西娅，这不过是丧亲者的内疚。"我看到你紧皱眉头。

然而——我要把它写下来——一想到要把你当成过去，我便痛苦万分，有时想起你的离世又觉得很自然。我们在一起时，生活太安定。我们之间原本可能发生的事——如今已难以想象，这将永远是——永远是我的遗憾。

似乎是我把你写进了死亡，现在我把你写进我的记忆，写进你的个人讣告里。毕竟，写作是一种疗愈，邓肯。

她想，写作就是还原，把事物组合在一起，做一次栩栩如生的回望：这里一块，那里一块。

她把邓肯在两个月前的情人节送给她的迷你仙人掌放在笔记本旁边，一朵脆弱的紫色花朵在刺间绽放。"看到它，你会想起我，"邓肯说，"幸亏不是一棵卷心菜。"他们相拥而笑。

漫不经心的话，竟一语成谶。

她写道：

一个安静的人。这样暴力的死亡不应当发生在这样一个心中充满宁静的人身上。

他说，无论你做什么，都不要抱有太高的期望。永远不要与车赛跑。期望越高，失望越大。

他的双手交叉在胸前或脑后。

他经过时，会用手触摸物体的表面，细抚它们的纹理；他抚摸着那些家具的棱角和新剪的锋利树篱。他抱着我，双手紧紧环绕着我，缠绕着我，仿佛每一次拥抱都是最后一次，需要真切地去感受。

安西娅翻了一页，伸了伸胳膊。她想，如果，如果真像报纸上说的那样，这个沉默寡言的人真的是在去超市的路上遇到炸弹客的呢？如果他就像和陌生人聊天一样和炸弹客聊了起来呢？在这个人和人之间陌生度极高的国家，任何陌生人都有可能。

如果他碰巧看到袋子里除了午餐包装袋和运动鞋，还有一丝闪光呢？

他说，谈话并不能阻止恐怖发生，但它可以推迟，而稍有延迟便有可能改变人的想法。

但是，如果引爆器已经设置好了呢？

这种写作永无休止，这也是她喜欢它、依赖它的原因。时间在日复一日的练习中流逝。她意识到半小时又过去了。她洗了个澡，穿好衣服，拿着笔记本坐在餐桌旁，时而颤抖，时而揉着胳膊，时而微笑，时而哭泣。仙人掌伫立于她的文章旁。她逐字逐句地将这些句子组合在一起，察觉到越来越自洽，也越来越习惯于这种失去。与其说这是一种失去，不如说是不安和遗憾，仿佛它已经成为一道敏感的疤痕，已然愈合但依然娇嫩，她将永远与它相伴。与邓肯有关的事情将永远——痛苦地但以某种恰到好处的方式——保持未完成、未承诺的状态，停留在时间中。

后来，在她休假的第十天，她开始感到疲倦，一种决心悄然而至，并逐渐达到顶峰，渐渐地将她从悲伤和痛苦中拉出来。

邓肯，写作产生了让事情成真的效应。

一张照片出现在《纳塔尔时报》的《城市晚报》头版。只有照片，预告明天的报道。《克莱克顿嫌犯被捕》。一名身穿碎花连衣裙、系着围裙的中年妇女用手挡住眼睛，然后猛然将摄像机关在门外。她是炸弹客的母亲。

约瑟夫·迈肯，有色人种，22 岁。

安西娅凝视着照片。她弯下身子，在厨房的桌子上看那张报纸，目不转睛。那个女人裙子的花纹和版型设计颇有特色——雅致的直线，自制的，仿佛是麦考尔斯的款式。她的小腿略微分开，没有表现出一丝惊讶，就像打开一扇门时不期待有任何惊人之事。她那出于本能的自我保护姿态与任何女人——包括安西娅的母亲和安西娅自己——面对惊吓时的反应都不一样。

手背后的嘴巴开始扭曲，但表情还是有点不以为然。

这张照片是如此熟悉，以至于她先前几乎没有注意到，或者说忽视了这张黑白照片中肤色的差异。毫无疑问，炸弹客母亲的肤色是深色的。

　　整个晚上，她不断地翻看那张照片，反复注视那个表情。仿佛通过注视，她可以挪开那只捂住脸的手，看到整张脸，不管它是灰色的还是黑色的。炸弹客母亲的身份是她痛苦的根源。这个女人像其他乡镇妇女一样，系着围裙站在自己家门前。像其他女人一样。如何理解这一切呢？这里一块，那里一块，如何把它们拼凑起来？如何把这个受伤的形象与自己的悲痛联系在一起？

　　当震惊撕裂了平凡的一天。
　　故事的另一面却是如此。

　　她的手指似乎感到一阵嗡嗡作响，额头也感到一阵压力。不，这不是一种变态的或窥视的幸灾乐祸——看，另一方也受到了折磨。她突然确信，可以从中得出一些东西，一种新的理解，一种不同的看法。报纸需要轻松的故事，需要更多像奥利弗·斯旺那样的故事。而在这个假期，她有机会挖掘更多的故事，有时间出庭，有机会接近这位朵拉·迈肯夫人，这位站在混凝土门廊前、震惊得无话可说的女人。

　　有一天，一名普通女人打开家门，发现人们称自己的儿子为炸弹客。

　　那天晚上，安西娅在客厅里来回踱步，苦苦思索，这是她自爆炸发生以来第一次没有哭泣。

11

朵拉·迈肯坚信，生活永远可以从头再来。

此时，朵拉正在熨烫床褥，棉布烫热后散发出怡人的气味。她熟练地将四分之一的床单纵向铺在熨衣板上，沿着折痕将其熨烫平整。

她深知自己应该振作起来，努力学习和阅读，了解自己的孩子。人生总会出现躲不过的惊涛骇浪，顷刻间拍散努力挣来的一切，好在一切都可以从头再来。自离校后，她也一直这样践行着。她可以背诵莎士比亚的作品，也学习了会计函授课程。她的父亲山姆教导她说："虽然你头脑聪明，但你是黑人，我们皮肤有多黑决定了我们有多卑微，你无法改变这个世界的规则。"最近每天凌晨4点，她昏昏沉沉地爬起来忙各种家务活，之后还要去做保姆，忍受着背疼的煎熬，日日如此。

如果约瑟夫知道朵拉做这份艰苦的工作，他会说什么呢？

他也许会打趣地回应道："妈妈，革命尚未成功，同志仍须努力，我们是聪明的黑人，会赢得未来。"

当朵拉抱怨二手鞋磨得她脚指囊肿阵阵刺痛时，当她从杂志上剪下那些身材曼妙的白种女人的照片，并把它们贴在食品柜上时，约瑟夫可能会随口冒出一句："妈妈，记住，要时刻奋斗哦。"

这时，朵拉把熨好的床单放进空篮子，然后从床上一堆乱糟糟的干净衣物中抽出另一件继续熨烫。

这份兼职看似对解救约瑟夫帮助不大，却是身为母亲的她目前唯一能为儿子做的事。她想在约瑟夫被判刑之前多挣些钱，以备不时之需。

柏妮丝当时是在仓储折扣店的餐厅里看到这份招聘广告的，上面写着：洗涤熨烫，只上下午班，如有意向，请联系阿诺德夫人。她想着朵拉如果将工厂的工作换到早班，那就可以干这份活。

但是没过几天，这份兼职变成了朵拉唯一的工作。工厂经理将工资单上的名字和报纸上出现的那个名字逐字核对。朵拉正在办公桌前检查牙膏，桌子上的电话突然响了。多年来，她在这张办公桌前一直梦想着能有一个突如其来的机会，让自己获得一份更好的工作。"迈肯夫人，我写信来是通知你，尽管你没有学历证明，但我们还是愿意聘用你为图书馆助理……"这张陪伴她许久的办公桌知道这些，但它什么也说不出来。

"迈肯夫人？"不知道是经理自身的原因还是朵拉的原因，他看上去忧心忡忡，眼睛被眼镜遮住了，但眼神并非毫无善意。

朵拉突然感觉经理的办公室从未像今天这般肮脏。

经理继续问道："报纸上的犯罪嫌疑人是你亲属吗？"

朵拉没有丝毫闪躲的意思："我可以在这儿做满一个月吗？"

"迈肯夫人，我想你还是这周末走比较好，我们也不想被牵连。"经理回答道。

无论她工作多么认真，无论她为了主管职位多么努力，无论她熬了多少夜学写自己的名字，都无法改变今天这样的局面。

"迈肯，迈——肯——肯——这名字听起来没什么特别的啊，妈妈。"曾几何时，约瑟夫也这样问过朵拉。那时小约瑟夫才13岁，放学回家后就一直闷闷不乐，在那儿踢着桌脚。"老师问：'麦康奈尔，麦肯纳？麦肯？是苏格兰名字吗？还是爱尔兰的？'那些男孩说：'迈肯，来一个。'听起来就像要我抽大麻一样。"

"你应该感到骄傲，约瑟夫。"朵拉看着他还在不停踢着桌腿，解释道，"这是一个独特的姓氏，这是你外祖父山姆的姓氏，也是他母亲，也就是我奶奶的姓氏，她是一位爱唱歌的坚强女战士。她是从一个勇士那里，也就是她的男人那得到这个姓氏的，所以你应该感到骄傲。"

这个回答其实有一半的杜撰成分，因为她依稀记得的家族历史，大部分是艰难坎坷、模糊不清的，但确实曾出过一名军人，她记得有人说起过，柏妮丝也听父亲提起过这位当过兵的祖先。朵拉之所以说起这段家族史，是希望约瑟夫从中获益。

"那位入伍的祖先，跟你一样，都是勇士。英雄不问出处，就算把你当成爱尔兰人也没什么可羞愧的，那可是一个勇敢的民族。"

约瑟夫踢着桌子，突然打断了朵拉的话，他可能觉得妈妈在撒谎，于是更生气了。

以前，约翰喝酒的时候，总是闷闷不乐地走来走去。朵拉问他为什么这么晚才回来，他对她皱了皱眉。

"乔，记住，我是你妈！"

这对母子都一样为彼此感到骄傲。

那个糟糕的星期六夜晚，十六岁的约瑟夫出去上厕所，惊讶地发现约翰醉倒在篱笆旁泥泞的路面上，非法小酒馆里的一个年轻妓女半路冒出来，去吻约翰的裤子。他吓得赶紧跑回了家，紧握着拳头不敢松开。

回到家，约瑟夫和朵拉讲了这件事，朵拉耸了耸肩，说道："现在你知道为什么她们会把门牙拔掉了吧，就像柏妮丝所说的，'让嘴里的空间更大些'。"

结果，整整一个星期，约瑟夫都没跟朵拉说过话。

约瑟夫就像他妈妈一样，为现在拥有的一切而自豪，像她一样为更好的事情而奋斗。

现在，朵拉已经把第二张床单叠得方方正正的了，上面还有熨斗的余温，于是她把脸颊贴了上去，很满足地看着熨烫过的衣物越堆越高，就像一堆堆硬币一样。热心的阿诺德夫人用她那年轻而疲惫的声音告诉邻居，新来的黑人熨衣女工玛莎干活十分利索。因为使用阿诺德家的熨衣板要收取一小笔费用，阿诺德夫人告诉邻居，如果她们愿意支付额外的费用，这个女工可以在这儿待到周五。

玛莎·克里斯蒂安这个名字是柏妮丝取的。这是她仓储折扣店经理的名字，一个善意的假名。"她不信基督教，勤奋起来像头牛。朵拉，你之前没见过她。你就用这个名字吧，让它从此与众不同。"

阳光透过窗户照在泳池里，窗前的水晶天鹅沐浴在日光中，上面闪烁着一颗明亮的钻石星星。朵拉瞥了一眼，把熨衣板移到了阴凉处。

她不得不承认这个房子很漂亮，在这个闪闪发光的房子里，阿诺德夫人布置了成千上万光彩夺目的东西。刚开始工作的几天，她忙得不可开交，不停地熨衣服，整理衣物。搪瓷的门把手，黄铜的电灯开关，青铜的动物雕像，擦得锃亮的五斗橱以及里面流光溢彩的银色玫瑰碗……她看着这些东西的时候，会暂时忘记自己是谁，甚至有几分钟不会去想约瑟夫的事情。

约瑟夫被拘留了，被指控了。

一天又一天，一周又一周，到现在已经一个多月了，仍然没有任何新闻和消息传来。那些人会在监狱里对他做什么呢？有一次，朵拉去给约瑟夫送干净的衣物，监狱里的人告诉她，牢房有两套换洗衣服就够了，随即打发她回家。

她望着鸡蛋花树下蔚蓝的泳池，微微出神。

朵拉家前门的把手坏了，一直没有修好。后院的红泥里还依稀能看到从约瑟夫的床垫上掉下来的填充物。那天，三名警察踹开门，粗暴地把她推到一边，大吼说要找一个爆炸案的犯罪嫌疑人。

他们激动地怒吼着，一声比一声高。

朵拉在广播里听到消息，警察在爆炸发生的两天后就抓到了约瑟夫，他将在复活节的早晨被押往北部的一个安全屋，那个地方好像就在雷地史密斯镇①。三个星期后，她又在广播里听

---

① 雷地史密斯镇，南非东北部城镇，曾为殖民地第三大城市。

到了约瑟夫被起诉的消息。

"柏妮丝，你认为那些人会对约瑟夫做什么？"

"朵拉，你最好什么都不要去想。"

"我们所遭受的暴力，妈妈。"朵拉好像又听到了约瑟夫的声音，这句话他不知道说过多少次。深夜，约瑟夫坐在屋后门廊的杂物间里和她聊天，"妈妈，我们所遭受的暴力，这种持续不断的暴力，让我们每天只能提心吊胆地活着。"

阿诺德夫人的房子闪闪发光。每个熨衣服的下午，朵拉都会抽出一点时间，盯着花框镜子、蒂芙尼台灯、走廊上低垂的枝形玻璃吊灯，以及四周一尘不染的白色壁脚板。客房有个很特别的架子，上面放满了耀眼的体育竞赛和钓鱼赛奖杯。她很庆幸自己干的不是格蕾丝的那份活儿。格蕾丝每天都要弯着腰，右手像钟摆一样擦拭这个屋子。格蕾丝，那个少言寡语的祖鲁女人，只有在一天工作结束的时候，才用南非祖鲁语说一句"祝你好运"。

朵拉猜想，格蕾丝可能没受过多少教育，和她完全不同。朵拉希望自己这样猜测他人不会太刻薄。

如果约瑟夫在的话，他会纠正她吗？

他可能会说："妈妈，分而治之的道理你不懂吗？在这个大房子里，格蕾丝不会写字，所以只能在厨房工作。而你拥有初中毕业证书，精通英语，也爱学习，会仔细地把学校的书都用塑料书皮包裹起来，这就是为什么你能在安静的后室里熨烫衣服，而她只能在那儿擦地板的原因。这是他们的一贯手法，分而治之，好让我们这些黑人分开。"

朵拉回过神来，她很想知道，约瑟夫现在怎么样了。

当警察找到朵拉，让她在拘留文件上签字时，她再次平静了下来。但她想问，我的儿子，他怎么样了？你知道吗？是你们带走他的吗？

朵拉想着约瑟夫早上醒来，温柔的眼睛里定是充满了惊恐。

你们闯入他的安全屋时，他从睡梦中醒来了吗？他知道自己在哪里吗？我以一个母亲的身份问你，我的儿子，他怎么样了。

朵拉正在熨烫今天的最后一件衣物，一条带着蕾丝花边的丝质尼龙内裤。

"柏妮丝，你无法想象，"第一天工作结束时，她和柏妮丝闲聊着，"她连内衣都要求熨得平平整整，得格外有光泽！竟然让人摆弄她的内衣，她怎么受得了？还有那些内裤！完全是为了观赏而不是为了蔽体！"

柏妮丝开始咧嘴大笑，她飞快地把裙子掀起来。她就站在那儿，下半身只露出了一圈紧紧地绑在她浅咖色臀部的蕾丝花边。

"那这是什么？朵拉，告诉我，这难道不比阿诺德夫人的内衣裤更值得吹嘘吗？"

"但她让另一个女人，看啊摸啊什么的。算了，我也不知道，柏妮丝。"

两个女人笑得直不起腰，以至于不得不扶着对方。昨天晚上，柏妮丝给朵拉看挂在后院的晾衣绳时，她们也是这样狂笑不止。晾衣绳上挂满了衣服，朵拉的纯棉大裤衩就在一端晃动着。

"我趁你上班的时候洗的。什么也别说，我的妹妹。你要尽可能地接受一切帮助。"

朵拉把内裤整理好，放进阿诺德夫人主卧的抽屉。粉色、米色、红色和黑色。她特地按颜色进行摆放，这样阿诺德夫人早上就可以很快找到她想要的了。

她靠在五斗橱上休息半晌，抚平了桌布上的褶皱。阿诺德夫人的化妆品都装在一个小篮子和搪瓷碗里，就连桌垫也很漂亮，由钩针编织而成。那里面放的是全新的化妆管、化妆棒、化妆桶，都十分闪亮。化妆品牌子有"糖渍草莓""冰珍珠"，听起来像糖果一样。阿诺德夫人答应这个月底把那只绛红色的口红给她，"它和我浅色的皮肤不相配，玛莎。"

审判当天一定要盛装打扮，做好大干一场的准备。

朵拉注意到，阿诺德夫人打电话的时候，舌尖会沿着上唇滑动。甚至在吩咐朵拉熨烫衣物的时候，就算没有镜子，她也会不厌其烦地检查和修补自己的妆容。她的手指轻轻拨弄睫毛，好像手里有睫毛膏似的，朵拉记得这个动作。

几年前，她曾鼓起勇气偷偷试用阿诺德夫人的化妆品，阿诺德夫人就在隔壁房间。朵拉抚摸自己的睫毛和嘴唇，试着涂抹这些东西，看看那些蓝色眼影涂在棕色皮肤上是什么样子。

结果看上去像淤青一样。

但现在打在她脸上的只有从冰箱里流出的冷气。如果可以选择，她只想把这台冰箱扛回家。在这温暖的秋日，每当格蕾丝喝茶的时候，朵拉都会走到那个大得像纪念碑的冰箱前，打开冷冻和冷藏柜的两扇门。先是一阵冷雾拂过她的脸颊，然后裸露的双脚也感受到一股沉重的冷空气。

她在家里也想这么做，好让火辣辣的脸颊凉快点。冰箱里的食物是她的最爱。当饥饿感在深夜袭来时，她就会爬起来煎冻肉吃。无论是已经躺在床上了，还是刚吃完烤松饼，在乔被起诉后的那段时间里，她随时都可能起来做煎肉吃。她会买新鲜的肉，大块的胸肉、内脏，甚至是下脚料，只要是新鲜的，都可以配上豆蔻和美极辣酱。也许此时，只有肉能填满朵拉痛苦的内心。

她穿过长长的过道，经过紧闭的门、闪亮的门把手、一幅幅画着花和马的苍白挂画、一尘不染的壁脚板，解下围裙，感到双脚无比沉重。真可惜啊，不能坐着熨烫或打扫。玛莎和格蕾丝的这份工作无休无止。

乔不止一次地告诉朵拉，如果某些东西要一直打扫，那不如直接扔掉。

不过在家里，她并不介意打扫，因为打扫的都是自己的东西。他们花了三年时间才买到一张弹簧床，还有前厅梳妆台上放着的橙色水壶和玻璃杯，旁边是她珍藏的书籍，《九年级标准读物》《麦克白》《科利奥兰纳斯》。这些书上面至少用了四种不同的圆珠笔标注，《远大前程》、旧书摊上买的《简·爱》复印本，她已经数不清自己读了多少遍。这些书按大小依次摆放在漆砖之间。还有约瑟夫的镶框照片，这是朵拉最爱擦拭的物件，也是这个屋子里她打扫起来速度最慢的十个物件之一。最麻烦的就是挂在钩子上的软皮帽子，它就像大风天里被舔过的冰激凌一样爱沾灰尘。

"扔掉吧，妈。我们要一顶布尔帽干什么？"

"不管怎么说，约瑟夫，这是家族里传下来的。从什么时候开始，我们有色人种没有一点布尔血统了？"

但每次说这句话的时候，她都会感到脸颊发热。其实她也不确定，不过这个家族的故事充满了曲折和坎坷。过去就像一头熟睡的野兽，最好不要吵醒它。

起居室传来微弱的电视声，她镇定地在门口等候。阿诺德先生今晚一个人在家，阿诺德夫人去打网球了。朵拉扯了扯自己的围裙和衣领，把头发往后一捋，没有看对面的镜子。

"斗争仍在继续，妈妈。"

约瑟夫十分自豪，自豪自己被这样一位母亲抚养长大。

"他是个优秀的演讲者，"他的朋友们说，"他使我们对自己充满信心。他的话十分鼓舞人心，因为他，我们想站起来，团结起来战斗。"

他们得到了回报。许多个工作日的下午，他都会赤着脚靠在沙发上。

"现在仔细听着，乔，我再说一遍。我不知道那所学校的老师都教了你什么，但阅读和学习是出人头地的唯一途径。是的，对黑人，对有色人种来说都是这样的。我自己，你的妈妈，我也是读了我能获得的所有书。我所做的一切，读函授课程，当上主管，都是靠我自己，靠我自己争取来的。好了，跟着我读，棕得像浆果，忙得像蜜蜂，醉得像主子，快乐得像拉里①。"

"棕得像浆果，忙得像蜜蜂 —— 嘿，妈妈，你见过棕色的浆果吗？"

"乔，别顶嘴，"但她笑了，因为乔在听她说话，"我说的话，你要仔细听。学习好的句子，它们是打开大门的钥匙，谚

① 原文为"happy as Larry"，英语谚语，形容欣喜若狂。

语是说话的助手。在多云的英国，浆果是棕色的。英国是教育和法律的发源地。那儿的人说，美即是丑，丑即是美。现在让我们重新开始。忙得像蜜蜂，醉得像主子，快乐得像拉里。"

"妈，为什么是主子？是指我主上帝吗？"

屋里的电视正在放晚间头条新闻。

朵拉敲敲门，然后快步走了进去。

阿诺德先生盯着屏幕问道："是玛莎吗？"

柏妮丝警告过朵拉，不要看电视里的新闻画面，也不要听。

"朵拉，那些新闻都经过恶意丑化。"

事实的确如此。屏幕上警署的罪犯照面目狰狞。

"不！"

电视里播报着："第一张照片就是克莱克顿爆炸案的犯罪嫌疑人。警方进一步的证据表明，这起爆炸案确实与该名嫌疑人有关。"

电视里的那个人就是乔。

但他们一定对他的脸做了什么。他没那么黑，眼睛周围全是淤青，他们打了他。她听到了人们在窃窃私语："是不是动用了直升机来惩罚罪犯。他们把政治犯嫌疑人倒挂起来，血倒流到了头上，用飞机的螺旋桨让他们在空中打转，对他们拳打脚踢，狠狠蹂躏他们。施暴者听到当局将会覆灭的反动言辞时，会更厉害地旋转他们，摧残他们。"

朵拉感觉喉咙里又腥又酸。她最后一次见到乔是复活节前两周的星期六，他提着运动包走出家门，说："我会离开两周，或许一个月，妈。别担心。"

　　可等来的却是满头血的乔。

　　人们正在议论那双破损的运动鞋。他所在足球队的几个年轻成员认出了炸弹包里的运动鞋碎片。但这有什么用？难道他们殴打他还不够多吗，为陷害他而编造的证据还不够多吗？

　　想想整个下午她都生活在另一个世界 —— 那个约瑟夫还没被逮捕的世界。朵拉靠回忆和照片支撑着，仿佛日子跟从前一样。约瑟夫走出家门，可能只是离家几个星期而已。朵拉把照片装在相框里，挂在梳妆台上、墙上、床边。

　　"别想了，朵拉，最好别想。"

　　犯罪嫌疑人的照片在屏幕上一闪而过。

　　"以牙还牙，以眼还眼。"乔说。我们必须和他们一直斗争下去，耗尽他们的力量，烧毁他们的权势。火焰燃烧时，谁会来阻止它？她感觉有些疲惫，于是扶住门框。好的句子，好的演讲，学习书本知识，这些都是她教给他的。该做某些事的时候那就去做。也许当他更深入地参与政治时，他就停止了学习，或者以另一种方式学习，但她仍然为这种结果而骄傲。是的，她很骄傲，为他的谨慎，为他的努力，为他的决心而骄傲。如果爆炸案是他做的，那就是蓄意破坏，死亡不过是意外。整个国家都非常愤怒，这影响了所有人。但朵拉相信他。很遗憾所有的受害者都是白人，但通常情况下受害者都是黑人，她对挤在门前的记者们这么说。

　　难道不是因为某个重要的原因，她的儿子才会犯下这种伴随他一生的大错吗？

　　他的眼睛……他受伤的眼睛……我的儿子啊……

　　电视机上的画面突然消失了。她听见自己否认的声音，十分吃力，听起来像是在咳嗽。她注意到自己的手抓着门框，她收回手。感谢上帝，阿诺德先生没有回头。他找到了一个舒适的角度，躲避阳光的反射，惬意地看着屏幕，此时一抹淡淡的暮色已经落在了电视机屏幕上。

新闻主播开始了另一个故事。飙升的利率，女性和未成年人的强奸率激增。她发现屏幕上有一层薄薄的灰尘，格蕾丝没有擦干净。

阿诺德先生举起一个装着硬币的信封，依旧没有回头。

"谢谢你，玛莎。下周见。"

朵拉退出房间。她已经说不出话了，她想大哭，以此释放喉咙深处令人窒息的味道。她确信自己眼前仍留有约瑟夫刚才那张照片得残影，在反射着阳光的金色屏幕后面。

电视里那张伤痕累累的脸。

那是我的儿子，他们到底对他做了什么？

12

朵拉屋后的门廊上放着个杂物箱，里面放着一封折了四折的信，躺在旧牛皮纸衬里下面，完好无损。

肖尔迪奇旅社

埃斯考特

1900 年 1 月 22 日 星期一

亲爱的玛格丽特姨妈：

昨晚，牛车到了埃斯考特，于是我们在肖尔迪奇旅社落了脚。我们住的小木屋其实就是用几块木板搭建而成的，风可以在木板缝隙间来去自如，条件很简陋。我们赶了几周的路，当一张柔软舒适且坚固的床出现在眼前时，我们真是又惊喜又满足。虽然你会理所当然地认为我在为长时间未联系找借口，但请相信我，这是离开瑟堡以来，第一次没有海洋或山脉阻挡我的信件。我想你已经收到我从开普敦发来的电报了。

从亚速尔群岛出发到绕过好望角，我们的航行异常艰辛。但和这次的牛车之旅相比，完全不值一提。牛车从德班启程，一路摇晃，疯狂颠簸了整整三天，搞得我浑身淤青。纳塔尔位于丘陵地带，从海岸开始缓慢倾斜，但其实地面上到处都是裸露的红色岩石。事后想来，我们应该等减震设备到了再上路。他们答应过我们，设备一上岸就给牛车装上。不过大多数四轮车的便利装备都被军队征用了，这样想来，还是我们太天真了些。

最近，战事愈发紧张，在这片沉睡的殖民地，到处弥漫着明显的敌意。战火已蔓延至腹地深处。整个小镇被战壕和铁丝网包围，人们都提高戒备，武装了起来。

这里很难找到新鲜的面包和肉。昨天，贝尔法斯特的护士布里德·奥唐奈加入了我们在巴黎的救护队，她用自己的巴拿马草帽只换到了一个小菠萝。我还听说，晴朗的日子里，被困者的回光信号气球清晰可见，就像天空中的一个棕色斑点。

埃斯考特是一个小村庄，建筑沿着两条宽阔的街道修建，逐渐延伸到广袤的草地，或者说大草原。我有时候会沉醉在这样的异国风光中，视野辽阔，碧空万里，夜晚星光璀璨。这片陌生的苍穹也提醒我自己已漂泊他乡，远离了熟悉的一切。此时，我也会迅速提醒自己，我们身负重任地来到此地 —— 携手去制止一场愚蠢的战争，一个可怕且残酷的帝国对一个仅有五万人口的共和国发动的战争。

雷地史密斯的背后就是火车站，开往德班的列车都在这里中转停留。城里有传言，这个地方埋葬着阿非利卡人，一个热爱自由的民族。伟大的阿非利卡精神永远激励着他们前行。外国志愿者们都不约而同地称赞他们坚定的勇气和杰出的战略。

对于没参过军的人来说，炮声震耳欲聋，大得惊人。自公鸡打鸣起，炮声便一直响彻整个城镇，让人不寒而栗，好似无形的撞击，不只对耳朵，对人的身体也造成了创伤。早餐时，我问了旅社老板几个问题，他非常沮丧地说："炮火轰炸了真理。"

这是一个陌生的世界，但也并非完全陌生。今天早饭后不久，一支都柏林燧发枪团穿过城镇一路向北。他们挂着绣花腰带向前行军，唱着一些我听不太懂的民谣，可能是多纳尔·奥玛伦①唱的。显然，这是一支受命来此的皇家军队，得到过维多利亚女王的表彰。他们低沉的爱尔兰口音让我感到振奋。

当我在满是灰尘的膝盖上写这封信时，我想象着你正坐在下修道院街凯尔特社所的大桌子前，毫无疑问，你正在执行某个计划或任务，比如一场全爱尔兰的抗议活动，反对维多利亚访问都柏林，或者是某种类似的工作。亲爱的姨妈，在你的策划下，这场运动定是轰轰烈烈的，必将大获成功。虽然相隔千里，但我们为之所奋斗的事业仍然将我们联系在一起，想到这一点，我十分欣慰。

就我自己而言，我已经学习了红十字会的整套医疗手册，关于这份志愿者工作，我得到了一些很好的建议。在我们到达科伦索镇附近的总医院时，我学会了如何清洗伤口和移动病人。毫无疑问，巴黎红十字会协调指挥官认为，即使是像我这样缺乏经验的志愿者也能有一席之地。

我将以爱国主义的名义暂时与你们分别。今天早上，我的房东，一个典型的被晒成棕色皮肤的欧洲白人，他自豪地用1897年的禧年杯端来了早茶。显然，这种镶金边的瓷器是专

---

① 多纳尔·奥玛伦（1880—1965），爱尔兰传统歌手，其创作的许多歌曲反映了当时的国内外时事，颇受爱尔兰人欢迎。

为远道而来的帝国客人准备的。不过，你老摔碎这类瓷器，前不久在都柏林你就摔碎了几个。我立刻对天起誓，如果杯子上印着国王的头像，我是绝对不会用的。然而，如果直接拒绝使用，又显得十分无礼。但我还是鼓起勇气，战战兢兢地问，我可以换个杯子吗？当然我很重视礼仪，我说，我从很远的地方来，希望能用一些当地的器皿。房东局促不安地离开，很快又回来了，他的表情有些窘迫，但轻松了许多。他手里拿着一个小罐子，上面画着斑驳的线条。他通常不会搭理客人的这种无理请求，但依然按我的要求做了，我充满感激地接过这个杯子。这个杯子估计是用葫芦瓢做的，于是我松了口气，喝了一大口茶，品尝到了独特的干草香味。

　　亲爱的姨妈，爱你如初。

虔诚的凯瑟琳

13

安西娅·哈迪推荐的那家咖啡馆，因其造型十分时尚的餐桌而在小镇出名，而且离法院大楼很近。不过她们还是要穿过整个公园才能到达那儿。她在法院大厅里等着朵拉·迈肯，看起来非常兴奋，但她一直回避朵拉的目光："我有车。你要坐车吗？"朵拉心想，这个女孩一定感到很痛苦，但她还是无法忽略女孩的不礼貌，那种生硬的、倔强的粗鲁，让人觉得仿佛那种威严又傲慢的表情是天生的。朵拉说："我自己去。"法院的午休时间有一个小时，她走到那里就花了十五分钟。

咖啡馆里，阳光灼烧着挂满木莓的墙壁。

"我再说一遍，我帮不了你，哈迪小姐。"朵拉穿着一件印着猎犬图案的红色衬衫，身材粗壮，看上去就像佝偻着背。她正拿着小刀切盘子里的那块司康。

"我希望我们能简单谈谈，只是聊聊天。"

"只是聊天？我说了不要问问题。"

"简单聊聊吧。"

这些话她们之前说过。朵拉试着歪了歪身子，这样可以坐得更舒服一些。镀铬条的椅子腿被压弯了两次，一直摇摇晃晃，嘎吱作响。

她环顾四周的玻璃桌子和那些精巧的饮料装置。但凡能负担得起这儿的消费的年轻白人，都会来这儿喝咖啡、抽烟、交谈。他们吸烟，却一直节食。但这不是她的生活方式，也不是这个悲伤的年轻女人的生活方式。她脖子上的肌腱像骨头一样突出，透过浅色的刘海可以看到她脸上的红晕。好吧，今天就到这里。很抱歉，也很遗憾，不要对我说谢谢。

不能再这样了，她是受害者的女友，我是爆炸案犯罪嫌疑人的母亲。朵拉瞥了她一眼，从她身边走了过去，一股强烈的厌恶之情涌上心头。这个白人姑娘，受害者的女友，光明正大地坐在这里 —— 她不明白吗？她就像一个见证者，提醒着朵拉约瑟夫被指控了。不，很明显，她们之间没有共同语言，没什么好说的。历史对他们三个人的影响太大了。女孩第一次打扰她是在星期一。昨天在法院大楼门前的台阶上，丹尼尔·穆迪和蔼地低声告诉朵拉，女孩的男朋友就是受害者之一。朵拉告诉这个白人女孩，不停地重复着，她将永远支持自己的儿子。我知道有人在这次爆炸中逝去，能感受到你们所经历的痛苦，我每天也做着噩梦，但约瑟夫是我唯一为之悲伤哭泣的人。

我的儿子害死了你的男朋友，我们只是代表了各自的立场。

朵拉看了看手表，还有十五分钟。女孩做了一个绝望的小手势。她面前的面包卷已经被捣成了碎片。她和朵拉一样没什么胃口。

"该回去了，"她苦笑着，"这不是一个很好的开始。"

"哈迪小姐，这不是开始，也不是结束，今天我们之间什么都没有发生。我不想太残忍，你明白的。我看得出来你很痛苦，很明显。我只是想让大家明白我的观点。我能说的只有我对律师和记者说过的那些话。我儿子的所作所为是政治破坏行为。也许他是单独行动的，但他没有个人动机。他认为这里的种族战争还没有胜利，但他不是种族主义者。这些人的死是一场悲剧，你男朋友的死也是一场悲剧。约瑟夫卷入了这件事，但这些话不该由我说。在这个国家，每天都有黑人死去，因为他们所要求的只不过是白人一直拥有的东西。"

女孩向前倾了倾身子，除臭剂和她的汗水混合在一起，朵拉闻到了煎熬和痛苦的味道。刹那间，一种被压抑的渴望取代了女孩先前颓废而迷茫的眼神。

朵拉战栗了一下，被女孩的表情和她身上的变化弄得心神不宁。她毕竟是个母亲，不是吗？她刚才说的话中有某种力量可以转移女孩的悲伤，虽然只有一瞬间，这是毫无疑问的。她突然发现，这个女孩太年轻了，承受不了失去亲人的打击，这太沉重了，太沉重了。朵拉的思绪立刻被拉回到那个被炸得粉碎的购物中心，她心里一凉。这是个严重的错误，她提醒自己，约瑟夫才是我现在应该为之哭泣的人。

"我同意你刚才说的，迈肯夫人。是的，我发自内心地赞同你。"朵拉意识到女孩正在说话。"在极端压迫的情况下，报复行为是正当的。但最近发生的这些事，让我的感情受到了伤害。这枚炸弹炸毁了一个平静的日子，造成了大量的死亡，人们的生活发生了剧烈的变化，而且是真正的变化。我有些无法接受这些现实，不知道自己该采取什么态度，所以我想进一步了解爆炸案。我想知道这次爆炸的具体情况。"

她把一块面包卷塞进嘴里，不知道该怎么办。她的舌头上沾着一层白色的酱料。

朵拉移开视线。"唉，亲爱的。"她叹息着，"唉，亲爱的姑娘，这太痛苦了，太痛苦了，太痛苦了。你不应该在这里，我也不想在这里，不想一直被迫接受你恳求的目光。"但她也无法视而不见。除了对女孩所代表的一切感到厌恶之外，朵拉无法抑制自己对女孩的同情，这次的事件对女孩造成了巨大的、毁灭性的伤害。她在这里待得越久，女孩对她的影响就越大。恐怖的坍塌，碎裂的骨头。安西娅·哈迪的生活该有多空虚才会导致她如今坐在这里，坐在朵拉·迈肯的对面。这一定需要强大的意志力。朵拉记得这个女孩站在法院台阶上等待的样子，她紧紧地抓着自己的手臂，那股力量中充满了信念感。她有信心，不提她男朋友的事情也会被信任。朵拉认为，她的自信来源于她白人女孩的身份，但即便如此，朵拉还是尊重那种决心和冲动。

"我知道这意味着什么，迈肯太太，我知道你今天来到这里的意义。"女孩接着说，"所以我不想问问题，不想知道答案。我只是希望你能告诉我关于你儿子的事情，任何事都可以。是什么促使他这样做。我不想指责他。我只是在找一个能把所有事情联系起来的缘由，并勾勒出一个我能理解的故事。"

"但这意味着要给出解释。这怎么可能呢？哈迪小姐，我们不可能把这个国家发生的所有事情都看作特例，即使是最新的事件，许多非白种人在爆炸当天都支持投弹者，所有白人都受到冲击。兔子急了也会咬人。"

"是的，总有一天它会反咬人的。的确如此。我总想起爆炸发生的那天。就是那天而不是其他时候。为什么呢？为什么是这些人？这些黑人和白人，为什么是他们为留下来的人牺牲？为什么选择这个购物中心？是什么让约瑟夫·迈肯选择南克莱克顿海滩的？是什么在驱使他，是愤怒还是厌恶？"

不，她受不了了，话题太深入，她已经承受不了。朵拉推开桌子。盐罐和胡椒罐撞在一起，茶叶撒在茶托里。她扶住椅背站了起来。

那个绝望的女孩立刻走到她的身边，差点撞到她。女孩脸涨得通红，她的悲伤和渴望是如此笨拙和凌乱，还有她脸上隐隐的痛苦 —— 但朵拉不想看到她的痛苦。

朵拉于是对着安西娅·哈迪右肩上方的排气扇说话。当听众就在身边并且坚持己见时，准备好的陈述和淡然的表情就更难展示了。

"哈迪小姐，"她声音极低，为了听清楚，女孩凑得更近了些，"我再重复一遍，你我立场不同，看待这个问题的唯一方法，是把它看作一个普遍的问题。我的悲伤与你的悲伤无法等同。这个国家的正义一直是属于白人的。约瑟夫可能仍然会因为所谓的罪行受到严重惩罚，但就算是无期徒刑，你的男朋友也不能死而复生。约瑟夫对于这些人的死亡感到很抱歉，但道歉并不能让遇难者复活。他为自己的黑人身份付出了代价。他抨击多年来的极端偏见，最后选择了使用炸弹。这就是我要说的全部。"

在这一瞬间，朵拉感到一阵悲哀席卷全身。她的肩膀和大腿都战栗着，变得难以动弹。她突然感到心情沉重，艰难地朝门口走去。

"我不是在反驳你，迈肯太太，求你了！"那女孩还在说话，几乎是用嘶哑的声音小声地说着。她仍然靠得很近，恳求着，浑身湿热，此刻抓着朵拉手腕的那只手已经湿透。

"我想说的是，如果我能更好地理解你儿子的动机，我可能不会把邓肯的离世当作意外死亡，而是伟大进程的一部分。他不是白白牺牲，而是为了更伟大的事业，为改变国家而牺牲。在维也纳酒店和流行歌曲中提到的秘密成真了，这种困境正在慢慢好转，就像你儿子一样。这才是我的意思，这就是我想说的。"

门在她们面前突然开了。一个穿着浆洗过的褶边棉布围裙的女服务员表现出过分的热情，她紧贴着门框以让她们通过。当阳光照射到她们身上时，她们屏住呼吸，热气猛地向她们扑来。

安西娅·哈迪张大的嘴看起来像个苍白的圆圈。

"哈迪小姐，你想得太多了。你太关注我儿子了。如我刚才所说，这件事挡在我们中间。你想利用我对你的同情来减轻我对我儿子的支持，是这样吗？我不知道，恐怕我也说不清楚，也许我的同情只能停留在我儿子这边。"

但她们所做的事情和她所说的是背道而驰的。为了穿过人群，她们不得不挤在一起。她们同时抬头看市政厅的时钟，以确认现在是什么时间。差10分钟就到2点了。安西娅指了指她的白色菲亚特，扯了扯嘴角，夸张地表示，不如坐车吧。朵拉点了点头。她们坐在晒得发烫的座椅上，互相关照，"这里有纸巾。""用这个围巾垫一下吧。"停车场里车太多了。朵拉将头探出窗外，又转了一下身子。"急转弯，再小转一下。现在好了。"

　　当四周只剩下汽车引擎的嗡嗡声时，她们又开始保持距离。身体上的距离把她们分开了，但也创造了偷看对方的机会，虽然只有安西娅会这样做。

　　她全神贯注地计算着红绿灯变化时汽车的速度。朵拉·迈肯不能迟到，被告的母亲坐在她的车里，叉开双腿靠在副驾座位上，她不能迟到。但她还是忍不住看了看朵拉的脸，她的皮肤，她的肤色。当然，在此之前，她相信自己会摆脱种族观念的束缚。她会努力忽视朵拉的肤色，把她当成某种内在的自我或核心人物。但由于炸弹的存在 —— 黑人投弹者与白人遇难者 —— 这已经不可能了。朵拉的种族身份十分鲜明，不可磨灭，安西娅想看到它，直面它……直面这个令人压抑的差别。

　　比如说，朵拉会在车枕上留下痕迹吗？她无法摆脱这种想法，一旦她这样想了，那就变成了令人不寒而栗的魔咒。当迈肯夫人坐上来的时候，她想检查一下对方的脖子、头发，确认是否会留下痕迹。她无法控制自己。从来没有黑人坐过这辆车，从来没有黑人坐得离她这么近。安西娅的呼吸突然带上了一丝恐慌。在这个制度中，白人为他们的身份付出了代价。她不得不把方向盘往上推，以减轻肩膀的压力。她移开目光，但几乎又立刻用余光瞥了一眼。

　　这一次，她注意到了朵拉喉咙和脸颊上密密麻麻的细小皱纹，皱纹使耳朵周围的皮肤皲裂，在下巴处汇聚成深深的皱褶，像是驱除疲劳、擦拭泪水的双手不断从脸上划过，破坏了紧绷的皮肤。还有放在宽大膝盖上的手，手背静脉像裸露的草根缠结在一起。白人无知又愚昧，以为黑皮肤就像面膜，一种光滑的油性面膜，可以对抗所有重负。

安西娅看着后视镜，准备超车，她为自己利用了这个近距离的观察机会而感到尴尬，随后又故技重施了一遍。投弹者的母亲离她很近，近到可以看见这位黑人磨损干燥的皮肤和担忧的神情。安西娅又瞟了一眼朵拉·迈肯。

从远处看，在法院大楼的台阶上，在报纸上，迈肯夫人又丰满又坚定，像童话书里的母亲，像一块磐石，但是这块摇摇欲坠的磐石脸上的皱纹里填满了粉底。

"我喜欢你穿的这条裙子。"

安西娅把变速杆磨得嘎嘎作响，好像被抓了个正着。

"是的，你没听错。"

迈肯夫人听到这句话，差点就笑了。

她们已经来到通往法院大楼的大道上。在她们的左边，临时停车场的后面是板球馆，一群穿着五颜六色运动装备的爱好者正穿过椭圆形运动场。

"我说我喜欢你这条灰色的裙子。第一天在法庭上我就注意到了，它很适合你。"

朵拉又叹了口气，这个动作让她的腹部和胸部几乎一起挤到咽喉处。她的手掌握成杯状，她舔了舔手指，尝到了口水的酸味，嘴里的味道令人作呕，午饭应该多吃点的。

女孩把车停下来。不知什么原因，她又开始脸红了，喉咙发紧，脸上的红晕让人感觉它好像把身体里的热量散到空气中去了，闻起来像一种腐烂的花香。

朵拉转过身来，手指几乎碰到了她的胳膊。她一定很想念她的男朋友，朵拉想。如果她有和我一样的感觉，比如对逝去爱人的渴望，想与他亲近的渴望，她有时一定想哭，想大声哭出来。朵拉想，我应该轻轻拍一下她的手臂、手腕，或者手背吗？为我们的相遇表达一下短暂的谢意？但她的手无力地放在膝盖上。

她开口了，说的却是："接下来的几天你应该注意防晒。你不应该在法院门前的台阶上站那么久。"她几乎又笑了，"这是我作为一个母亲给你的建议。恕我直言，你看上去被晒伤了。"

安西娅感受到了朵拉的笑意，她也笑了，关掉了引擎。

"我知道我的皮肤很脆弱，容易长痣，这让人恼火。我对紫外线过敏，但我不是一个真正的金发女郎。白皮肤没什么好处。"

朵拉怀疑她刚才的那句话根本没有经过大脑思考。

她们坐在车里，凝视前方，此刻车内的气氛令人感到舒适。

"皮肤，皮肤，皮肤，"朵拉突然说，"哈迪小姐，我们什么时候才能摆脱这个话题呢？有一件关于皮肤差异的事，你应该会感兴趣的。作为一个长痣的非金发人，对，我也长痣，我妹妹也是，她开车时必须戴袖套。我儿子约瑟夫被太阳晒到的后背和前臂上都有痣。信不信由你，我们身边那些鲁莽的红发人会让我们这些所谓的有色人种皮肤长更多的痣。"

约瑟夫。她还没来得及想清楚自己在讲什么，就已经说出了这个名字，满足了女孩之前的要求："我只是希望你能告诉我 ——"

"我妈妈点掉了一颗长在后背的痣，"安西娅说，"最后留下了一个令人恼火的粉色伤疤。"

"我从来没有听说过这种事。"朵拉没有告诉她，在乡镇诊所，不会有人关注这种轻微的皮肤问题。

但是现在话题已经打开，她不想就此打住。这是难得的可以聊天的机会，她们从漂浮不定，到安心，到紧密联系，终于跨越了隔阂。就像她和柏妮丝的聊天一样，丝丝缕缕，无所不谈。几乎整整两个星期，她和柏妮丝都没有机会聊天，除了深夜，但她们十分疲惫，以至于一直强睁着眼。

安西娅仍然一动不动。不许动，她对自己说，不许动，她害怕朵拉·迈肯夫人受到惊吓，然后不再开口。她紧张地用余光偷看她，她能看见朵拉的膝盖和腿在黑色紧身衣下显得格外地黑，还有那双布满青筋的手，以及皮肤上处处可见的黑色斑点。她十分惊讶。她们聊得越多她就越惊讶于这种差异和闪闪发光的深色皮肤。

她的手指在大腿上留下了红印。那天晚上，直到她上床睡觉，她在车上夹在腿间的手仍在不停地颤抖。

"我们家有个很好的祛斑方法，就是那些比较大的斑痣，比如说我左边这个。"朵拉的手摸着自己的脖子，"你拿一根细线，把它绑在痣的根部，然后把线拉紧，你会感到一阵剧痛，几天之后那个痣就会消失。"

她打开了车门。

"它会皱缩，就像施了魔法一样，不会留下疤痕。"朵拉说。

孩子们的板球比赛如火如荼，交通有些拥堵。

"时间快到了。谢谢你送我，哈迪小姐。不一起吗？"

安西娅摇了摇头。

"你还好吗？"

"没事，我挺好的，只是有些累了。可能是因为你刚刚说的阳光。我可能会回家休息一下。我很高兴 ——"

"也许这个午餐比我们预想的要好。"朵拉走了几步，又停了下来，"顺便说一下，你可以用弹性绷带遮住那些痣。那几颗大的看起来有些发炎了。"

朵拉离开了，双手攥成拳头，她抑制住自己转身和挥手的冲动。她们之间不应该那样做，不可能的。但她对自己很满意，也不那么生那个女孩的气了。她撑过了那一个小时，没有发生什么事情。没有事件，没有争吵，比起以前，她没那么激动了，除了感受到来自女孩身上的悲伤和女孩紧握的手，或手腕潮湿的记忆，这些，她无法摆脱。她无法回应女孩眼里的请求，那是她无法理解的请求。

那天下午晚些时候，她又有了不同的感受。法庭正在听取一名口吃的证人的证词，那是位出租车司机，是他把约瑟夫·迈肯从海滩监狱送到了三辆大巴中的第一辆，约瑟夫正是坐这辆大巴车去安全屋的。直到那时她才想到，啊，我反应太慢了，这就是她回家的原因 —— 把我们之间说过的话都写下来。"寻找一个线索，一个我能理解的故事。"

但说到底，这些想法都离她太遥远了。在这个用绿漆和黑木建造的法庭内部，外面的世界显得稀薄而模糊。她抱紧双臂，试图忽略胃部的呻吟。

今天，也是这周的最后一个证人，是约瑟夫的高中校长布拉姆·梅恩提斯。他准备了一篇关于他学生的讲话稿，那个学生赫赫有名但已经去世。虽然是公诉方传唤他来讨论约瑟夫的逃学和不稳定情绪问题，但这个情况让约瑟夫的辩护律师感到兴奋。不管是否有意，梅恩提斯先生都在他的讲话中表达了对约瑟夫的支持，朵拉开始明白原因了。

梅恩提斯说："他严肃认真，干劲十足，不相信这个国家的陋疾会在一夜之间自行痊愈。在学校里，在他和我们在一起的那段时间里，他勤奋、忠诚、乐于助人，一直持续到他永远消失的那一天。"

没错，没错，朵拉自顾自地点头，他帮不上忙但说了实话。勤奋、热情。当然，正如穆迪先生所言，这将缓解下周一的开庭压力。

校长的话给了她看约瑟夫的勇气，他被两个看守者夹在中间。她默默地向他道别。他会在一个她无法想象的地方被关押两天。从周五晚上到周一早上，在某个肮脏、潮湿的地方，那里整夜都亮着灯。约翰曾因扰乱治安而入狱，他提到过那儿有老鼠。

这两天她都在数着时间过，整日整夜地害怕着。

星期一，约瑟夫将开始自己的陈述，这能为他减轻罪责。

站在被告处的人是乔，她的儿子。

他的眼睛一眨不眨，透着满腔热忱。

14

安西娅回家后，没有立即执笔记录对朵拉·迈肯的采访。正如她所说，她一回家就倒头大睡，足足睡了 14 个小时。当她醒来时，沐浴在海上的日出已把卧室的墙染成粉红色。她伸了个懒腰，走进浴室，把头发挽起来，调整了柜子上镜子的角度，以便看清脖子和背上的痣。

看到镜子里的痣，她的第一个念头是怀疑朵拉一定是在暗地里侮辱她：讽刺地问她皮肤和痣是怎么回事？她变换姿势，反复查看身体的其他部位。在这两周的庭审中，是否太阳晒多了，又长出了新的痣或令人作呕的斑点？或因为最近的压力，一些癌细胞蔓延到皮肤上？她从镜子里看到那一两颗痣躲在红褐色的衣领下没有变大才放下心来。自童年起，每到夏天，她白皙的皮肤就会躲进衣服里，她很了解自己的身体。

那么，她的话里有某种狡猾的寓意，还是一个拐弯抹角的玩笑？痣是黑色素堆积形成的，无论是什么颜色、什么光泽，黑色素都埋在皮肤深处。我们的身体里都有某种"黑色"。朵拉是那样说的吗？一种暗藏危险的黑暗。

安西娅检查了一下灰色连衣裙的腋窝处是否有汗渍，开始把连衣裙往头上套，然后结束了一系列检查。今天是星期六，要不是审判日，这个点她一定还是睡眼蒙眬。安西娅又把裙子脱了下来，换上短裤和衬衫，然后泡了一杯速溶咖啡，走到厨房的桌子旁坐下。她听到前门底下有报纸被塞了进来，伴随着一辆自行车沿街嘎嘎作响的声音。

　　周六，早晨6点，几乎一片寂静。她坐了一整天，一直在思考种族差异和种族矛盾。朵拉在餐厅的时候，目光呆滞无神，心却很乱，脑子里想着那句话："没有一个人会白白死去。"朵拉的侧脸变得柔和起来，整个人好像活过来了。她们在车里交谈着，仿佛已经这样交谈了一整天。她那双干家务活的粗手在摸索着怎样把线缠在痣上时，仿佛又突然变得娇嫩起来。

　　痣像蘑菇，像鼠丘。安西娅用一根手指顺着前臂往下摸，绕过那些大大的雀斑和手腕边上那颗熟悉的痣，那是一个像鼹鼠一样的小土墩。"你可以用弹性绷带遮住那些痣。"迈肯夫人自己也用浓妆来遮盖自己的皮肤，她的脸几乎变成了玫瑰色。或许，她只是简单提了个建议，并没有挖苦或攻击的意思。

　　安西娅记得朵拉坐在车里时，穿了裤袜的腿蜷缩在副驾储物盒下方的空隙里，她把裙摆摆放得整整齐齐。朵拉确实很在意自己的外表，她抹着深石榴色的口红，与她的棕色皮肤和红色的猎犬齿衬衫很是相称。她很喜欢和人交流化妆技巧，比如，应对皮肤瑕疵和痣的祖传疗法。

　　安西娅坐在椅子上，回忆着那些整治鼹鼠的方法。在国内，汽油和硫黄是主流。无数个星期六的早晨，她和父亲在草坪上新翻过的小土堆中间小心翼翼地走着。

"现在，他们感到一丝轻轻的颤动。"父亲砸开堆积的泥土，找到了鼹鼠的洞穴。

他们带着一把铲子、一罐汽油、一盒用来点汽油的硫黄球，肩并肩地干起来。

"把洞穴填满，它们会慢慢地死去，"父亲满意地说，"即使硫黄球没有杀死它们，汽油也会毒死它们。"

但鼹鼠总在断气前成功繁殖。星期六早晨，花园里全是小鼹鼠。穿过白色的郊区，茂盛的草坪上到处都可以看到它们。

"为了打高尔夫，你爸爸真是不惜一切代价让草坪变平坦。"邓肯酸酸地说，引起一阵咯咯的笑声。

"我听说过另一种对付鼹鼠的办法。你会喜欢的。对付它们的最好办法，就是从商务宴会的音乐卡片上取下一个会发声的按钮，插到鼹鼠丘附近的土壤里。好吧，这不是一个划算的方法，但鼹鼠不喜欢被入侵，如果周围有潜伏的噪声，他们就会立刻离开你的花园。"

"别胡扯了，邓肯。"

"你怎么就不信呢？"他嬉笑道，"秘书上班的时候告诉我的，他信誓旦旦地说这个办法有用。你应该告诉你爸爸。"

应该告诉朵拉，一个好笑的古怪建议。安西娅在一堆报纸、笔记本和慰问卡里翻找钱包。一张红色和灰色相间的卡片滑落下来，是尼克和玛乔丽寄来的。

上面写着：邓肯，我们会永远记得他。

她突然意识到在过去几分钟里，对朵拉的关心已经转移了她的注意力，她竟然短暂地忘了邓肯。不过这终归是邓肯讲过的一句玩笑话，现在却让她感到悲伤。"安西娅，这不过是丧亲者的内疚"，她想起他说过的话。然而，这句话却真的应验在她身上。她靠在桌子上，像他过去所做的那样，在脖子后面绞着双手。

她无法否认，她对朵拉那些话的兴趣一时取代了失去邓肯的悲伤。难道她不再像以前那样想念邓肯了吗？她尝试提醒自己，她是为了邓肯才与朵拉见面的，她是要弄清邓肯的死因。但全是为了他吗？她现在再想起邓肯时，已经感受不到剧烈的痛苦，她是为此而感到不安吗？现在她才意识到，她的悲伤、邓肯去世的阴影正在变淡，甚至刹那间突然消失了，但仅仅是刚才，因为这股悲伤持续压抑在她心底，时刻潜伏在她每天的生活中。

那个卡片和音乐按钮的故事，邓肯，她满怀深情与感激地想，那真是个有趣的笑话。

安西娅把那张慰问卡捡起来，贴在窗台上。她在窗台的花盆后面找到了自己的钱包。

山下的咖啡馆里，一个满是灰尘的盒子里摆放着一张张卷边的贺卡，盒子旁边还有一个冷饮柜。店主揉了揉惺忪的睡眼，随后过来帮忙。他们在盒子的后面发现了她想要的东西，一张贺卡，用闪光的银色字体写的"祝贺"两个字，上面还有一串红色气球样式的音乐按钮。

"我记得拆开过。小心，它很容易触响。"

"这正是我想要的。"

她一打开卡片，就听到一阵吱吱声，一种快速的、含糊不清的声音传了出来："他是一个快乐的好小伙。"

在厨房里，安西娅保留气球样式，把音乐装置剪了下来，装进一个信封里，还附上一张便条。

"我们提到的鼹鼠，这是另一种解决办法。如果你遇到鼹鼠泛滥成灾……"

她在信封上写了地址，由迈肯夫人的律师代为转交。应该周一下午就能送到，最迟周二。

但周一早上，当约瑟夫·迈肯站在法庭上为自己辩护时，安西娅意识到了自己的错误。

约瑟夫神色平静，法官偶尔打断或提醒他。她从旁听席上可以看到他放在护栏上的指关节、不停滑动的喉结、脖子上的汗珠，还有皮肤下跳动的脉搏，在她的位置上，刚好可以将这一切看得一清二楚。

现在她仿佛也和犯人是一伙的，做了坏事，拿着一把上了膛的枪。

给一个儿子在被告席上的女人寄一张愚蠢的卡片 —— 谁会对仇人做这种事？她在想什么？把自己变得如此狼狈，到头来到底要换来什么？只会让自己看起来像个傻瓜，不能再和朵拉联系了。

她把下巴搁在走廊光滑的栏杆上，感受着木头表面的凉意，就像约瑟夫·迈肯一样。她偷偷瞥了一眼朵拉，朵拉又穿上了那件刚熨过的红色衬衫，神情坚定隐忍，她的妆容干净整洁。

"发生在运动组织办公室托儿所的事件触动了我，"约瑟夫·迈肯说，"对此，布尔人认为该主动采取行动维护法律和秩序了，所以在商场安装了足够毁了一座大楼的炸药。是那条托儿所的新闻让我走上这不归路的，我想如果我是在那个地方被抓的小男孩，我的母亲会怎么做。"

迈肯夫人的眼睛直视前方，表情没有丝毫改变。

"报纸上有一张受伤婴儿的照片，头部的伤口非常明显。那张照片让我抓狂，它告诉我，我们还在战争中。"

约瑟夫耸了耸肩，疯狂地吞咽着口水，指关节紧张得发白。

"炸毁托儿所有什么用？反正婴儿又跑不远。满街都是被炸飞的尿布和婴儿食品，想到这儿，我差点笑出来。"

迈肯夫人咳嗽了一下，拿出一张纸巾，掩着嘴又咳了一声，然后擦了擦嘴角，检查了一下纸巾上的口红污渍。

"你差点笑出来？"法官问道。

约瑟夫·迈肯说："我差点笑出声来，因为我觉得这个世界太糟糕、太可笑了。"

午饭时间，朵拉和辩护律师从侧门离开。安西娅在大堂里走来走去，但朵拉没有再出现，她正坐在离停车场不远的长凳上，用力撕开三明治的保鲜膜。

朵拉到底在想什么？她竟然还能大口吃面包。现在看来，那个信封里面装的东西对她来说真的很可笑。当然，安西娅没有好好了解过朵拉，不知道她是如何熬过这一天天的审判，如何熬过今天的。朵拉无助地坐在那里看着儿子自我谴责，不可避免地谴责自己。"我想像曼德拉一样发表演讲自我辩护。我是个士兵，是个战俘。"

"我的悲伤与你的悲伤无法等同，哈迪小姐，这个国家的正义一直是属于白人的。"朵拉说。

　　她一定要想办法把信封拿回来。她试着打电话到律师的办公室，但没有人接。午饭后她很早就回到了大堂，在那儿转来转去。如果能给朵拉发一条消息，第二条消息的内容就是删掉第一条消息。法院门口挤着一群人，她也在其中。这些人的照片上过报纸，比上周多了几副面孔，哈特家族的大家庭，安德烈斯·克朗耶和一些男性亲友。弗格森夫妇走远了。"安西娅，我们还没有强大到足以直面所有人的愤怒。"在昏暗的灯光下，他们的脸色发青，好像他们的血都被震惊抽干了似的。

　　那天下午，证人的声音响亮了许多，但也让人感到更疲惫。他在白色 T 恤外面套了一件超大的蓝色运动服。朵拉·迈肯此时正坐在法庭里，把包放在腿上。有一次，约瑟夫机械地重复着一句话："每一个电话亭里都有人，每一个电话亭里都有人。"就像在排练台词一样。朵拉向上看了一眼，没有看他。她的目光停留在风扇的叶片上，然后落在走廊前排，安西娅坐的地方。

　　"我也不想弄错，"约瑟夫·迈肯说，"我本想早上四点半去邮局。"

　　安西娅凝视着朵拉。朵拉张开的一只手掌像盾牌一样垂直地放在脖子的一侧，那里有一颗凸起的痣。她歪着头，好像在说：听，好好听着。泪水模糊了安西娅的视线。

　　法官仍在追问炸弹被引爆的时间。

　　"迈肯先生，你是说你选择了一种最多可以延迟 25 分钟的导火线，一种刀片？"

　　"是的。"

　　"但是，警方的报告证明，在你的武器库中，还有其他导火线可用，它们应该可以延迟更长时间。40 分钟，一个小时，足够等一个电话，发出一个警告。你对此有什么看法？"

"我当时只有红、黄两种颜色的导火线，但它们只能够拖延 10 分钟的引爆时间。我选择了花费最长时间的刀片。我不希望有无辜者死亡，这是我作为自由战士的底线，我更不会忘了军规。当我成为一名士兵时，我不再是一个无赖，一个杂种，一个怪物。我宁愿自己身处险境也不愿让平民受伤。想到南克莱克顿发生的事，我深感悲伤。我好像没能控制住自己的种族意识，比起安全部门及其敢死队，那群把人当牛排一样烧烤的魔鬼，我也好不到哪里去，所以我才自愿被捕。我没有逃离这个国家，因为我只想告诉大家，我很抱歉引爆了那枚炸弹。"

"但是，"一位年长的州检察官正在浏览一个棕色的文件夹，"第一位州证人，爆炸发生后在你藏身处的园丁作证说，当你从广播中听到这个消息时，你显得很失望。我引用一下，你说：'妈的，只有 6 个。'你说托儿所的袭击造成了 20 多人死亡。"

"他在撒谎，事实上，我对此感到很遗憾。我的意思是，我很抱歉那些人死了。我不知道该怎么说，但我很高兴站在这里被审判。我为我受到的折磨感到高兴，如果我要为此付出代价，我愿以肉体偿还这一切。现在我要对在座的各位以及我的母亲说，我知道，那天，许多人失去了他们深爱的儿子和女儿。这些我都知道，它深深地扎根于我流血的心里。我会为那些人的死付出代价。"

第二天早上，约瑟夫·迈肯受审的第二天，也是最后一天，站在法院大楼台阶上的人群更加喧嚣。审判开始以来，天空第一次阴云密布，路边梧桐树上的黄叶被吹走了。晨报称，这将是冬天来临前的最后一场暴雨。安德烈斯·克朗耶戴了一顶粉红色的羊毛帽，帽子盖住了额头。他告诉一家报社，他不打算剪掉头发或摘掉帽子，因为这是他女儿卢安妮最喜欢的帽子，"直到这个国家进行改革，正义得到伸张"。

安西娅挤在人群中，没有想到能碰见朵拉。朵拉今天过来会十分危险。她好像瞥见了邓肯的那位军人家属佝偻的身影，运动夹克上的勋章闪着尼龙光泽。她又看了一眼。不是他，他没那么高。此时，人群正从那人后面挤过来。

这时，一个穿红色雨衣的女人撞了她一下，雨衣被雨水打得噼啪作响。她感到腰部被顶了一下。

"你还好吗，哈迪小姐？"朵拉说话时没有看她。

"还好。"

她们被人群推着向前。

"迈肯夫人，你呢？"她没有勇气再说下去。

"日子不好过，哈迪小姐。大家的日子都过得不轻松。"

"迈肯夫人，我真的非常抱歉，但你现在应该已经收到了。"

"是的，我正想谢谢你呢，真是一个惊喜。"

"我很抱歉，当我意识到这太过唐突时已经太晚了。"

朵拉拍了拍她的胳膊，手上露出了雀斑和色斑。人们因此把他们称为有色人种，但那实际上就是褐色的雀斑。

"我很喜欢。今天早上穆迪先生把你的字条递给我的时候，我真想笑一笑。我为当初展开这样一个愚蠢的话题而感到好笑。还有，你认为我们镇上的草坪可能会被鼹鼠破坏也让我觉得好笑。但我最喜欢的是那首曲子，我一直很喜欢那种曲调，尤其是今天。你选得很好。《他是一个快乐的好小伙》，这首曲子让我想到了婚礼，还有亲朋好友的道贺。在来的路上，我一直在车里摁按钮，循环播放这首曲子。天知道，我们需要振作起来。"

　　飞机在公园上空划过，留下一条长长的轨迹，在到达地面之前，那条轨迹已经消散。残叶落在迈肯夫人的细发上。她在草坪上铺开一块浆过的布，放上午餐：一盘腌牛肉和腌黄瓜三明治，用特百惠餐具盛着的切块西红柿、一大袋芝士球、买来的椰子蛋挞、碎条巧克力、涂了黄油的玛丽饼干，还有草莓酱。

　　"一起吃吧，"她说，"我请客。幸好我看到了你，我妹妹柏妮丝总是把午餐准备得十分丰盛。但愿不会再下雨。在户外吃东西比在室内简单多了，就像在城里的豪华场所一样。"

　　安西娅躺在地上，用手指抚摸着已经发黄的草根，想到了蜈蚣的骨架和蚱蜢的甲壳。她看着朵拉·迈肯肿胀的小脚趾戳在草丛里。餐食的旁边放着朵拉的鞋子、她们的手提包、安西娅的一管防晒霜、一个装午餐的方形棋盘格小包，还有一面小化妆镜，可能是她们俩其中一人的。安西娅看到朵拉在找镜子，便从包里掏出一面，可能那时没有放回去。

　　安西娅吃得很安静，她不想在吃腌洋葱和饼干时发出嘎吱声，于是一直吮吸西红柿片。她闭上眼睛，想听清楚朵拉·迈肯说的每一句话。

　　"有件事他经常做。"

　　朵拉说着说着突然停了下来，似乎并没有直接对安西娅说话，更像是在自言自语，在回忆中建立和约瑟夫的联系，好像这样做就能感觉约瑟夫在身边。但她并没有忽略安西娅的存在，她偶尔瞥一眼安西娅，引起她的注意。玛丽饼干沿着她伸开的腿排成两排，停顿的时候她就吃一两块，从左边膝盖末端那排吃起。

　　"他经常做的一件事就是回忆他的姐妹。约瑟夫是我唯一活下来的孩子，另外两个孩子莫妮卡和德西蕾都在六岁前死于癫痫。他总是记得她们的生日和忌日，会在吃晚饭的时候回家，把手放在我的肩膀上，轻轻在我耳边念她们的名字。过去这几个月，这一年，尽管他经常不在我身边，他也会写信回来。他在信上写了'德西蕾'三个字。仅仅是德西蕾这一个孩子，一回想起她离开的那天，都会让我心如刀割。"

　　朵拉在自己厨房里做的三明治有股潮味，气味好像来自潮湿的橱柜、石蜡或其他东西。安西娅闻了闻三明治，有股朵拉身上的味道，她咬了一口面包，避开脆洋葱，吃了起来。

　　"他总是让我感到温暖，我的约瑟夫。这个冬天没有他，我该怎么办？在寒冷的早晨，搅拌玉米面的时候，我总让他站在我身后。冬天，他即使只穿一件T恤也会浑身发热，他就是那样。我怀他时，他踢我的肚子的那一刻，我就感觉到了他的温度，他是个总给人温暖的人。那年冬天，家里有这个游戏，他们让我挺着大肚子在每个人睡觉的地方躺几分钟，给大家暖床。我给很多人暖过床，我的父亲山姆和他的妻子，也就是他的第二任妻子，我妹妹柏妮丝，当然还有我的叔叔格蒂，他当时和我们住在一起，就睡在门廊里。"

　　安西娅翻了个身，将胳膊压在草地上，皮肤上出现了一层粉红色的印记，是树根和树叶结成的美丽图案。她还用手指测了测图案的深度。

　　"你知道吗，有时候我觉得我的皮肤在发烫，因为约瑟夫在我肚子里，我太热了。有趣的是，当我在广播里听到他和爆炸的消息，当我听到他的名字时，相反的事情发生了：我的全身一下子变得冰冷，血管中的血液仿佛凝固了一般。这是不是就是所谓的血脉相连？这很明显，不是吗？家人通过血脉联系在一起。血淋淋的，产房的英国医生说，他是个血淋淋的婴儿。我问，这代表什么？她告诉我，代表他是个满腔热血还很幽默的孩子。正如医生所说，他一直是个温暖、阳光的孩子。"

　　浑身是血，安西娅想大声说出来，但最终还是没办法说出口。

　　"还有一件事他经常做，在院子里练习演讲，就像歌手练声一样。他会把自己写的句子用我们熟悉的曲调唱出来。他的朋友们告诉我，他很擅长演讲。他在这个地区所有的学生会议上都发表过讲话，告诉他们人民的力量。开会前，我会听到他在外面念《比科》和《自由宪章》里的句子，就像在练习和弦。但其他时候，他只是唱歌，我一听他唱歌就觉得很愉快。他还是婴儿的时候，我教给他的那首歌曲是从她外祖母那儿传下来的，她的阅历很丰富。"

　　朵拉把最后几块玛丽饼干堆成一堆，放在铺好的布上，然后清清嗓子，挺直身子。安西娅想，她待会儿要出庭作证，但此刻她仿佛在准备一场表演。

　　朵拉唱道：

贝伦·博杰将要出航，

乘船前往南拉伦，

前方道路平坦，前方道路崎岖，

贝伦·博杰再也不会回来。

"乔和我都很喜欢这首歌。这是一首古老的荷兰民谣，讲述一个男孩出海航行，一去不复返。但我的荷兰语发音不是很标准。在他小的时候，我们会一起唱这首歌。我在做家务时，他在外面的门廊上玩耍，或者帮我拧衣服，我们会一起唱这首歌。我喜欢那些悲伤、奇怪、充满预言的老歌。就像我奶奶唱的另一首，是阿非利卡人战争时期的一首英文歌。"

当雄狮失去力量，

英格兰女王黯然神伤，

我们的竖琴将越过南方防线，

甜美动人地歌唱。

朵拉闭着眼睛又哼了一遍那首歌。

"乔并不介意他唱的是什么，只要能一直唱下去。《自由之曲》《我们会迈过这个坎》《风吹》，这些都是我教给他的。我对自己说，他在后院唱着这些奇怪的歌，又唱着战斗歌曲，这会让密探感到毫无头绪。"

她们将午饭收拾好，朵拉用一张防油纸把剩下的三明治单独打包，饼干和一块被安西娅咬了两个半月形牙印的椰子蛋挞则被放入了契克斯购物袋里。

"很不错的一顿午餐。"安西娅说。

"不用谢，"朵拉说，"我自己也很喜欢。我不喜欢在餐厅吃饭。真希望出庭时能吃到玛丽饼干。要是能一边讲话一边吃饼干或者唱歌，那应该会很有帮助。"

"你会去听审判吗？除了约瑟夫，那里的人我几乎都不认识，并且……"

"你说得没错。但上周五，校长的证词可能会改变法官的想法。我们需要为约瑟夫争取时间，希望能在后面的审判中获得更有力的证据。辩护律师穆迪先生反应很快，他及时向法官提出休庭的请求。他会向法官建议休庭三周左右，这样我们就有时间收集更多有力的证据，像校长布拉姆·梅恩提斯那样的证词，能证明约瑟夫品行良好的更多证据。如果进展顺利，我们希望这些能感化法官，减轻刑罚。穆迪先生希望接触约瑟夫所在学校的辅导员。即使我的言论会被认为有偏袒包庇之嫌，穆迪先生还是建议我也发个言。我准备出庭陈述，证明约瑟夫是一个来自好人家的男孩，有一个得体的母亲，一个有能力也愿意为他辩护的母亲。"

她们拂去裙子上的面包屑。朵拉捡起一小块饼干碎，吹掉上面的草，又把它放进嘴里，细细地品尝。安西娅从来没见过能一口气吃这么多饼干的人。

"穆迪先生认为法官会答应我们的请求，哪怕只是为了保持公正的形象，他至少会在法庭上做出一副愿意改变判决的样子。瞧瞧这样的审判，这就是这个国家所谓的正义。被告自我辩护却害了自己，他提供的证据害了他。他不承认谋杀罪名，却承认自己引爆炸弹。他唯一能在法庭上陈述的就是他是怎么做的。"

她们穿过公园。安西娅检查了一下自己的化妆镜是否已经塞进包里。朵拉拿走了放在草地上的那面小镜子。

"你知道吗，约瑟夫从来没向我撒过谎，从来没有，我的约瑟夫。在这次的爆炸案发生之前，他跟我说话时总是看着我的眼睛，哪怕是我们在他的学业问题上发生争执时。他本该通过大学的入学考试，我说过我想让他上学，我也知道他心中的不满，但我还是想让他继续学习。他不想做作业，一心想着呼吁抵制不平等教育。他总是说，他没时间学习，他要组织抗议活动。我说受教育总比不受好，所以他有一段时间经常和我对着干。看得出来，他话少了很多。他一心追求正义的时候，经常不在我们身边，但即便如此，他也从未低下头，从未说过一句谎话。

"'告诉我你晚上去哪儿了，我醒后躺在床上一直在为你担心。'他回答说：'我得一个人做这件事，妈，我一早就得去做，知道这些对你没好处。'他可能会消失好几周。还不到十九岁的时候他就这样了。想想这对一个母亲来说意味着什么。有一次，我确定他是去另一个国家拿补给和接受训练。他带着一件新的棉衬衫回家，但他从来不说发生了什么，也从不撒谎。直到现在他依然说是他干的，这不是谎话。但是，安西娅·哈迪，他不看我。在我面前，在他自己的母亲面前，他为什么低下头？"

"因为逝者的鲜血，因为嗜血的耻辱，因为他让我们失去了至亲。"安西娅默默地回答道。

但朵拉并不是在等一个答案。

"在我面前，在他母亲朵拉·迈肯面前，他没有什么好羞愧的，他必须抬起头来。从他十六岁起，我就知道他在抗争了。他心中为正义而燃烧的火焰也在我心中燃烧。就像他说的，遭受暴力的人总有一天会用暴力来反抗。这个国家已病入膏肓，我同意那位校长的看法。即使海滩和酒吧已经在营业，现在也太早了，人们还没有抚平内心的创伤。"

她们走到街上，有些嘈杂，朵拉提高了声音。

"事实上，约瑟夫不必在任何人面前感到羞愧。死亡让我们所有人都痛苦，但他不是痛苦的根源，也不该成为大家的替罪羊。在审判开始的三天前，我去监狱探望他，只有 20 分钟的探视时间。他得知一些高层人士已经开始关注他的这次行动。好吧，游行示威已经谴责了他所做的一切。但恕我直言，即使他的行动造成很多伤亡，私下里我还是听说一些大人物并没有责怪他。这块陆地一直笼罩在凄惨的阴影下，白人压迫着黑人，永无休止。约瑟夫是在鸣枪警告——从今天开始停止压迫。他不需要在任何人面前感到羞愧，包括那些自称为真正的非洲人、真正的黑人的战士。我要对他们说，那些生在这个国家，因为肤色受苦的人，谁不受压迫呢？约瑟夫与所有被压迫的人民站在一起。"

安西娅注意到朵拉的声音有点焦虑。她想到审判时，黑人的出席率很低。这难道不是因为法院迁到了白人的郊区吗？如果黑人都来，政府担心支持约瑟夫这般嗜血行为的人过于引人注目，所以他们要来，就得长途跋涉。

安西娅瞥了一眼朵拉，想看看她的表情，但她一直走在前面。安西娅加快脚步跟了上去。从公园来的一路上，朵拉一直走在前面，大部分时间都在自言自语，但现在她似乎慢了下来。她们的脚步慢慢合拍了，朵拉的裙子蹭在她的裙子上，沙沙作响。她们正沿着法院大楼对面的小路走着，朵拉突然拉住她的胳膊，安西娅没有抗拒。今天，在朵拉善意地说了音乐卡片按钮的事情之后，她不再像先前那样退缩或侧目而视了。朵拉把她拉得更近一些，两人之间的气氛出奇地安静和谐。但这种气氛的确很奇怪，也很尴尬，因为朵拉一定知道她在想什么，也知道她所想不到的事。

如果约瑟夫不觉得羞愧，他为什么低下头？

这是他午饭前的口供。安西娅记得，他重复了昨天休庭前的一部分陈词："我为我受到的折磨感到高兴，如果对此我要付出代价，我愿以肉体偿还，我很乐意削肉剔骨以补偿幸存者。"

安西娅想，如果像朵拉说的那样，他不感到羞耻，他又为什么要这么说呢？

想到这，她不禁起了鸡皮疙瘩，一种无可奈何的痛苦，一种强烈的痉挛。但朵拉一直拉着她的胳膊，就像在带她进入一种稳定而有节奏的舞步一样。她低声哼着关于狮子和竖琴的小曲，调子很高，怪得很。她们仿佛沉浸在某种音乐的旋律中，不知不觉来到了街上。

一家电台正在播放小提琴独奏曲，可能是贝多芬的，这是两点新闻之前的插播音乐。旁边的敞篷货车、缓缓穿过的汽车、附近一辆车门敞开的汽车都播放着这种音乐，朵拉自己的呢喃声也融入了其中。她们伴着这长长的和弦向法院走去。

穿过大街，她们看到了穆迪先生，戴着蓝色眼镜，正留意着道路两边来往的车辆。

朵拉最后一次紧紧地拉住安西娅的胳膊，然后放开了她。

"今天下午对约瑟夫的审判就要结束了，哈迪小姐。他需要陈述他是怎么到安全屋、怎么躲在那里的，然后穆迪先生会提交减刑申请书。我们肯定会成功的。法官们喜欢让他们的判决看起来很公正。不管怎样，这周末我们要为约瑟夫举办个派对。周六晚上，为他的朋友们开的派对，我知道你不是他的朋友，但谁知道我们什么时候能再见面呢？如果你愿意，欢迎你来。"

她从手提包里掏出安西娅给她的信封。安西娅能辨认出发声按钮的形状。朵拉在安西娅的信上潦草地写下了自己的名字和一个门牌号。

"拿着，这个小镇曾经是一个军营，生活区到处都是战后修建的预制房，所以到处看起来都一样。如果你来的话，一定要坐出租车。一个白人女人独自开车前来是找不着路的。正如人们所说，它不是一个黑人区，而是一个有色人种区，一个温馨的黑人小镇。也许你想看看约瑟夫住的房子，看看他出生在什么地方。你可以考虑一下。"

朵拉递过信封，准备离开。"我们都这么说……"吱吱作响的音乐按钮喃喃自语般唱了起来。一个带着摄像机的记者在她身后跟了上来。

"迈肯太太，请问，你儿子说他想为自己的过错付出代价，你对此有什么要说的吗？"

安西娅看见朵拉用手护着脸，像是盾牌一样。"听。"一个留着长辫、身材瘦长的黑人学生拿着一张约瑟夫·迈肯的海报，那是报纸上的入狱照。他挤到记者的面前，三个白人粗暴地把他拉开，踩烂了海报。为了躲开这场混乱，安西娅不得不退到一边。

15

"亲爱的，我看见停车场出口有个有色人种女士在向你挥手道别。"

康妮·哈迪开车穿过砖砌的门柱，左边的门柱上挂了一个写着"哈迪小屋"的牌子。晚季大丽花点缀着门口的车道，铁丝网像野生藤蔓一样在花园的围墙、用人小屋和车库的屋顶上乱窜。

"一个有色人种吗？那应该是迈肯夫人。我们今天早些时候聊过。"安西娅说。她一直纳闷为什么她父母家的铁丝网永远那么新，从来不生锈。

"迈肯？哦，亲爱的，你是说……你会小心的，对吧？"

安西娅啪的一声关上车门。她妈妈坐了一会儿，然后把头探出车窗。

"这里有一个中央锁，还记得吗？"康妮说道，随后下车启动了警报系统。

鞋子踩在车道的砾石上，发出刺耳的声音。安西娅的余光瞥见一只蓝色的塑料耳环，母亲康妮轻轻地搂着她的腰。父亲站在前门的安全栅栏处等着她们，像在值勤似的。下班回家后，他通常在屋子里踱来踱去，露出不耐烦的疲倦神情，而他此时的僵硬笑容让那种疲倦显得十分违和。

　　他拍了拍安西娅的脸颊，没有吻她，但安西娅的母亲瞪了他一眼，于是他挺直身子，搂了一下安西娅的肩膀，让她稍微靠近了一些。安西娅闻到他身上有股新车的味道。

　　这是她在爆炸案后第一次回家吃晚饭，他们把她当成一个刚康复的病人。安西娅把手放在公文包的提手上，却被母亲一把抓住："你一定要过来，亲爱的，让我照顾你。"安西娅想，是的，他们一定觉得她很难过，郁郁寡欢，萎靡不振，优柔寡断，像以前一样需要指导，尽管事情已经过去很久了。现在，随着庭审接近尾声，这种平静的感觉越来越强烈，她学会了日复一日地静观其变，和朵拉联系，每天晚上整理自己的发现，记下有关迈肯家族的所有零碎故事，例如，约瑟夫·迈肯正在看电影《第一滴血》时，朵拉·迈肯千方百计劝他去学校。通过和朵拉吃午饭聊天，安西娅一点一点，一针一线地缝补着表面上的悲伤。

　　"妈妈，我去把公文包放在我以前的卧室里，这样就不会忘了。"

　　穿过大厅时，她注意到母亲把装有雏菊的瓷瓶放在茶几上，旁边是自己和邓肯的照片。这张照片是从背后拍摄的，两人在紫丁香树荫下的阳台上紧挨着坐在一起，手里拿着橙汁。安西娅想起了他们健康轻松的青春，几乎像大多数美国人一样。为了留下美好的画面，拍一张好照片，邓肯的右手一直规规矩矩地放在膝盖上。安西娅记得他不喜欢以这种姿势坐着，忍不住老想把手缩回去。

　　安西娅走到茶几前，摸了摸雏菊，朝母亲笑了笑。

"很高兴你喜欢，亲爱的。我特意为你准备的。"康妮顿了一下，说，"对于今天的晚餐，大家有什么想法？你爸看新闻去了。趁着太阳还没落山，我想让你看看餐厅的新窗帘。比之前的黄一些，商店说是蜜黄色。但我不确定，颜色会不会太鲜艳了？我们的房子可是朝阳的。"

"很好看，妈妈。"

"当然啦。"父亲轻轻地挪了下椅子，把安西娅的椅子拉过来。他以前可从来没这么做过，"你妈妈很清楚她想要什么。"

"是的，你总是这么说，斯坦利，但我怎么也没想到今天是女佣休息日。"康妮分发汤匙时发出了咔嗒咔嗒声，"亲爱的，我本想让伊丽莎白给我们做些美味可口的饭菜，让你在庭审结束后稍微放松一下，但我们现在只有这盘炖肉。我们不得不吃昨晚剩下的牛排，"她笑道，"我想我们可以把它当成是为了节约。既然买了新窗帘，我们就得省点钱，不是吗？"

康妮拿起耐热玻璃盖，棕色的酱汁闪闪发光。

"看起来很好吃。"

"接下来是腌羊肉。羊杂蘸上酱汁，就像非洲人那样的吃法。"父亲的语气让人无法判断他是在讲冷笑话还是在挖苦别人。

"安西娅，庭审期间你中午都吃什么？"她母亲插话，想把他的声音盖过去，"法院附近好像没什么吃的。"

"大多数时候都在公园吃三明治。"

"亲爱的，真的吗？卫生吗？我很抱歉，我有些小题大做，但你知道这很难让人不担心。即使你每天都去参加庭审，我也很担心。我读过一些你们可能会感兴趣的东西。在酷刑之后，受害者还要向施暴者道歉。竟然让受害者道歉！斯坦利，今天我去接安西娅的时候，她正在和迈肯夫人说话。迈肯，你知道的……不过迈肯夫人似乎很客气地和你说了'再见'，是吗，亲爱的？"

"安西娅，抗议还在继续吗？"她父亲用舌头舔了舔沾在上颚的炖肉末，"任何理智的人都会认为……"

"斯坦利，现在还不是时候。亲爱的，别在意刚才的话。我们真的对这些不清楚，所以才问问的。我们只是希望你能振作起来。邓肯是那么可爱温柔，谁都不想看到这样的结局。"

父亲椅子后面的木板墙上挂着三个鳟鱼头，安西娅嚼着口香糖，眼睛一直盯着那里。"你有没有注意到，"邓肯曾经说过，"你爸爸的鳟鱼笑得非常滑稽？"她突然很想笑，但喉咙似乎闭上了，眼睛有些发热。她告诉自己，忍住不要流泪，忍一会儿就好了，几分钟后，妈妈就会拿来一堆土豆和酱料。无论是对弟弟大卫还是对自己，父母总是以这种突兀又笨拙的方式闯入他们的生活，之后他们又很快在压抑中抱怨起来，也正是这样的抱怨支撑了他们多年的婚姻生活。

安西娅半眯着眼，看着黄昏的余晖在桌面上泛起光斑，心中暗自思忖，窗帘的颜色似乎与房间的装饰格调不太相称。在白色雕花壁纸、光亮的鳟鱼头、英国城堡的水彩仿画以及深色餐柜上摆放的高尔夫奖盾的映衬下，窗帘的亮黄色显得格外突兀。所有这些装饰的细节和光泽，仿佛变成了锐利的刺芒。

"生在这个伟大的国家，我们十分幸福，"她父亲盯着那面墙，"想一想，还有很多美好的事物在等着我们。"

"这倒提醒了我。"母亲说道,"亲爱的,我昨天和大卫谈过了,就在我们每周的例行通话里。他说他刚碰到查理·诺斯,你们最后一学年的学生会主席,你还记得吗?他当时邀请你参加毕业舞会,但你拒绝了。他现在也在学医,比大卫早了几年,学得很好,还买了一辆新车。"

"查理·诺斯?"安西娅说,"我好多年没见过他了。大卫还好吗?"

"他一直很关心我们。"

母亲把沙拉碗推给她,冰冷的玻璃弧线挨着她的前臂。她自顾自吃沙拉的时候,感觉到母亲在看着她。康妮默默地清了清嗓子:

"亲爱的,你知道我们都是出于好意,也知道我们有多喜欢邓肯。但你是否想过偶尔从工作和烦恼中跳出来休息一下呢?我是说,已经三个月了……你可以试着和大学的朋友们一起出去……"

"我很忙,妈妈,真的,我很好,我也不孤单。"沙拉太酸了,安西娅把它推到盘子一边,"我知道我们最近没怎么交流过,但我现在在做的事情对我来说非常重要。发生在邓肯身上的事,让一切都支离破碎了。但对我来说,它也打破了社会阶层。我发现,克服困难的方法就是思考那些碎片,看看它们是如何组合在一起的,这也许会形成一种不同于以往的方式。"

"好吧,安西娅,我们试着去理解你,但你必须克服悲伤,这也很重要。任何心理咨询都会这么建议的。休息一段时间也没有坏处。你工作的地方一定有可以一起出去放松的朋友。比如,那个有时给你电话留言的人?他是做什么的?"

"亚瑟，"安西娅说，"亚瑟·奈杜，他是一名资深记者。"

"奈杜？"她父亲问道，"你是说……"

"我去拿奶冻，这是你最喜欢的，"康妮说，"杏仁牛奶冻，可以吗？"

安西娅发现母亲正对着父亲使眼色。她马上意识到自己撞见了他们俩的秘密，便迅速低下头。这是一种小心翼翼的礼仪，一种维系白人群体亲密关系的方式。

"皮肤，皮肤，皮肤。"朵拉·迈肯在车里喊道。

"我什么也不要，谢谢你，妈妈。这肉很好吃。"

"不要奶冻？亲爱的，你确定吗？"

"不要，谢谢。"

"我特地给你做的。"

"谢谢妈妈，但我真吃不下了。"

安西娅双手交叉放在餐垫上，父母用勺子舀起奶冻。在这沉默的间隙里，她想起了母亲说过的话："查理·诺斯邀请你参加毕业舞会，当时你拒绝了他。"她完全不记得这件事。查理·诺斯，他咧嘴笑起来的样子很烦人，还有他对老师和朋友父母展露的特别笑容，以及无微不至的关心。他和女孩说话时一直盯着她们的胸部。

这就是她拒绝查理·诺斯的原因。她想知道母亲是否也记得何塞·达席尔瓦。她暗自笑了起来。她的朋友们在女厕所里喊道："不是吧，何塞！"高中刚开学的时候，何塞·达席尔瓦和他的家人逃离刚刚独立的莫桑比克，前往更南部的殖民地追求幸福生活。他们家在学校附近的街角开设了"塔克盒"商店，出售廉价的"新鲜工厂"牌蛋糕和口香糖，但何塞从来没有因为家里的营生感到难为情。何塞·达席尔瓦是她的第一个真正意义上的男朋友，这意味着他们亲吻过。一股洋葱的味道。他母亲做了炸猪心和洋葱当早餐。安西娅记得她喜欢商店后面那间公寓里浓浓的味道，还记得那总是乱作一团的床铺散发出一股闷热的气味，与自己家里干净的环境截然不同。她也很喜欢这家"塔克盒"商店，喜欢坐在报纸架后面，盘腿坐在满是灰尘的地板上，上面贴着褪色的芬达贴纸，她牵着何塞的手看漫画书。

她没有把他的事告诉她父母，父母后来是在学校运动会上得知的。"安西娅似乎很喜欢他。"老师说。

"很喜欢他？安西娅，这是怎么回事？那个男孩是谁？你为什么从来没有告诉过我们。"

"妈妈，他是橄榄球队的前锋。你会看到他打球的。"

"大多数时候，我只看到过对方球队控球。"她记得父亲说。

"可是，亲爱的，他的名字从何而来？何塞·达席尔瓦？我的意思是，这看起来是黄种人的名字，不是吗？"

"妈妈，他们原本是葡萄牙人，在北方生活了很多年。"

"但是亲爱的，"她母亲的每句话都像在呜咽，"这意味着差别，黄种人啊。你好好看过你自己吗？你们班有这么多好的男生，为什么非要和他在一起？"

就在那时，她的鞋尖踢进操场的沙土里，安西娅感觉到体内有一股力量在涌动，仿佛有一道屏障突然被冲破，带来了一股清新的空气——她成年后第一次有这种感觉。母亲的话刺破了她思想的束缚，也划破了那层像保鲜膜一样紧紧包裹着她思想的表皮。她突然感到一种新的令人不安的情绪，仿佛危险就在身边。

那一刻，她意识到，不仅有白色和黑色皮肤，还有黄色的。这些都是人们身上的标签，她在那一刻清楚地认识到了。你在这里，他在那里，有的人在更远一点的地方，不同肤色的人种社会地位也不同，肤色的差异被侮辱性地标记了出来。黄皮肤的何塞·达席尔瓦和他们不是同一类人。安西娅还记得她开始厌恶母亲，还有出乎意料的对自己的厌恶，因为母亲的意识逐渐变成了她的意识，时间愈长便愈发强烈。她总是会在和何塞亲吻之后刷牙，随处可见的肤色烙印也刻在她的脑海中。朵拉·迈肯会在汽车的头枕上留下一块油渍吗？她不想变成黄色。

当然，她没有和何塞继续在一起，但并不是因为后来出现的这些意识。何塞是一个肌肉发达的成熟男孩，也是班里唯一刮胡子的男生。运动会结束后不久，他就甩掉她，和小卖部的一个女店员好上了，那个肩膀上有文身的女孩提供的可不仅仅是接吻。他在期末考试之前就离开学校了。

"说到学生时代，"安西娅从餐垫上抬起头来，"你听说过何塞·达席尔瓦的事情吗？你还记得他吗？"她想在声音里加一点笑意，可是失败了。

"达席尔瓦？你班上有人叫这个名字吗？亲爱的，我好像没有听说过。"

父亲侧过身，皱起眉头看了她一眼，可能是眨眼，也可能是沉默，似乎在恳求她不要再说了，够了。

"安西娅，如果你吃完了，想看看我的新高尔夫球杆吗？我们在好望角度假时买的。全皮革抛光，极好的铁头球棒。我可以把它藏在床底下，作为抵御入侵者的武器。"

　　他站起来，帮她把椅子往后挪了挪。现在轮到他向她母亲使眼色了。

　　她尽量不去想这次他们在传递什么秘密。

16

朵拉家屋后的门廊上放着一个杂物箱，里面的东西杂乱不堪，破旧的牛皮纸内衬下藏着另一封折起来的信。信封的一角结了蜘蛛网，还未有人将它捅破过。过了近九十年，这封信一直没被拆开过。

伊津扬加医院

1900 年 1 月 28 日 星期日

亲爱的玛格丽特姨妈：

只有在你面前，我才能毫不掩饰我内心的感受。上一封信是在星期一写的，似乎已经过了一辈子。我们来到这里之后，一直疯狂地工作，大家都很疲惫，我也变得越来越沮丧。

五天前，西边的山上，英军前线又爆发了一场大规模的战斗，那个地方叫斯皮恩科普。就在我们小队离开埃斯考特并在这里扎营的当天早上，伤亡的英国人、爱尔兰人、俄国人、布尔人接连不断地涌来。直到今天，救护车还一直往山里跑。我们所在的医院在没有树木的空地上搭建帐篷和棚屋，空间十分有限，连容纳如今四分之一的伤亡人员都很困难。

这该是一场多么可怕的战争啊！连空气都被炮弹扬起的尘雾染红了，英军正在撤兵。战斗已经过去几天了，零星的炮击仍在山谷中隆隆作响。我真不想写下这些 —— 大炮把士兵的手、胳膊、腿和躯干都炸裂了。我见过脱臼的下巴和半截脑袋。因为人手不够，医护人员精疲力竭来不及给伤员截肢，后来叫来一个埃斯考特屠夫帮忙，他发誓对战争保持中立。我们非常敬佩非洲的救护车司机和印度的担架搬运工，他们都很优秀，每天穿着绿色的帆布雨衣行走在崎岖不平的山路上。来到这里之后，我只学会了一句当地方言 —— 受伤（ngalimala）。

被困在城镇的平民也没有幸免于难，当然饱受该战争折磨的人还不止于此。"长汤姆"，一种重型的布尔火炮，每天从连绵不断的山丘上向东边发射临时弄到的炮弹。伤者捂着耳朵，以减缓声音的冲击，我也是每晚头疼得睡不着觉。今天我一宿没睡，陪着一个从镇上送来的年轻祖鲁女伤员坐到 7 点，直到她去世。她的肚子被一颗炮弹炸穿了，我永远忘不掉她的脸和她最后的抽搐和崩溃。幸运的是她怀里的婴儿没有受伤。这个可怜的小家伙就躺在我身边，睡得正香，她母亲用法兰绒裹着他，以防他被炮弹声惊吓到。

帝国主义者竟然说战争给这个国家带来了进步和自由。他们的谎言如同烟幕弹，他们像粉尘一样诡诈，模糊了我们的视线。然而，我承认，这些可怕的谎言同样也威胁着我的、我们自己的理想主义。

我的衬裙已经被许多国家的伤员的鲜血染红结块，我问自己，在势力强大的野蛮敌人面前，它如何帮助我们的爱尔兰加入打击暴政的行列呢？恨我的和我恨的人恐怕会在一场大火中化为灰烬。无论花多长时间，无论付出多大代价，帝国始终想摧毁这些小农场主的反对势力以及我们这些爱尔兰支持者。是的，我看得越多，就越相信他们总统所说的。英国人会摧毁这个国家，因为帝国想要布尔人的土地，而资本家想要布尔人的黄金。

当然，作为一名援助者，我不必担心在这儿没有用武之地。第二天，我的工作就从包扎伤口升级到协助医生在一个澳大利亚伤员的颅骨上钻孔。所有的"自由"时间都在给那些被太阳晒得身上起泡、发着高烧的伤员擦洗、翻身。至于当初的伟大目标，我的信心正在减弱。我想起诗人威廉·叶芝在圣诞节前充满力量的话，为"布尔人的正义事业"而奋斗是正确的。然而，在无数个难眠的夜晚，我一直在思考，无论是在这里还是在其他任何地方，为了获取自由，武力是否能帮我们取得决定性胜利。

在这个问题上，营地附近的一位担架搬运工古吉拉特说的一些话引起了我的思考。他穿着战场上丢弃的破旧杂色礼服、棉质背心和粗花呢裤子。就是他的团队把那个濒临死亡的祖鲁女人带到这儿的。他原来是律师，叫甘迪，一天傍晚，我们坐在一起喝非洲卡其色的茶。

他摇晃着小脑袋说，在专制者的地盘上，用暴力对抗暴政注定会可耻地失败。"相反——"他说，"作为印度人，说话必须具有权威性——和平、大众同情、治疗，这些才是被压迫者的武器。"他有些自相矛盾，接着说，战争提供了一个极好的机会，让我们展示对帝国的忠诚，但不是以温和协助的方式，不是通过服务来进行破坏。通过与他交谈，我一时受到鼓舞，所以来到这里当护士。

因此，亲爱的姨妈，在许多情况下，我感觉自己完全不够格，毫无用处，但永远不要怀疑我们共同追求自由事业的正义性，也不要怀疑高尚的爱国民众的勇敢和无私奉献。今天，他们中的一些人被带到营房旁的战俘帐篷里。那些人下巴很宽，神情恍惚，我注意到其中一个人的背包里还带着一本英国小说。我问自己，我对他们如此同情，却依然在红十字会的中立标志下继续工作，这到底意味着什么。

就连那里的英国军官也对布尔人的伪装能力赞不绝口，他们是天才，能把枪支搬运到很高的地方。据说，他们用板条筒当轮子，枪管当车轴。不过，我确实听到可靠消息说，我们的爱尔兰旅费了大力气才将重型布尔火炮组装好，并计算了高度和射程。你可以想象，当我想到那些勇敢的梅奥人和德里人驻扎在几英里外的猪背山上，每天还在英国小镇上大搞破坏时，我既感到慰藉，又觉得有趣！

亲爱的姨妈，如果我的信写得很乱，一定是因为我太疲惫了，心里也很难受。且不说战争的残酷无情，我们所遭受的酷暑就已使精神萎靡不振。一只带斑点的大飞蛾拍着翅膀扑向我的烛火，坠落在书页上，毛茸茸的触角上灰尘撒了出来。我不禁对它产生了同情，也感到一阵鼻酸。我多么渴望与你喝着早茶，坐在炉火边聊天，分享烤面包和蜂蜜，就像去年秋天我们经常做的那样。今天清晨，我们趁着一场暴雨从营地周围的蓝桉树上摘下野蜂蜜，那时我想到了你。正在和我说话的甘迪先生也高兴地和我一道向蜂蜜扑去。

亲爱的姨妈，爱你如初。

忠诚的凯瑟琳

17

"我们所有人都感到困惑。"

那个老人弯着腰，手里拿着一根卷曲的香烟。

"我们这里的所有人都背负着迷茫的过去，模糊的记忆在我们阻塞的血管里蠕动。"

那人盯着安西娅，好像在审视她。朵拉的前屋窗台上放着一个啤酒箱，蜡烛插在装满泥土的啤酒箱里燃烧着，他的脸在烛光下显得很黑。

"这话我是对我的邻居朵拉说的，说了很多遍了，但她还有其他事情要考虑。我说这话是为了安慰她，她知道我的用意，所以今天邀请了我。"

他拿起一个如半个千斤顶般大的瓶子，将里面闪闪发光的黄色液体直接倒进嘴里。

"你、约瑟夫·迈肯、朵拉，我们内心都有混乱的过去。"他吸了吸鼻子，擦了擦嘴，"我们独自行动，或者说那就是我们的思考方式，但我们延续了先辈和族群的工作。"

他仰起头，又往嘴里倒了一口酒，又吸了吸鼻子。

"你看看我，我爸和我一样，也是个酒鬼。我们家所有的男人都是跑运输的。我退休前也和我爸一样，是个骑摩托车的邮递员。我祖父拉着牛车往返在德班和北方之间，而他的祖父也是干这行的，先辈的血脉一直在这个事业上传承着。”

他又喝了一口。这一次，他把嘴唇贴在瓶口上，若有所思地盯着水泥地面。

他们坐在偏僻的地方。屋后门廊里突然传来笑声和小录音机有节奏的嗡嗡声。安西娅刚来不久，径直走到前厅墙边一排椅子的尽头。头顶上一个没有灯罩的灯泡亮了起来，她没看到朵拉。椅子旁边的桌子上放着一个空盆，盆边沾着自制啤酒凝结的泡沫。

坐下时，她注意到一个女人和一个男人在窃窃私语，然后走到外面去了。她看见后窗边的人影因为她的到来而聚集在一起。她也许已经猜到，她的白皮肤引起了人们的不安。

这里是约瑟夫·迈肯的家。

“在迈肯家开派对？”亚瑟·奈杜早些时候曾打电话给她，让她下周一开始回归全职工作，他觉得她可能需要适应一下环境。

“安西娅，你知道你在做什么吗？参加支持炸死你男友的肇事者的派对？如果你现在能看到我，你会看到我在摇头。如果你想有人陪你一起去，请给我打电话。”

有色人种出租车司机摇了摇头，把车停在棚屋之间的街道尽头。她已经预先付过钱了。“对不起，女士，不能再开进去了。就是那条路。不用了，谢谢。黑帮分子就住在那里。我觉得你不会想去那里闲逛的。”

她刚坐下，那位老人就过来了。看得出来他身体僵硬，年纪大了，可能还患有关节炎，但他行动迅速。她一直用手摆弄着一个空杯子，茫然地盯着对面敞开的前门，不看任何人，以免引起注意。门上挂着一幅粗糙的铅笔画，画的是约瑟夫·迈肯少年时期的照片，他的眼睛和罪犯照上的眼睛一样深邃。官方报道称，这是被蒙蔽了的双眼。

老人坐到旁边的椅子上时，关节发出咔嗒咔嗒的声音，他好像要参与一场正在进行的谈话。

"这看起来是一场意外，这是可以解释的。我们被命运绑在一起，这完全没道理，但这已经成为事实。历史把我们搅和在一起。"

安西娅把她带来的那瓶酒给了他，心想，这位老人一定是来接待客人的某个家庭成员。这是她精心挑选的温和的好望角雷司令葡萄酒，味道没有那么淡，也没有那么烈。

老人把瓶子放在角落的桌子上，连看都没看一眼。他有自己的酒。他又拧开自己的酒瓶，喝了起来，目光落在她身上。

"小姐，我走过了漫长的一生。我在这个世界上见过很多东西。"他清了清嗓子，"有件事，我敢说你们年轻人不知道。有什么直的东西以前从来没有弯曲过吗？你问问朵拉。想想骨头，沟里的骨头，草原上的骨头。谁知道它们是谁的？黑人的还是白人的？白色的还是棕色的？"

他把烟头摁在椅子腿上灭掉了。他的指关节肿了。他抽出另一支烟，点燃，是"好彩"牌香烟。

一群人从前门进来，走到后面大声说话。他们有五个人，两个白人，两个黑人，第五个人的脸被贝雷帽遮住了。他们经过约瑟夫的画像时碰掉了固定画像的图钉，画像的一角掉了下来。安西娅发现这幅画画在一张鲜红色啤酒海报的背面，海报上写着："城堡"啤酒，苏醒的味道。

她身边的空盆散发出粥和潮湿碗柜的味道，正是朵拉做的三明治里的那种味道——石蜡和自制啤酒。她试着避开那股气味，结果椅子撞在老人的椅子上，嘎吱作响。他把这当作一个信号，他吐了一口气，侧过身去。

"是啊，小姐，现在完整的东西，以前不也是一团乱吗？想想今天把我们带到这里的各种感受。各种力量在分裂我们，融合我们，又分裂我们。"

他的声音低沉得像在哄人，甚至像在唱歌。他开始摇摇晃晃，收了收下巴，定住了。

"我们具有扰乱历史、扰乱我们自己的力量。你想想这在这个国家里意味着什么。这个国家混乱不堪，人们每天都想着分裂。"

安西娅突然察觉，她被聚会上的这个疯老头缠住了。格蒂像个老水手一样，一直拉着安西娅絮絮叨叨，让她无法脱身。她把手工染色的玻璃杯放在桌上。那对窃窃私语的夫妇背对着他们回到了屋里，一个新来的女人端详着约瑟夫的画像，手撑在松动的角落。好像没人能来解救她，于是她冒险打断了他。

她说："那我们在哪里可以找到那段历史呢？你提到了血脉，也提到了力量。历史在我们内心还是在外面？"

老人不负所望，把这句话当作继续说下去的暗示。

"小姐，我经历了漫长的一生，"他说，"我见过很多当我还是个穿短裤的小男孩时不敢相信的事情。我看着牛奶换成了盒装，面包用起了塑料包装。我见过朋友反目成仇，子女说教起父母——就在我们这个小镇上。我还见过布尔国家的头号敌人像鸟儿一样在我们城市的街道上自由漫步。我这些年做药房送货员，骑着摩托车，拖着个铁盒子，跑遍大街小巷，亲眼见证了城市的变迁。大路破开了山丘，让无牌车得以通宵轻松疾驰。我还记得大清早跑活时看到的怪事，是的，即使在这个难忘的夏天结束之后，也永远忘不了。那些奄奄一息的人被丢在田野里，鲜血淋漓，染红了泥土。深夜袭击手无寸铁的人，弃之荒野，这种行为既复杂又深沉，这是怪异现象的开端。与这些施暴者截然不同，我们的祖先，布尔人祖先，他们手握步枪时仿佛上帝的圣光照在手上。我见过许多事。"

他喝着酒，然后掐灭了香烟。

"一切都很混乱，但如果你睁开眼睛，你会发现它们是怎么组合起来的。你问问朵拉。我们比大多数人更有种族色彩，我们知道历史是不正确的，我们心中有这个混乱的国家。我们的部落、我们的语言在哪儿呢？只要是我们能找到的，我们就认领。别人传下来的一些东西，别人说过的一些话，正如他们所说，非法交配，融进了我们的皮肤，我们的名字出卖了它。你还没问我叫什么名字，我来告诉你。"

他举起手想和她握手，但停在了半空中。他弯下腰凑近了些。

"格蒂·马里茨，一个响亮的阿非利卡名字，你觉得怎么样？"他压低声音，缩回悬着的手，"所以你看，布尔人有时是我们的敌人，有时是我们的朋友。夜深人静时，他们跟我们打仗，跟我们做爱，那些布尔白人让我们这些像约瑟夫·迈肯一样的棕色人种出现了。"

一个穿着皱巴巴的衬衫、打着闪亮的涤纶领带的男人从后门走过来，手里拿着一瓶打开的雪莉酒。

"嗨，约翰。"

"你好，格蒂。"

格蒂做了个喝酒的手势，并拍了拍他的口袋，那人疑惑地看了安西娅一眼，挥了挥酒瓶。她的手还没碰到杯子，温暖的雪莉酒就已溅到她的手腕上。

"你好像很担心，我的朋友……"格蒂又转向她。

"我叫安西娅。"她说，喝了一口酒。

另一个人摇摇晃晃地走回门廊门口。

"安西娅，我的朋友，你看起来忧心忡忡，甚至很伤心。别这样，乐观点。我说的每句话都有意义，记住这些话。模糊的东西会变得清晰。在这里，我们都是幸存者，带着我们糟糕的过去。和我祖父一样。他也能讲一个关于混合的故事。在上个世纪的大战中，也就是人们所说的英布战争中，他当了救护员，驾着牛车在战场和此处北部的医院营地之间穿梭。医院是一个混乱的地方，很适合他。他在那里结识了一名加拿大记者，遇到了一个来自美国的黑人歌手团，他们在布尔人围攻小镇时被抓。他和一个女孩一起逃了出去，她受了伤，不严重。营地应该是中立的，但这么多人被包围，又怎么叫中立呢？英国这边有澳大利亚人和印度人，两边都有爱尔兰士兵和祖鲁追随者。几年后，我祖父听说印度领导人甘地在那里做过担架搬运工，他们一定一起工作过。就像我说的，我们试图掩盖我们的过去，但谁能做到呢？它让我们困惑，但我们依然在前进。你可以去和朵拉聊聊她妹妹柏妮丝的红头发的事。"

他擦了擦嘴角上越来越浓的白色泡沫，突然沉默了。

安西娅等待着。他的眼皮耷拉下来，好像在休息。他休息了一会儿，移开目光。谈话的某些内容就像一场介绍会。她觉得坐在这里不那么显眼了，于是开始环顾整个房间，沿着斑驳的灰浆，目光扫过老旧的胜家牌缝纫机支架上的煤油炉子，旁边是食橱，外面是铁丝网门，用一根弯曲的叉子锁着。

这就是约瑟夫·迈肯的家。

她的目光又转向一个大梳妆台，上面放着一只塑料玩具熊，侧面贴着一个头戴巴拿马草帽的男人的照片。接着，她的视线穿过昏暗的卧室门，看到厚厚的深色床帷、白色钩针编织的罩子、整整齐齐堆成金字塔的三个靠垫，以及墙上挂着的模糊肖像。安西娅又把目光移开了。

正是这种平凡使她感到挫败和发疯。约瑟夫·迈肯家这种朴实的平凡，这种无可挑剔的朴实，整洁中透露着朴素和贫穷。破损的炉子，塑料衬里的梳妆台，它们怎么被擦得如此锃亮！家具沿着墙壁整齐地摆放着，赏心悦目、坚固、干净、朴素。简单而朴素。这使她感到不快，这种朴素是怎样变成恐怖的呢？

难道是那天的爆炸炸毁了这平凡的日子？

这位老人谈到了混合。他看到的那些联系在哪里？她想到了运动包里的炸弹。两个男人在喝果汁，邓肯受伤了，摔倒了……在这种情况下，交叉的道路意味着爆炸，无情的破坏，没有一秒逃亡的时间。《纳塔尔时报》的法庭记者昨天在休庭时提到了这一判决。锡箔包裹的太妃糖混合着邓肯的血液漂浮在一摊血上。普通的糖果是怎么和恐怖混在一起的？

"糊涂可不容易，是不是，安西娅，我的朋友？"

她的身体僵硬起来。格蒂·马里茨又凑了过来。他就在附近，瞳孔很小，目光十分专注。

"这是真的，但并不容易。你在问你自己，为什么他要告诉我这些？这是什么意思？所以我现在告诉你。我告诉你这些是因为你需要听，这会有所帮助。我看到你在庭审现场闲逛，我当时在场。我在报纸上认出你来了。一张照片里有你，弗格森葬礼的照片。朵拉是我的好朋友，我是这个家庭的老朋友，所以一直在关注这些事情。我有一本剪报簿。我看到了我看到的，根据事实推断。我说的你应该听听。你来这里就是为了听这些的。我们都是幸存者，受害者的亲属，约瑟夫·迈肯的亲属。在这里，我们带着我们糟糕的历史。在任何织布中，一根没有被织入的线是没有用的。没有什么东西是完整的，反之亦然。"

"你一直在说这个。"安西娅被廉价的雪莉酒弄得有点头晕，再次放下了她的戒备之心。

"它就在我体内，这就是原因，这就是你想知道的。你知道，朵拉讲了她可以讲的，有的东西她没讲，她很善良，但很坚强。你问什么，她就会回避什么。我知道为什么。她不想把事情搞混乱，她忠于约瑟夫。她想从这个角度看乔，一个战士，勇敢无畏的战士。他就是这样的人，或者更甚。嗨，柏妮丝，你知道在这个国家里有什么事是简单明了的吗？"

一个穿着紧身卢勒克斯裙的女人把屁股倚在安西娅旁边的桌子角上。她比朵拉高，也更年轻，头发有点红，安西娅仔细看了看，可能是染的。

"老格蒂，"她说，"你别把我们的客人烦死了好吗？我是来问她怎么做到在一堆陌生人的派对上坐在老格蒂旁边的，而且看起来还挺酷的。"

她端上一盘切成片的黑面包，还冒着热气，所以大块的面包中间还很湿润。她的胳膊上平放着一碗红咖喱酱。

"你试试这个，"柏妮丝说，"用面包蘸一点酱。这是朵拉做的幸运肉酱。她把羊肉用杏子和辣椒腌了两晚，很好吃的。"

18

"那人是谁？"柏妮丝问道，"那个穿牛仔裤的白人，尖尖的脸。"

透过这扇窗户，灯火通明的前厅尽收眼底。朵拉眯着眼回答道："和格蒂·马里茨聊天的那个身材瘦小的金发女人？啊，是她。来自庭审现场的人，柏妮丝，她是受害者那边的人，我之后再和你解释这个事情。"

她把柏妮丝倒的果汁酒一饮而尽。几乎没有什么酒精味道。柏妮丝有魔法，知道别人需要什么。直到最后一个晚上她还在复制贴在前门的那张约瑟夫的照片。

"柏妮丝，也许你可以过去把格蒂拦住？"

柏妮丝端着一盘盘食物，在门廊的人群中挤来挤去。

朵拉又喝了一口。

尖尖的脸，柏妮丝说的。朵拉觉得自己的神经绷得太紧了，她还记得安西娅·哈迪脖子上紧绷的皮肤。她摸了摸自己的脸，感觉到眼睛周围松弛的皮肤。对那个安西娅来说，派对一定是件好事，可以将她从自我中解放出来，在这个夜晚放松自己。她没有一天错过庭审，脸上充满了恳求和绝望——她确实需要放松。这是他们能为她做的最好的事了，邀请她来这里几小时，虽然不能满足她更多的要求。朵拉太累了，无法承受这样做所要付出的努力，她身上背负了太多，甚至无法面对那个姑娘。也许过段时间她会更加坚强，但不是现在，朵拉现在无法面对那个姑娘，对约瑟夫的渴望紧紧抓着她的心。

她端起杯子，一饮而尽，舔掉杯沿上的砂糖沉淀物。

她想，真奇怪，这姑娘大老远跑来，然后和格蒂·马里茨没完没了地聊天。格蒂像往常一样喋喋不休，天知道他在说什么。

朵拉没有继续想这个问题。她坐在外面门廊上的一把椅子上，录音机正在播放"祖祖音乐"①频道，伴随持续不断的吱吱声。这是朵拉在约瑟夫十八岁生日时送给他的二手录音机，鞋盒一样大，上面还有一个可翻转的盖子。她不是从别人那里买的，而是从爱买杂物拍卖品的格蒂手里买的，他修好了这台录音机，但没有消去那个吱吱声。格蒂，一个机器魔术师，一个八卦恶魔，什么都插一脚。他以为自己知道所有人的一切，喝酒的时候什么都会说出来。

一个男人握着她的手："嘿，朵拉，你儿子干得不错。"

另一个声音说："你的乔，他让我们感到骄傲。别管别人怎么说。看看他是怎么演讲的，他像个真正的领袖。"

"到目前为止都很好，朵拉。加油！"

她在门廊边上坐下来，冰凉的碎黏土贴着她的大腿。温柔的酒劲冲击着她的胳膊和大脑，她能感觉到自己已经筋疲力尽，灵魂疲惫不堪，伤心欲绝。她抬起头，看到晚秋清澈的天

---

① 尼日利亚音乐，用吉他和鼓演奏。

空中，银河像烟花一样璀璨。为乔的派对准备的特别表演，浪费在他身上。乔那儿有窗户吗？她想，在那个监管严密的地方，他们会给他一个小窗高高的房间，能看到天上的星星吗？

人们挤了进来，围在她周围，说着他们想说的话，善意的、无意义的话。随波逐流吧，让她去吧。柏妮丝给她的杯子斟满酒，过了一会儿，又让她吃了一碟果酱和肉汁。朵拉仍然坐在门廊边上，大腿贴在湿漉漉的黏土上。银河在黑暗中旋转。

透过房子里的灯光，她看见约翰叉开腿站在院子中央的一个海角牌苹果箱上，和一个穿黑色紧身裤的陌生女人说话。这个聚会上有很多她不认识的人，有约瑟夫的同学，还有约翰和柏妮丝的朋友。看来柏妮丝邀请了整条街的人。

她看了约翰一会儿，她已经很久没有这样直勾勾地盯着他了。那种熟悉而懒散的笑声，就跟他们第一次去马拉巴尔汽车电影院看《非洲女王》时一样，那时他也像现在一样晃动着手中的雪莉酒瓶。看得出他很喜欢和这个陌生女人在一起。他那只空闲的胳膊轻轻地搂着她的脖子，一边说话，一边把手移向她的胸部。

"棕得像浆果，醉得像主子，快乐得像拉里。"

她这么多年就是这样指导约瑟夫的。学好演讲，乔，这会给我和你爸爸带来前所未有的机会。想想简·爱吧，她很穷，却靠学习成才。美即是丑，丑即是美。为你自己站起来，做人要体面。谚语是演讲的关键。

她走到门廊左端的镀锌洗衣盆前。这里十分昏暗，人们很难看见她，她可以放心观察聚会的人群，想象约瑟夫就在那里，被一群人挡住了，说话时，他的手在空中挥来挥去；或者出现在房子的另一侧，就像那个年轻人现在正大步走上台阶，弯腰更换录音带。

朱鲁卡，那个白人领导的乐队想做祖鲁音乐。人们喜欢那种"正中要害"的歌曲，但朵拉更喜欢真正的民谣曲调，现在来首西蒙和加芬克尔的作品应该更好 ——《忧愁河上的金桥》。

在这样的聚会上，她十分想念约瑟夫。乔在聚会上是个好伙伴，绝对是个好伙伴，就像他模仿流行音乐一样棒。他会模仿这首祖鲁曲调，撮起嘴唇，转着胳膊肘，跟着节奏扭动，强迫别人喝啤酒，确保每个人，包括他爸爸和朵拉本人都喝好。

但他自己不喝酒，部分原因是因为他的自律，此外他也不需要酒精鼓励。自从从政成为他的道路后，他少年时代的阴郁就像雾一样消散了。在他们为他十八岁生日举办的盛大聚会上，他把挂在前屋墙上的那顶传家宝软帽从钩子上扯下来，夸张地戴上，迪士尼风格冰冷如石。然后他戴着帽子，在门廊上跳了一段吉格舞，一半是布尔两步舞，一半是疯狂的苏格兰里尔舞。客人们围了过来，不敢拍手，但还是笑了起来。

那顶帽子沾满了厨房的灰尘，很多年前就应该被拿下来了。"我们要一顶布尔帽干什么？"约瑟夫问，"如果是在家里呢？"在今天的派对前，她把它藏在梳妆台里，回避问题。现在取悦他已经太晚。

约瑟夫被关在安全级别最高的牢房里，他们一刻不离地守着他。"妈妈，你看起来很累，我来收瓶子吧。大家会明白这种暗示的。"他总是在照顾她。被捕后，他的朋友说他曾经有个女朋友，但他从未带任何人回过家。他照顾自己的妈妈，把

她的冷暖记在心里。他们说那是他在三条街之外拜访过的一个
人，"一个梳着塔法里教头发的小妞"。但他从来没有提过女
孩，一个字都没有。

于是朵拉告诉安西娅·哈迪，约瑟夫从来不对她撒谎时，
她叹了一口气。她靠在洗衣桶上。的确，事实上他确实没有撒
谎，只是保持沉默。有计划的沉默不属于谎言。带你的女孩
去参加派对，让你妈妈看到你吻她的嘴，摸另一个女人的胸
部——不，还是沉默吧。像浆果般的棕色，像老鼠一样安静。
最好什么也别说，免得她担心，晚上睡不着觉。最好消失几
周，保持家庭和谐，然后回家在你的生日上跳一曲吉格舞，逗
全世界开心。

保持安静，保持和谐，逗全世界开心。像拉里一样快乐。
与此同时，策划一场爆炸。自己一个人把炸药装好，安好引爆
叶片。

朵拉感到脚下的泥土上有露水的寒意。人们正在从室内
往外走。她挺直身子，靠在门廊墙边的木制柜子上，那是山姆
的，她已经很多年没有清理过了。

"原来你在这里。小心碰头。"柏妮丝把脏盘子堆在踏板
上，"我一直在找你，朵拉。我见到了你的白人朋友。近看的
时候她看起来更焦虑了，焦虑而好奇。"

"她还在和格蒂说话？"

"是的，或者说是他在跟她说话，但她利用我逃开了。她
说出租车到了。"

"她在路上了？"

"我想是的。很晚了，我的姐姐。格蒂睡着了，手里拿着

一块面包，你的酱汁滴在他的好裤子上。你的朋友让我转告你，她累了，她喜欢你的酱汁。"

"她经常说她累了。"

"天知道约翰跟谁走了，像往常一样。"

朵拉把头靠在柏妮丝的肩膀上，感觉到柏妮丝的双臂搂住了她，温柔又包容。

"上帝知道，柏妮丝，上帝知道，但我就是不习惯。我的大脑——它做不到。我们的派对上有陌生人，还有人跟陌生人谈论我们，而我们的孩子却被关了起来。"

19

明天的日常工作就是每日的报道。

安西娅打开绿皮记事本，厨房的灯光将她交叉的双手投射到白纸上，形成了一个模糊的灰色影子。

她读到：

当震惊撕裂了平凡的一天。
故事的另一面却是如此。

她的额头抵在书页上，双手交叠，仿佛在借此寻求片刻的安宁。几周来在她太阳穴中积累的压力，在今晚从朵拉的派对回来的路上已变得几乎无法忍受，那种深处的隐痛，无法摆脱，也无法忘记。那压抑感如影随形，仿佛有某种无法言说的怀疑感阻挡着她，一种潜在的直觉牵引着某种可能的真相。

究竟是什么，从故事的另一面浮现。

她想象着周一去上班的情景，经过两排桌子走到她自己的办公桌，电脑静静地在那里等着她，来自四周的压力像一只有力的手，紧紧地箍住她的额头。平时的那些日常报道，虽然在其他时候她是喜欢的，但此刻，一种怀疑，一种执拗的念头，萦绕着她，伴随着老人的话语，沉重地压在她心头。一个来自另一面的故事，凌乱，互相拉扯，却密密地编织在一起，现在正逐渐解开。

那是一个普通的女人，某天她打开家门，发现她的儿子被冠以炸弹客的罪名。她一点都不感到意外。

毫不意外。

人类的平凡因恐惧而改变，恐惧渐渐融入平凡。

"历史是混乱的，"老人说，"你去问问朵拉。我们与敌人交战，也与敌人相爱。我们将扭曲的历史藏在心里。"

"真正的黑人，"朵拉愤愤地说，"那些生在这个国家，因为肤色受苦的人，谁不受压迫呢？"

从那些半隐半露的话语中，安西娅突然感受到一种强烈的期待，她意识到一个新的故事正在酝酿，似乎在挑战眼前的表象。她隐约察觉，这背后有一个秘密把一切串联在一起。这种深思让她感到精疲力尽，疲惫的泪水让她的眼睛开始刺痛。

"写新闻，把真相告诉人们，这就是我想做的。"

可现在，时间不多了。

"你可以考虑写一篇特刊。"在昨天的派对前，亚瑟打电话跟她说，虽是在关心她，但似乎又带有命令的口吻，"特刊是以研究为基础的文章，它提供了一种让你重新适应生活的方式。你可以回到朝九晚五的生活中，不用每天出去寻找素材。"

　　她被叫回去上班。她的假期不能再延长了。"哪怕是因为休庭，也不行吗？"亚瑟以陈述的语调重复了她的问题，"哪怕是因为休庭，也不行。不能再延长了。"他一定是被派来澄清这一点的。编辑们变得更加严厉了，尽管他们依然表示同情。是的，亚瑟说，人们知道她出席了庭审，是的，但无论结果如何——无论是个人的回忆，还是对政治暴力的反思，可能都很有意思——这终归是她自己的事，与报社无关。那是她的故事，不是他们的。

　　朵拉的故事不是她的，安西娅心想，或者，是她和朵拉的。

　　"你知道的，不是吗？"

　　"知道什么？"

　　"《纳塔尔时报》有专门的法庭记者出席庭审。"

　　"是的。"

　　她不得不坐下，才有力气继续谈话。

　　"所以为什么不考虑这个专题呢？"亚瑟借机转移了话题。试着写一个早期地方法官的历史故事，一个地方司法的故事。这应该与她的个人兴趣完全吻合。她可以利用镇上的省级档案馆，这种经历可能会让她大开眼界，那里有大量未经挖掘的资料。写一篇具有当代色彩的周年纪念文章。她意识到，英国在该省确立殖民统治已经近150年了，据说当时就是以安全和正义的名义封锁了这里。

　　"据说是这样的。"亚瑟又重复了一遍她的话，试图逗她笑。

　　但她的思绪早飞到别处了。

我们内心混乱的历史。

"如果你想找人陪你一起去迈肯家，就给我打电话。"亚瑟道别时说道。

安西娅在她的绿色笔记本上继续写道：

我在寻找线索，理清故事发展的脉络，弄明白邓肯的死因。我卷入了一起更为复杂、更为沉重的事件，它是一个由过错和秘密交织在一起的难懂的故事。

迈肯家族的姓氏从何而来？

朵拉对此闪烁其词。她和我保持距离，却又主动建立联系。她邀请我去她的派对，但她没有在派对上见我。

"我们的名字暴露了这一点。"格蒂·马里茨说，"你还没问我叫什么名字呢。"

我查了电话簿，朵拉不在里面，里面也没有一个姓迈肯的人。

朵拉喜欢和别人谈天说地，聊得最多的自然都是关于她儿子的事。虽然她聊的都跟约瑟夫有关，但讲的都是一些细枝末节的事情。她几乎不谈她的出身背景、她的家族历史。这个话题可是格蒂·马里茨不会落下的谈资。朵拉除了在那首歌里让人知道了一点关于她家族的事情，在其他地方，她丝毫没有提及。格蒂也只是用图画和打哑谜的方式讲述这些故事，一段令人困惑的历史，一段禁忌的往事。用格蒂的话来说："现在完整的东西，以前不也是一团乱吗？"

朵拉那首充满哀伤的曲子，讲述的是关于南方爱尔兰人的故事。

安西娅走到水壶前，掂了掂它的重量，把壶里剩余的水倒进了旁边的塑料罐，又装满了一壶。这时，她发现厨房的防火胶板表面出现了裂缝，常年累积的污垢使它有些开裂。

她回到笔记本前，又试着写了几句话：

某天，一个寻常的女人打开家门，看到了一张熟悉的脸，毫不意外。随后，曾经的怒火再次在她心中燃起。

她身子往后一靠，眯起了眼睛，在"怒火"这个词前面加上"复仇"，随即又画掉。她重新坐直，停顿片刻，再次俯身，把"怒火"改成了"危险"，并在前面加了"奇怪"。她看了看，画掉，轻轻写下了"隐秘反抗"。"曾深藏于她内心的隐秘反抗，如今再度浮现。"写完，安西娅合上笔记本，起身去泡茶。

20

各大报纸都报道了，在对迈肯的审判中，辩护律师虽然帮他们获得了他们所要求的三个星期的休庭，但最终并未获得法官的宽大处理。举国上下都认为复活节发生的暴力事件已经超出了宽大处理的合理范围，为了回应这种情绪，避免在其他领域可能发生的更严重的报复性事件，法庭被要求迅速提高效率。法官接受了州政府关于仅可采纳描述被告性格的证词的要求。学校提到约瑟夫·迈肯惯有的顽固不化——"在任何一件小事的讨论上，他都非常固执和坚持"——这显然足以给本案定罪。迈肯夫人为儿子所作的证词被排除在外。在重新开庭审判的那个星期一上午 11 点，法院撤回了审理其证据的决定。

炸弹客被判无期徒刑。

当安西娅走过通向省档案馆大门的阴凉拱廊时，这几个字正对着她。她又研究了一个下午，翻查了一百多年前地方官员的档案和个人文件。报纸的头版被用厚厚的衣夹钉在街角报亭的门上和屋顶。

不可能，没这么快。

她匆忙把车钥匙从包里掏出来，结果划破了手指。

办公室里，亚瑟·奈杜靠在桌子上，双手托着头，把收音机音量调到最大。工作到很晚的体育记者丹僵硬地坐在对面听着。杂工格拉迪斯小姐看上去少了些什么，没有了平时那辆咔嗒咔嗒响的手推车，她跌跌撞撞地从桌子之间的过道上走过。丹伸手去扶她，他们抓住了她的胳膊。在房间的另一头，罗伯特·迈耶和他的秘书像哨兵一样站在办公室门口两边，脸上充满了震惊。

亚瑟腾出地方，搬来一把椅子让安西娅坐下。

"想不到 —— 在这个动荡不安的时期，会进行如此严厉的惩罚。"

新闻播报响起时，一名助理编辑从编辑室的走廊上跑过来，拿着报纸的头版，就像拿着一块夹板广告牌，他赤裸的胳膊肘上有两个墨点。**法官说，如果是在去年，他会被绞死。**助理编辑扬起眉毛，露出一副吃惊的样子，打量着房间里的每一张面孔。

亚瑟的手指按着嘴唇。

新闻播报员的声音听起来充满力量，好像在发布一份运输报告，或是一个最新的好消息。此时，整个城市的交通畅通无阻。

"约瑟夫·迈肯，克莱克顿爆炸案的被告，六项谋杀罪名成立，第七项危害他人生命罪名成立。法庭的意见是，控方已在排除合理怀疑情况下确立了蓄意谋杀平民的证据。即使考虑到这个国家正在经历的变革，但大多数判决没有发现任何可以减轻罪责的情形。法庭认为，没有证据表明被告的精神状态可能以任何方式受到影响，从而减少对他道德上的谴责。法官在总结时强调，罪犯已经供认不讳，罪行确立。"

亚瑟的手掌平放在桌子上，发出啪嗒啪嗒的声音。小收音机晃动着，摇摇欲坠。安西娅伸出手想稳住它，亚瑟一把握住，说："他应该对爆炸负责。这是一个倒退，他们有权把他当作战俘。"她感到他在发抖。

新闻播报员把话筒交给电视台的法庭记者。

"是的，巴里，今天真是紧张的一天。然而，法庭的判决确实符合我们的期待。人们自始至终都觉得被告的证据是荒谬的，而且，他面对法官时态度模棱两可，闪烁其词。例如，他声称想先去邮局，然后在邮局打电话，但没有证据表明案发当天他就在邮局附近。法庭在宣判时承认，我们的社会仍然存在问题，不可避免地对一个不成熟的年轻人产生影响。然而，在这种背景下，他们不得不问，为什么被告选择在上午 11 点 10 分于一家超市实施计划，尽管他明确表示不想杀人，而不选择晚上 8 点，不选择凌晨 4 点？他用的雷管没有留时间打电话报警。当他意识到不可能预警时，他并没有回去拆除炸药。简而言之，被告知道，在复活节长周末的前一天，他在一个拥挤的拱廊投放的自制炸弹，将在 30 分钟内不分青红皂白地炸死和炸伤在该地区的任何人，无论是老人还是年轻人，白人还是黑人，健康的人还是体弱的人。"

"结果呢，詹姆斯，约瑟夫·迈肯被判了六次无期徒刑？"新闻播报员试图去了解这个故事。

"是的，法庭一致同意这一明确的意见。"

"公众的反应呢？人们是否感到公正？"

"巴里，法庭上的人特别评论的一件事是，每个人都表现得很真实。那位法官被认为是最务实的法官之一，他的总结和向被告的提问一样切中要害。至于受害者的家人，以坐在前排的安德烈斯·克朗耶先生为首，他们在宣判时仍然无动于衷。格伦达·哈特的女儿达琳·克罗斯夫人，独自一人出现在我所能看到的最远的地方，微笑着挥舞着拳头。被告的母亲朵拉·迈肯在这场令人难以置信的审判中表现得同样严肃和坚忍。在整个总结过程中，她一直低着头。只有当她的儿子在宣判后站起来向法庭做最后陈述时，她才与他有眼神交流。"

"他经常为我取暖，"安西娅记得朵拉说，"有时候，当他靠在我背上站着的时候，我觉得我的皮肤都在发烫。"

"我很乐意削肉剔骨，以此补偿幸存者。"

她感到手臂上湿了。眼泪可能是她的，也可能是亚瑟的。她用空着的那只手擦着胳膊，亚瑟把她抓得更紧了。她突然哽咽起来，喉咙堵得厉害。她瞥见助理编辑从走廊上下来，用手掌拍着墙隔板。那张大标题的报纸在他腋下皱成了一团。

"巴里，也许最值得注意的是约瑟夫·迈肯的最后一句话。显然，目前我还不能提供全部细节，但我可以透露一些戏剧性的消息，我相信整个法庭都能感受到。"

亚瑟一声不吭，突然拧动开关，转到州界外的一家海滨音乐电台。虽然官方有所回避，但很明显，安西娅立即就听出了小心提问的口音中没有感情色彩的原因。她抬起头来，眼泪突然停止了。

"我儿子说，"朵拉·迈肯的周围突然寂静无声，"我儿子在被告席上最后声明，他要打击这个制度。我引用他的话，'在这个国家，'他说，'几代人以来，我们黑人和暴政无法改变这一切。我们没有学校，没有房子。这种情况发生在我们身上。我想有所改变。造成死亡是不必要的，但行动本身是必要的。现在还有职业杀手在折磨我的同伴。我已经对死者和死者的亲属表示了歉意。人们说我的心是石头做的，但这不是真的。我再说一遍，我并没有杀人的意图。这个制度太无情。在所有的种族苦难被消除之前，我们每天都将抵制这个制度，我们将继续为这个目标而奋斗。'"

一阵长时间的沉默。他们听到一阵急促的车流声。安西娅想到了法院的台阶、那条熙熙攘攘的街道、两边光秃秃的梧桐树。朵拉穿着红衬衫，疲惫的眼睛周围布满皱纹。

"我儿子说：'我们的战斗要继续下去，直到巴比伦帝国彻底垮台。'"

一阵痛苦或欢腾的低叫声从人群中传来，然后突然被淹没了。

安静下来之后，穆迪先生说：

"一个富有同情心、做事认真的男孩。所有认识他的人都说他乐于助人。他的行为也许是非法的，但那是因为他的人民还没有掌握权力。"

拿着话筒的记者觉得这没什么意思。穆迪退了下去，一个强有力的声音出现在画面上，那是年长的州检察官。

"他自己已经承认有罪，正义终于得到了伸张。"

亚瑟松开了抓着安西娅的手，拇指放在收音机的开关上，望着她，她点点头。夕阳的光辉在办公室的窗户上映射出一个同心银环，亚瑟的脸上闪耀着光辉。格拉迪斯消失了，丹开始收拾东西。罗伯特的门咔嗒一声关上了，秘书匆匆走了过去，包背在肩上，一张纸巾压在太阳穴上，遮住了眼睛。

"去喝一杯吧，"亚瑟说，"我想不出还能做什么。我们可以试试帕拉德广场的那些国际酒吧。"

安西娅张了张嘴，没有发出任何声音。她的喉咙十分疼痛，和知道邓肯那件事的时候一样干痛，吞咽有些困难，她又试了一次。

"我也想去，亚瑟，但今天不行。你介意吗？"

他停顿了一下，然后说："不，不介意，我明白。"他按了一下收音机的静音键，"不过我想找个时间跟你谈谈，关于审判和你的想法。我当时不是很支持你，觉得你不能……我们需要你回来。但是，上帝啊，你挺过来了。我的意思是说，你做到了，挺过了悲痛。我想听听你现在的想法。对你来说这很不容易。"

安西娅站了起来。

亚瑟说："我一直在想，这可能是一个正当的行为，一个正当的审判，但它已经变成一个完全可以预见的悲剧。如此勇敢的行为应该得到宽恕，这象征着全新的信任。"

安西娅抬起手挡住脸，以遮挡阳光。

"对我来说，现在的情况比那时还要严重，"她说，"也许约瑟夫·迈肯真的很幸运，因为死刑在复核中。但我敢说，我再也无法把这件事看作是一个孤立的事件，看作是一个终身监禁判决或是一个单纯的炸弹爆炸事件。没那么简单，这是一张巨大的网，原因和结果混在一起。在我看来，我很难理解它，但试着去追根溯源对我很有帮助。"

"是的，我发现了。当然，这件事必须从更宏观的角度来看。一个充满暴力、不公正的国家，即使在灭亡多年之后，也会孕育出一个暴力的社会。"

"可能不仅如此，亚瑟。"她把红色笔记本放在公文包里的绿色笔记本上面，"对我来说，它似乎更复杂，怎么说呢，这不仅仅是一种冲突，而且是一种分层的、复杂的、几乎有图案的东西，就好像是天注定的。比我想象的要复杂。从某种程度上讲，过去的事情会回来纠缠我们。"

她站在门口，回过头犹豫不决地挥了挥手。他仍然坐在那里，长长的手掌夹握着录音机。

报社对面的马路上有两个电话亭。两名男子双手插在夹克口袋里，站在那里等候正在使用的唯一一部电话。另一个电话亭被人故意破坏了，墙上的电话机被拔掉，露出一捆绿蓝相间的粗电线。一个年轻女人正在隔间里窃窃私语，安西娅认出是办公室清洁工，还有一个拖着脚走路的男人。安西娅走到他们身后。一个尼克纳缓冲袋被风吹过人行道，压扁在售货亭上。

她得和朵拉谈谈。这就是她唯一能想到的——和朵拉谈谈。谈什么呢？她不知道。凶手被赋予生命，又放弃生命，当然。朵拉是第一个这么说的。他可能会伤得很重，她说。那是一个恐怖的时代，恐怖滋生恐怖。朵拉知道，投弹者会遭到报应。严肃而不苟言笑的安德烈斯·克朗耶深知这一点。正义仍然是白人的正义。

但即便如此，安西娅还是震惊得说不出话来。

跟和蔼的邓肯谈？邓肯，他避开了所有的攻击和危急情形，却在炸弹爆炸的那一天永远地从她的生活中消失了。邓肯是怎么回事？那个幽灵般的声音现在如此熟悉地隐藏在她的内心深处，又是怎么回事呢？

他就这样坐着。她想象着邓肯一边说，一边张开柔软的、有雀斑的手掌。他就这样坐了一辈子。上次使用这样的惩罚来解决冲突是什么时候？

她必须和朵拉谈谈，但是朵拉穿着一件猩红色宽胸罩衫，钻进律师的车子，永远离开了身后的法院大楼。

电话亭里的女人挂掉电话，排队的第一个男人走了进去。安西娅向前移了移。她想，法院大楼和城镇之间精心设计了那么远的距离，她有时间，有足够的时间让朵拉知道——好吧，是我打来的，我只是想说我正在打电话。

就凭我们交换的有限力量。

我想说，你说得太对了。不，不止这些。我想说的是，我想说的是，你的悲伤，朵拉·迈肯，你的悲伤已经变成了我的悲伤，我们的悲伤。我记得邓肯死后的第一天，在炸弹爆炸后，我的悲伤变成了一种可怕的无声寒意，我想起了你。尽管一切都可能将我们分离，我还是会想起你。

这句话对我来说很重要，让我自己也感到惊讶。

打电话对你说，我正在打给你。

这两个男人没讲多长时间。他们互相问候，谈妥事情。安西娅手里的话筒摸起来很暖和，她飞快地翻了翻被扣住的电话簿，然后猛地站直。我查了电话簿，里面没有一个姓迈肯的人。她转查穆迪，有十个穆迪。是大卫·穆迪吗？不，是丹尼尔·穆迪——那个律师。号码响了四次，然后挂断了，电话断了。

她靠在电话亭的门上,打开早报的头版头条。

干旱造成的死亡人数上升——它压在她的腿上。她怎么去联系朵拉?告诉她"是我"。她在手提包里摸索着,想找到那个信封,信封上写着朵拉的门牌号码,就是那个音乐卡片按钮。"我们都这么说。"她用手紧紧地攥住信封,卡住那首曲子。

她走过街区,来到市政厅旁边的出租汽车站。卖花的人正在用矮木桶里剩下的水冲洗人行道。枯萎的康乃馨和菊花散落在维多利亚女王雕像的花坛上。肥胖的女王对着淡绿色的夜空皱着眉头。没有出租车,安西娅等着。一辆小型公共汽车停了下来,乘客们挤得靠在车窗上。好像是给两个卖花的人安排的空间。没有人交谈。

到现在为止,世界各地的人都已听到了这条消息,安西娅想,这就意味着一个白人女性在镇上不受欢迎。

她又等了半个小时。最后几个卖花的人也挤成一团走了,他们戴着头巾,头低得像送葬人。天渐渐黑了,风也刮了起来。再也没有出租车了。这座城市仿佛已经掏空了自己,黑人因为悲伤而离开,白人因为恐惧而离开。她走回公司停车场,想了想,又走到电报亭。

"对,我想发一封电报。"

"夫人,请问地址是什么?"

她抽出信封。因为他是一个快乐的好小伙,我们都这么说。

"这是有色人种的小镇,夫人,电报内容是?"

"你们的悲伤就是我们的悲伤。琴声终将甜美,甜美。安西娅。""我重复一遍,夫人。'你们的悲伤就是我们的悲伤。琴声终将甜美,甜美。'有两个'甜美'。'安——
西——娅'。"

"分成两行。"

"明白了,夫人。一共 14 个词[1],您是用信用卡付款吗?"

---

[1] 电报内容的原文一共14个英语单词。

21

回忆录：退休后

G.A.阿什沃思

高级地方长官

【省级档案馆 1920 年 1 月】(邮戳标记)

　　扶摇而上，跻身上流，为的是什么？虽在政府部门工作了45 个年头又 7 个月，我却仍无法回答这个问题。但想着大家对平步青云又极为感兴趣，最后我还是想在本回忆录的开头，聊聊我的看法。人们为了步步高升，乐此不疲地干着枯燥的工作。比如，孜孜不倦地鼓励当地人改掉懒惰和不守纪的恶习，听取我们的建议，选择更健康的生活方式等。说实话，我所就职的政府服务部门，晋升机会少得可怜，这份枯燥乏味的工作也让我心生厌倦。可是啊！到了知天命之年才如梦初醒，兢兢业业到头来不过是担雪填井，徒劳无功，倒不如早点退休来得自在。

　　当地人的封建思想、抱残守缺以及各种繁文缛节，都不出所料，成了我职业发展道路上的一道道关卡。希望大家多担待下我的牢骚。

写回忆录本就是供后人消遣，所以我并不想过多地宣泄工作上的苦闷，但有一件困扰我很久的闹心事还是想拿出来聊一聊。在我工作的地方，当地人对待他人的帮助表现得过于冷漠。例如，大约 18 年前，战争刚结束不久，我来到了纳塔尔省就职，该地区北部多为丘陵地带，水土流失严重。为响应新殖民政府的政策号召，我们需要筑栅栏和植树造林来保持水土。然而，树苗刚长到一定高度，就被本地人当柴给砍了，刚打下的栅栏桩也同样逃不过此命运，几乎一扎下就被移走。

毋庸置疑，来这当地方法官可不是什么好差事，每天重复着各种琐碎之事，还要耗费大量时间审理民事诉讼，真可谓是殚精竭虑。在该地区，法律明文规定，任何索赔，无论数目多少，都可起诉。加之当地人又很喜欢打官司，所以法官的工作量特别大。去年，我就审理了一桩由 15 只烹饪锅引发的"抢夺"案，索赔金额 3 镑。诉讼当事人和被告都是年轻女性，她们在法庭上争吵不休，浪费了大量时间，得不偿失。我还想起一桩案子，时间可以追溯到 1887 年，内容和原住民彩礼有关。此案中，因证人身体极度虚弱无法出庭作证，只好执行委托取证程序，但该程序不仅费时费力，且通常徒劳无获。审理这些案件的时间成本高不说，往往事倍功半，倒不如用这些时间做一些更有利可图的事。

我还遇到过许多滑稽可笑的案子。我刚来这上任，就审了一桩很离奇的案子，一个年轻女孩的父母起诉一名男子，声称该男子没有征得女孩的同意，就擅自改造了她的灵魂。我们尊重所有当事人的权利，也很严肃地对待所有案子，但并不会被胡编乱造的故事表象所蒙蔽，迷信这类东西。在这件充满争议的案子中，被害人始终保持沉默，拒绝说出被告的名字，这让人匪夷所思，并且指控还由原来的灵魂改造变成了灵魂附体。诉讼当事人最终表示，可能女孩看到和感觉到了某些东西，而不是实际经历。至于被告，也许是来自另一个世界的魔鬼或鬼魂，甚至还有人荒谬地说，他看上去不像是这儿的人，也许是印度人或欧洲人。但这种猜测已毫无意义，只会搞得大家人心惶惶。更何况，在一堆人跳出来做假证之前，我们就已驳回该起诉。也只有这样，我们才能继续正常开展工作。为了原住民的利益，让他们自觉遵守"欧洲规范"，做一个勤奋、理性和文明的公民，简直就是荆棘载途，任重道远。很多年前，我就发现我们的工作功不半劳，甚至可以说是煎水作冰，缘木求鱼。不过还好，终于熬到了退休年纪，实现了我多年的期盼，不用再为工作上的琐事而烦天恼地。

贝尔坦农场

纳塔尔省弗莱海德区

1919 年 7 月

22

安西娅的视野里，突然出现一只手，瘦得只剩皮包骨了，而且想必患有关节炎，但它依然没闲着，还夹着根没抽完的烟。安西娅一眼认出了这只手和那双黄绿色的眼睛，甚至连外衣破口袋里露出的半截扁酒瓶，她都认了出来。纳塔尔时代酒店前台大厅铺着灰色地毯，那人夹着烟，正小心翼翼地从上面走过来。此时的安西娅，神情已有些呆滞，仿佛闻到了浓烈的白兰地，又好似听到他在说："我们的历史乱作一团。"

"哈迪小姐，那是个有色人种老头，始终不肯透露姓名，"接待员在电话里谨慎地说，"他脑子有问题，你要小心。"

看到他的那瞬间，安西娅惊讶得不敢相信。

在宣判后的那一周，她满脑子都是审判时的画面，至今还历历在目。法庭中不停旋转的电扇、朵拉夹在腿上的包、约瑟夫·迈肯指关节上的伤……但她再怎么悲伤也改变不了判决的结果。她像往常一样上班，整理本地的上午新闻。她花了一个下午的时间泡档案馆，在昏黄的灯光下阅读地方法官的工作报告和日记，上面记录的事都发生在 20 世纪初，那是一个正义很难得到伸张的时代。她现在无论做什么事，速度都很慢，走路迟缓，连把硬币投进停车计时器的动作都很慢，她尽量让自己显得有条不紊。现在，她每晚9点前就按时睡觉。

厨房的桌子上还放着邓肯的仙人掌。晚上，安西娅总会把它移到床头柜上。仙人掌旁边还放着一杯水，一个装着档案复印件的文件袋，还有一本叶芝的书，似乎尘封已久，自邓肯去世后安西娅就再没读过。这周她和亚瑟喝过两次酒，一次在星期三，另一次在星期四，每次都会喝上一个小时左右。亚瑟通常会点一杯桃子汁，而安西娅则会要上一杯卡塞尔红酒。自爆炸案发生以来，这是亚瑟第二次带她来阿吉梅的茶室，因为他家的香醇兔子奶油蛋糕在小镇是出了名的好吃。这次他们没有谈审判的事，只是聊了聊安西娅和家人的度假。聊到帐篷塌了，家人中暑了。亚瑟轻描淡写地自嘲道，他的家人可买不起那样奢侈的帐篷。能够住在这样的海滨城市享受美食，对他来说就已经算是很不错的度假了。

尽管畅聊中没谈及任何沉重话题，但安西娅总感觉背上有块大石头，压得她一举一动都变得迟缓。她的腿、她的嘴唇都感受到了那股重量。就连写稿时，她都觉得是拖着千斤重的手在写字。

安西娅明白这种压抑不是源自邓肯的逝世，不是因为最终接受了这些事实，更不是因为她的理想主义走到了尽头，暴力抵制国家不公的失败。在得知宣判结果时，积压已久的疲惫和悲伤让她彻底崩溃，努力这么久等来的竟然是绝望，而此时政治领袖、诗人、街上的人群都还做着各种象征希望的手势，但她内心的那盏希望之灯早已熄灭。曾有一名罗本岛①的老兵在

---

① 罗本岛，南大西洋上的小岛，距南非立法首都开普敦11公里。

接受报社采访时打趣道："我都对付不了一瓶新的番茄酱，但现在的番茄酱包装一挤就出来，不用摇来摇去，简直太方便了。"如此轻松的玩笑让你怎么也想不到是从一个服刑二十五年的人口中说出的。但毋庸置疑，约瑟夫可能不会这么乐观，他的案子已经不会有半点回旋的余地，等待他的只有灾难般的结果。苍生泣血，草木皆悲，审判又一次在报复和悲伤中恶性循环，不断延续哀怨。

不，这不是我们愿意看到的结局，除非……除非人们能跳脱出历史的恶性循环，从更大的格局上反思这些问题。如果不想重演历史，就要找个不同的剧本，不要局限于领导人和政党，每个人都可以选择另一个剧本去演绎别样人生。那一整个星期，安西娅每晚睡觉前都会站在厨房桌子前思索这些问题，面前放着一个绿色笔记本，一直合着。除非……除非有不同的关联模式，一张网，而不是一个圈。一张松散的网，一个更大的格局，一个更丰富的故事。

此刻，她仿佛又看到朵拉挺着胸膛，在公园里唱着约瑟夫练习演讲时唱过的儿歌，关于爱尔兰人的歌，那些没有回头路的歌。她仿佛也听到了约瑟夫在说："有些事注定会落在我们肩上，我们有责任努力将其实现。"这句似乎在暗示着什么，或许是对美好未来的向往。安西娅重复着朵拉引用的诗：努力实现它 / 每个人的思想不同 / 实现目标的方式也各异 / 也许像占卜师一样 / 往地上扔几块骨头 / 用来预测未来。

在格蒂·马里茨从接待室走过来的瞬间，安西娅有点惊慌失措，仿佛又听到他在说："我们的历史乱成一团。"

格蒂的样貌变了不少。安西娅还依稀记得，第一次见到他是在朵拉举办的聚会上，虽然看上去很瘦但很精神，更不会让人感到害怕。即使在明亮的灯光下，也丝毫察觉不到他眼睛里的斑点。但此时，他淡绿色的眼睛里，黑色斑点分外明显，让瞳孔看上去只像个颜色更深的斑点。

看到安西娅，他摘下帽子，摸了摸上衣口袋，那里面像塞了个酒瓶，然后掏出一封淡粉色的信递给安西娅。她的右腕突然变得软弱无力，只能用左手托着右手接过信。

安西娅坐下来，打开信，把信封放进包里，认真阅读起来，格蒂就这样一直在一旁看着。这信封是朵拉写给她的，信上的字体很纤细，每个大写字母都很工整。

7 月 16 日

温特沃斯

亲爱的安西娅·哈迪：

很感谢你的电报，虽然迟了几天才收到，但很感谢你这么体贴。为躲避报社的记者，我最近都借住在朋友家，有妹妹一直陪着，她给了我很大的勇气。

我不知道我们是否还有机会再见，但我想让你知道，我永远不会把你忘记，那次在公园吃午餐，很感谢你一直陪着我。你也看到了，法官完全不给我机会陈述证词。

这些日子对我们所有人来说都很难熬，相信你也一样。穆迪律师建议我们提请上诉，但我想结果很难有所改变。不过，我一直都坚信，我的儿子是个勇敢的好孩子。

你应该还记得格蒂·马里茨，在约瑟夫的派对上你们见过。他知道你报社的地址，所以我让他捎信给你，相信他会把这封信准时送到你手里。

你真诚的朋友
朵拉·迈肯

格蒂对着一堵蓝色的墙，上面贴满了传真海报，他目不转睛地盯着一张印着"1945年9月3日"的封页。

朵拉虽然写了来信，但又好像什么都没说。安西娅沿着原来的折痕把信折了起来，伸出左手拉回那只乏力的右手。

"我不会在这耽搁多久，"格蒂沉默了一会儿后说，"我向朵拉保证过不再乱说话。上次是喝了酒的缘故，所以说得有点多。朵拉不允许我到处泄密。对他们这个家族来说，我可是一位让人信得过的长辈，我不能让她失望。"

又是这样，欲言又止。那就让他走吧，让他守口如瓶去吧！

她瞥了一眼手表，时间还早，于是动了个歪脑筋。她站了起来，顿时感到轻松了不少，站起来的动作又快又准，行动不再像之前那般缓慢。安西娅心里盘算着，让他随便聊聊，喝喝酒，好好倾诉一番，待他投入其中，接下来要了解什么，不就水到渠成吗？就算东窗事发，朵拉知道了，格蒂也可以将一切归咎到安西娅身上。

于是安西娅决定，通过与格蒂闲聊，找到了解朵拉家族故事的线索，弄清他们复杂的过去。

"今天我想早点吃午饭，你介意与我一起吗？"安西娅问道。

"小姐，朵拉不让我多说。请谅解。"

他把手伸进口袋里，双脚紧紧地挨在一起。

"想想看，你和我走在一起是个什么情景。一个职业白种女人和一个有色人种老头走在一起。"他继续说。

"我是记者，"安西娅笑着说，"人们只会认为我为了报道而骚扰各种各样的人。"

她出门，站在玻璃门前等着他。他跟跟跄跄地跟在后面。

"你可以冒次险，说个谎。我们路上还可以一起喝点小酒。自从我男朋友出事后，我每次出门都会带一小瓶烈酒放包里。"

"撒谎？"他锐利的目光好似划破了她的半张脸，"只有像你们这样身份的人才能玩那些把戏。"

他们一起走了出来。外面刮来一阵冷风，格蒂系紧围巾，扣好大衣。

"但我可以告诉你一个秘密，"他们走在路上时，格蒂说，"我之前在医院当信差，总会在投递箱里藏一瓶白兰地，以备不时之需。你也不知道哪个时候酒瘾就突然犯了。"

他把头缩在围巾里笑了笑。安西娅配合着他一瘸一拐的步伐，双手搭在公文包上，紧紧抱在怀里。他们穿过马路，经过电话亭，看到被炸坏的电话依然挂在那儿。他们绕过街区，来到市政厅，看到维多利亚女王雕像旁放着几张长椅，于是坐了下来。

"不必感谢城市规划师在这放了几张长椅。"他坐下来说道。

"你不喜欢维多利亚女王？"

"这雕像太大了，遮住了阳光，阻碍了我的视线，我所了解的维多利亚女王，在现实生活中只不过是个小淑女。"

"你会时常来这儿吗？"

格蒂拿出酒瓶时，安西娅把公文包直立着放在双腿上。

"我们这些退休的人会来这聚会，就坐在这些长椅上。警察偶尔也会赶我们走，可能因为很多白人也喜欢来这个公共场所，尤其是在这些变化发生之后，来这儿的白人更多了，但其实我们来这儿并不想打扰任何人。刚才在那边，我看到一个老朋友。因为你在这儿，所以他没打招呼。"

安西娅环视四周，雕像下面除了个黄色底座，四周都是草坪，但突然冒出一个头发蓬乱的家伙，披着麻袋在美人蕉花圃之间的小路上踱来踱去。

寒风微起，格蒂等着安西娅拿出酒瓶一起畅饮。她也感觉到了他的目光，猜到格蒂定是酒瘾又犯了。她拨弄着公文包上的钩子，整理了一下衣领，示意他继续讲下去。格蒂看了看她的公文包，然后自己拧开酒瓶喝起来。

"我来和你讲讲一个朋友的故事吧，那些你不敢相信的故事。"格蒂深深地吸了口气，然后又立马呼了出来，嘴唇颤抖着，说："我的战友参加了抗德大战，战事发生在北方的沙漠里。为了获取敌情，有天晚上，他跑到前线打探消息，偷听他们的谈话。但那次炮火声太大，让他失去了听觉。"

"他没得到补偿吗？"安西娅问。

"没有，从来也没有。谁会想到这样的结果？"

他瞥了一眼安西娅不安的双手，然后又举起了他的酒瓶。

"天啊，冬天里的第一口酒竟要比平常的味道更好。"格蒂说道。

安西娅笔直地坐着，僵硬的脖子好像马上就要断了。

"我有时会在这里看到我的那位老朋友，"他说，"他叫乐奇，也是那场战争的战俘。在意大利的旧社会，白人和非白人设立了单独的战俘营，令人惊讶的是，直到现在，在这个混乱的战争时代，也没有任何改变。如果乔·迈肯说自己是战俘，那他在哪儿被俘虏的呢？要是这话被朵拉听到了，她肯定又会说'天啊！不要再瞎扯了，你又在胡说八道！'"

"但这不是胡说八道，格蒂先生。你在朵拉的派对上告诉我，你说的都是真的。尽管回忆这些事不是一件容易的事，但你讲的这些都是我想听的。"

"我只会胡扯，"他忧郁地说，"你应该问朵拉。"

"但我问不了朵拉，她不在我身边，就算问她，她也不会说。但您讲的这些事对于我很重要。如你所说，在这个社会里，没有一个人可以孤立地活着，我们因这样或那样的原因联系在一起，这不是你一直说的吗？"

"安西娅小姐，我一直说朵拉不想让我乱说话。也许我们都被弄糊涂了，但重要的是我们应该把自己的历史留在心里，留给我们自己。这一点朵拉说得没错。上次我跟你说话时，朵拉就已经很生气，说我是在将我们的私人生活展示给所有人看。我一喝酒，她就生气。尽管她的男人也是个酒鬼，但他知道怎么喝酒才不会惹她生气，他会尽量保持沉默低调，不会和她唱反调，不像我，一喝酒就胡言乱语。虽然我们不能左右历史，但保护过去的权利还是有的。如果迈肯一家决定忘记过去，我们就不该再去打扰。我告诉你的已经太多了。"

"实际上您告诉我的很少。您只是在不断暗示我，让我陷入无尽的揣摩和猜测。"

他抿紧嘴唇。

现在也该打开公文包了，安西娅弯腰俯下身来时，几份文件从中滑了出来。放在最上面的是原住民委员会的报告，下面还压着她的笔记本和几张活页纸，然后她啪的一声合上公文包。

"既然我们只是随便聊聊，那也不妨看看这个。这是我不久前在报社工作时发现的，让我想起你在朵拉家说的话。"

此时，格蒂正望着前方维多利亚雕像笨重的衣裙。

"你看，这是我查阅地方法官的办案记录时发现的，都是你之前提过的布尔人被围困时期，也就是你祖父被困时期的事。这些报道记录得很详细，有关于罗博拉争端①、牛的纷争的事，甚至连因烹饪锅引发的争吵都有记录。"

安西娅从档案中随机抽出几份复印资料。

"这里，与我们关系更大的是对炮弹造成的财产损失索赔，以及在围城过程中一些难以置信的侵权行为。"

格蒂正在研究维多利亚雕像的身形时，安西娅将档案资料一份一份抽出，然后又放了回去，这充分激起了他的好奇心。

"你的这些资料中，最让我感兴趣的是这份。一个关于温

---

① 罗博拉，非洲传统文化中男方为娶亲送给女方的彩礼。

特顿·埃弗雷特上尉的案件，是个女人提起的诉讼，她一定是黑人，因为当地有过报道，但当时她叫萨拉·贝尔。她可能就是你提到的那些美国歌手之一。1899 年 12 月 31 日傍晚，埃弗雷特上尉被指控在大街上对萨拉·贝尔图谋不轨。当地修道院的一位修女还为她的人品节操作了担保。"

格蒂边读边用手指在一行行整齐的句子上滑动。

"像屡见不鲜的彩礼纠纷案一样，跨种族的不端行为在这些报道中也是司空见惯。战争期间更是如此。这是另一桩案子，本案的被告最终被认定'灵魂附体'。"

格蒂举起瓶子时，一不小心碰掉了一张资料。他的朋友从粗糙的斗篷边缘斜视了他们一眼，格蒂向他朋友挥了挥手。那人立马又缩进帽兜里，溜到雕像后面躲了起来。

"所以你现在应该认识到，你所讲的那些并不是什么无稽之谈，"尽管她先前精力充沛，计划大胆，但说出这句话时，还是显得底气不足，"这不仅仅是白人的处境。阿非利卡人的战争也是黑人的战争。"

"哈迪小姐，我还是那句老话。我不会多说，因为我答应过朵拉，别再逼我了。如果我是你，我会把这些资料带回办公室，它们应该被放在那里，而不是这里，你最初去那里是为了什么，现在就该做什么。历史的车轮滚滚向前，只是重复相同的轨迹罢了。现在被玷污的东西，以前已被玷污。我可得警告你，休想换着花样从我这打探更多关于朵拉一家的消息。朵拉也不会同意我这么做，请不要想再利用这些文件，来套出更多的讯息了。"

安西娅将资料放进了文件袋，扣好后说："你可以这么想，这么做不会有什么损失。是我自己在省档案馆里查到的资料，找寻那些线索来证明猜测，和你没有关系，我也没有违反什么法规禁令。不管怎样，朵拉和我都很难再碰上面。但如果日后还有机会的话，我想给她看一些更重要的东西。资料上的很多故事和她家族本身就存在着千丝万缕的联系。"

安西娅的目光此刻停留在他身旁的酒瓶上，也不知道这样看是否合适。于是她伸出手来，请他继续喝。

格蒂有关节炎的手指仿佛一直在等待这一刻似的，熟练地向下和向后滑动，流畅的动作一气呵成。

此时，空气中弥漫着浓烈的廉价白兰地酒味，一股强烈的灼烧感迎面扑来，让安西娅不得不深吸一口气。格蒂一口白兰地下肚后，那双带斑的眼睛睁得更紧了。

"我的朋友，哈迪小姐，我见识过很多人，但还从未见过有谁像朵拉这般意志坚定。朵拉·迈肯不会再揭开历史，重提旧事，迈肯家人也不喜欢这么做。这不难理解，现在的痛苦已经够多了，她这辈子已经受够了审判和战争。至于约瑟夫·迈肯，他曾提过有位伟大的印度人祖先，参加过祖鲁战争，英勇抗击英国人。当然这不是真的，他只是想给自己找个榜样，作为他战斗的旗帜。虽然是他编造出来的祖先，但对于约瑟夫来说却是精神支柱，这就够了。"

此刻，安西娅仿佛觉得，格蒂的声音如同她苦苦寻觅的歌声。"是的，请自便吧。"她紧张的神经松了口气，差点笑出声来。她的手夹在两腿之间，紧紧地合在一起。格蒂从上衣口袋掏出一包香烟，从中抖了一根出来，那是一种叫"好彩"牌的香烟。他接着又喝了一口酒，然后递给了安西娅。

"约瑟夫真正需要做的是……我身为一个长者，看得多，经历得也多，站在我的角度上看，他需要成为观察新时代的人，找到一个真实的伟大祖先。这样，他就能看到一个不同的世界，一个他也不忍破坏的世界。但是我的朋友，凡事不能太急，我能感觉到你手指已经痒痒了。躺在你公文包里的白纸，正饥渴难耐地等着你喂饱和填满文字呢。我能说的就是这些，赶快带着你的公文包回去吧，回你的办公室去吧。我们因痛苦而相聚，在这混乱不堪的时代，你也是受害者。这个世界一直在欺骗我们，让我们困惑。我要说的只有这些，也只能说到这儿了。记住，历史可以放在心里，我们应该向前看，去做些新的事情。朵拉肯定知道这点，我想约瑟夫也知道。"

格蒂费力地用右手抵着水泥凳背，把自己撑了起来。他拿起酒瓶，扶着长椅，站着轻轻地喘了口气。一只瘦削的棕色手臂放在离安西娅左耳的一寸处，虽然没有碰到她，但此刻安西娅也不敢站起来。

格蒂继续说："我为什么要这么说呢？是因为朵拉·迈肯的父亲山姆是战争时期出生的布尔人，而山姆的父亲是一个从海外来的授勋士兵，还是个白人。他们家就是一种民族大杂烩，就像你资料里说的那样。我也是从山姆口中得知这些事，我们第一次见面后，就经常一起喝酒。不知道山姆有没有把这个故事说给朵拉听，但我也知道这个故事不好讲。那时所有士兵都参战了，山姆的父亲作为士兵当然也参战了。我们对他后来的情况就一无所知了，甚至不知道他到底到了哪个国家，是生是死。这就是我所知道的。我想，这要比你的那些资料重要得多。朵拉·迈肯憎恨过去，不愿提起家族往事，还有另一个原因：山姆·迈肯的父亲，朵拉的爷爷，参加了战争，却站在憎恨黑人的那一边，加入了布尔人的对立阵营。正是在那里，在南非白人的战壕里，迈肯家族便开始了蓄意破坏的家族传统。去吧，别告诉朵拉这是我告诉你的。"

23

　　一封上等牛皮纸的信上，"都柏林布雷和德雷普公司"字样的水印依稀可见。信压在一个日记本的封面下，日记上还盖了省档案馆的章。

伊津扬加医院

1900 年 3 月 3 日星期六

我亲爱的姨妈：

　　上次写信已不知道是什么时候的事了。我曾多次试图写一两句话告知您，我一切安好，请您放心。尽管上次对您说我有些沮丧和疲惫，但我意志依然坚定。战争面前，无论贵贱，谁都可能受伤，人人都可能患病。过去的一周里，我听到了许多令人欢欣鼓舞的消息，但自从一场来势汹汹的痢疾席卷了营地之后，在医院，我们每天都忙得筋疲力尽。

　　是的，三天前包围解除了。从那时起，每天晚上都能在街上看到庆祝的烟花。毫无疑问，一直传言这座被围困的城镇是共和党反动势力的根据地，我想你应该是和我们同一时间得知包围解除的消息，维多利亚女王还亲自发电报向我们大家表示祝贺。

　　如果要说有什么令人感到宽慰的话，那就是周围令人窒息的寂静中明显地出现了动静。撤退，撤退！喊叫声来自大炮所在的山丘方向。当我爬上铁路桥，登上瞭望台，一切动向皆在眼底。果然，我看到布尔人成群结队地骑着马，以惊人的速度向北出发，他们在寂静炎热的群山中躺了好几个星期，没有人看到他们。这就像一场加速但又完全无声的长途跋涉，坚强的突击队员看起来仍然强大自信，或至少看不出仓皇逃离的狼狈，即使战事失败也是如此。

　　我目不转睛地望着他们远行的背影，眼泪几乎就要掉下来了。在明媚的阳光下，那些阿非利卡人似乎又离我很近，好像只要我快步奔去，就能马上加入他们。我想仔细看清这些战士的容貌，记住这些曾并肩作战的勇士，还有巾帼不让须眉的女战士。大约五小时后，一场突然的雷雨来袭，我又看到两队疲惫不堪的英国步兵，他们经过一个冒着蒸汽的粪堆，也就是我们的营地，踩着积水，在渐暗的暮色中进入山谷。

　　运送救援物资的电车穿过解困的小镇，很容易就引起人们的注意。不值班时，我也会跑到人行道上去，加入人群，拿着柯达相机欢呼着。几个小时内，当祖鲁侦察兵与英国军官握手时，信条和肤色的不同被忽略了。这时我看到，还在康复期的卫戍兵拥抱着他们久经沙场的战友；无论是爱尔兰人还是德国的平民、帝国轻骑兵、偷牛贼、修女、店主，大家都一起微笑着。辛格是一名苦力工人，主要工作就是敲响警钟，警告镇上有炸弹来袭。那天他被人们扛在肩上四处游走。有人在导游的带领下参观了河岸上的防空洞。如今声名远扬的酒店老板格罗弗先生为了庆祝，分发了几盘"围城餐"，由非常干的马排切成方块后烹制而成，价格也很便宜。

1900 年 3 月 16 日星期五

亲爱的姨妈，写到这儿，我得暂时放下手中的笔。镇上一位年迈的意大利老太太生病了，我得去看看。几个星期以来，她一直靠吃紫蜜粉和绿桃布丁维持生命。很庆幸，现在已经康复了，但像她这般幸运的没几个。

两个星期过去了，疾病仍在肆虐，人们都为此感到担忧。病患一排接一排，我们能做的却很有限，除了为他们提供乙酰胺类药物，赶走他们脸上的黑苍蝇外，其他的我们什么也做不了。我们把装满尸体的车运到附近的战壕里，在还未填满战士的尸体前，那里便被我们当成了公共墓地。

我几乎没有时间闲下来思考，战争一直萦绕在我的脑海中。说实话，这些日子我一躺下，满脑子都是关于战争的事情，难以入睡。有时，那一张张痛苦扭曲的面孔，不断浮现在我脑海之中。有时，我能闻到病人濒临死亡时的气味，也梦到尸体渗出黏液粘在我的手指之间的状况。

深夜，营地外，冷风刺骨，走一走倒是可以让我头脑稍稍清醒一些。但大晚上的，估计也会打扰到其他人休息。后来，医生给我开了氯仿（麻醉剂），每天晚上滴几滴，起码能短暂地让我睡个安稳觉。

　　在最后几封信中，您也许会看到，我对布尔人日益增长的同情以及对以暴制暴的质疑。您可能觉得我现在有些不理智，但当我亲眼看到了战事的进展后，我可以肯定地说，所有疑虑都已消除。

　　只有通过侵略和欺诈的方式才能赢回所失去的一切。尽管很痛苦，但不得不承认这是唯一的方式。即使双方军力和武器装备实力对比悬殊，被压迫的民族也绝不会任人宰割，定会奋起反抗，进行报复，这原本就是不平等固有的含义，更何况是面对一群不懂交流只会舞刀弄枪的英国人。要说这几天战事的进展，除了英军将领每天对属下的责备外，别无其他。几个月下来他们都无法突破布尔人的围困。

　　如果你认为这些话可以放在爱尔兰和德兰士瓦委员会的会议上讲，我也没意见。毕竟我不是民族主义的准将，但正如我们所知，来自前线的讯息，总会有助于润色一篇演说或决议。

　　虽然布尔人暂时取得胜利，但等英军恢复元气，重整旗鼓，布尔人还得任人宰割。这周每天都有农民变得无家可归，其中既有白人，也有黑人。他们悄悄溜进营地避难。但凡有人谈到哪里的房屋被烧，或谁又被驱逐等，他们都会变得担惊受怕。这些消息对于他们来说，可不仅仅是谣言那么简单。三天前，有一家人从自由州山区来到这儿，他们回忆最后一次看到农场的画面：整个农场被遮天蔽日的浓烟吞噬，一群英国士兵在前方赶着一群牲畜。

　　另一个悲剧发生在一个年轻的非洲女人身上。她穿着怪异的皮裤，戴着一顶布尔帽，跌跌撞撞地走进我们的大门。为了避免战争殃及肚里的孩子，她从邓迪区的一个农场走了两天两夜，来到这儿。因严重脱水，她差点就昏了过去。她爬到了我们临时为她铺的床上，今早很晚才醒来，但声音依然嘶哑，看上去有点心烦意乱。

她干活的农场好像遭到了英军先遣队的践踏。"士兵们折腾了好几个小时。生活用品都被扔到了院子里，烛台和金属板也都被拿走了。"她流利的英语倒是让我有点意想不到。

她描述的场景自然而然地让我想起了自己的经历。在爱尔兰，我们抗议时也遭受过驱逐。那次，抗议者们在户外播放幻灯片，作为 12 月抗议活动的一部分。幻灯片里，毯子上坐着一个老母亲，雨中散布着床和橱柜。

女人继续讲述自己的不幸遭遇，说到士兵试图放火抢劫，让她非常害怕。她担心自己腹中的孩子，"将来或许也是个小兵"。春天后，她就一直提心吊胆，生怕英军发现农场一直在向布尔军提供食物。

不仅如此。她说，在某些夜晚，她的老板还会给布尔军提供住宿。当她说那些外国士兵也喜欢唱歌时，我立马猜到，她说的应该是爱尔兰人 —— 一支爱尔兰军队，一支特殊的队伍。这位非洲妇女说，她学会了他们的口音，还怀了其中一个士兵的孩子。一小时前，她在我的帐篷里告诉我，她叫"多莉·麦肯"，用了那个爱尔兰士兵的姓。

至于她的男人，我小心翼翼地问道："他现在情况如何？他逃到北方了吗？现在安全吗？"她只简单地回答说："他是个英雄，当然安全。他骑着马跟布尔人一起躲进了山里，但他会笑着杀回来。他骑马奔赴战场时所展露的笑容尤为灿烂。"多莉说，她穿过横尸遍野的战场时，心中一直想着他的笑容，就算是看到身旁的尸体，也能温柔以待，毫不害怕。"是的，他当然安全。"她又开始重复起这句话。

有个好消息想要告诉大家。一个月前，常睡在我身旁的孤儿，在附近的祖鲁人的村子找到了奶水喝，现在正苗壮成长。每当下午心情不好时，我就去看他。接待我的那家人态度很冷淡，但心地善良。

贝尔法斯特①的护士布尼德·奥唐奈最近打听到，审查人员现在越来越警觉。尽管传信人冒着危险在夜里将我们的信寄了出去，但1月份的信件很可能还是被德班的陆军部扣留了。我个人认为，这些信最终会还给我们。如果信一直无法寄出，就算冒险，我也要拿回来，当我回家时，可以作为生活记录给你看。不过，让我感到欣慰的是，红十字会会将志愿者的近况告知家属。

我将你送的礼物、木箱和我的几件衣服借给了多莉·麦肯。希望您不要介意，她来到这里时身无一物，打算为即将到来的孩子准备一箱子的针织品。

真挚的

凯瑟琳

---

① 贝尔法斯特，北爱尔兰地区最大的海港，1920年起成为北爱尔兰的首府。

24

"乔。"

"妈。"

"我的乔。"

"妈，您今天气色很好。气色真的很不错。"

"在家人面前，我们得装出一副坚强的样子，不让大家担心。乔，你知道的，我和柏妮丝，还有约翰，这段时间都很担心你。"

"妈，不用担心，反正每天可以在法庭上看到我。"

虽然隔着一层厚玻璃，母子俩的手依然紧紧贴在一起。朵拉的指尖已压得泛白。即使他们能面对面交谈，但是胶木电话筒传出的声音却小了很多。

"当然，我之前也和你讲过，柏妮丝很抱歉，她害怕面对这样的场面。"

"妈，应该是我感到很抱歉。对不起，妈妈。如果可以，我很乐意用我的生命和血肉为最后的胜利买单。"

"这些我都知道，乔。"

"妈，别为发生的事难过。如果可以的话，尽量想想别的事，生活中还有很多美好的事情等待着我们。我们必须继续唱歌，直到我们在埃及的同胞，都获得自由。我们唱的所有歌曲不都这样写的吗？就算在牢房里，我也唱过那样的未来。"

"是的，乔。"

乔突然沉默了，紧咬下嘴唇，一块块紫色溃疡在下嘴唇格外明显，一看就知道被咬破过很多次。

"我将会被送往北方监狱，那是安全级别最高的监狱。他们必须保证我活着。"

烦躁不安的狱警坐在加固门旁边，将制服袖口贴在汗津津的额头上。

"妈，您到那时再去探监就会很不方便。"

"真的很不方便。"

"妈，朋友们现在还能接济您吗？"

"也许吧，柏妮丝应该会有办法。"

她的手紧紧地贴着玻璃，想离玻璃后的乔近一些，额头上的青筋在微微颤抖。

"我有没有跟你说过，我找到了一份新工作？"

"还是帮别人熨烫衣服吗？"

"是另一份新工作，我想你会喜欢的，是在市中心达克斯商场的帽子专柜，当售货员，他们现在将那儿的工作都分给了我们这些黑人。我在那儿已经工作了两周，虽然不是我梦寐以求的图书管理员职位，但是薪资还不错。他们觉得你妈妈很适合这份工作，能够高价将帽子卖给去教堂做礼拜的家庭主妇。"

"老妈出马还有不成的吗？"

"面试那天，为了让他们认不出我来，我从柏妮丝那儿借了一条灰色的裙子，还特地做了个头发。目前，工作一切正常。经理是个波斯人，也许并不关注当地新闻，也认不出我。"

"他们给的薪资真的高吗？"

"听着，乔，我们得小心翼翼地活着。我忘了告诉你，就在刚休庭那会儿，我们还专门为你开了个庆功宴，办了个派对。当时来了很多人，有一半我都不认识，有的是你的朋友，有的是柏妮丝的朋友。约翰像往常一样找到了一位特别的访友，甚至还来了一个白人女孩，她认识邓肯·弗格森。你知道的，邓肯·弗格森。"

过了好一会儿，乔才回答道："妈，我知道。"

当他点头时，那张脸似乎被钢化玻璃扭曲得变了形。

"您说她去过我们家？"

"是的，她也来了，是我邀请她的。她来是想弄清楚一些让她疑惑的事。"

"这是为你举办的派对。乔，我们很想你，非常想你。"

"妈，我真的对不起您，我让您这般难过，真的很对不起。"

乔习惯性地在卡其布制服上擦了擦手心，然后把手又贴在玻璃上，贴着朵拉的手掌，手指更用力地压着玻璃，指尖都压出了白晕，只是想多靠近朵拉一些。从朵拉脖子上的抽搐可以看出，她也在强忍着喉咙里的哽咽，抑制着眼中的泪水。

"我们永远支持你，乔。我们为你骄傲。"

"对于那些无辜的人，我也感到内疚。我最初并不想伤害他们。"

"时间快到了，迈肯女士，请说再见吧。"

此时仿佛一扇百叶窗在约瑟夫面前掉了下来，顿时光线暗了下来。他的目光变得呆滞，如同睡着了一般，但他又马上回过神来。

"妈，代我向汉姆巴·凯勒、柏妮丝，还有所有人问好，要好好保重身体！"

"约瑟夫，你一直是我们的骄傲，我们为你自豪。"

"妈。"

"我们会一直想念着你。"

"妈，在胜利来临前，可不能骄傲哦，不要过于骄傲啊。"

"再见，儿子，再见！"

对于她来说，她承受不了和儿子的分离，这几乎是不可能做到的事。但她还是继续走着，步伐均匀，稳健，保持着体面的姿态，昂首挺胸，沿着一条狭窄的走廊走去，走过一个接一个的钢铁大门，直至看到一扇双层格栅门，才没有再出现铁门。但还得走完一个接一个的走廊。第一个走廊是混凝土地面，接下来是瓦砾地面，再则是木地板，朵拉一边默默数着，一边唱着歌谣："一二，一二……棕得像浆果，骄傲得像孔雀，浆果，孔雀……一二，一二……"终于，朵拉的双脚踩在了棕色和米色砖块铺的地面上，呼吸到了外面的空气，看到街上的行人正悠闲地漫步。只有狱警，也就是正护送她离开的工作人员在她的身边，神经兮兮地监视着她，例行公事。新规要求，狱警得微笑着和她说再见。"好的，再见。"朵拉的嘴唇必须配合。讲漂亮的话，讲好听的话，这样生活就会为你打开更多扇大门，但这合理吗？让身体违背内心的真实意愿，做了不想做的事。这是犯规，但又是合理的犯规。她感觉整个人像被掏空了似的，头裂成了两三瓣。莫妮卡、德西蕾、约瑟夫，现在谁还记得他们的生日。约瑟夫？是你吗？他好像又在我耳边低语提醒我。

朵拉走起路来，会把肩膀耸起，身体前倾，因为弯曲能减轻身体的疼痛。探监出来后，她乘出租车去了泰克尼康大楼。在午后柔和的光线下，整个楼看起来就像一个焦糖冰激凌威化饼。她一路走到达克斯商场的帽子专柜，走了整整一个钟头，最后还是准时赶回来了。这个可靠、正派的女人回来了。朵拉告诉他们，自己去做了一个手术，三个小时的胆结石急诊手术。胆结石能在三小时内治愈吗？希望一切能蒙混过关。

在衣帽间里，她涂上了阿诺德太太的口红。她把红晕抹到嘴唇上，又抹到脸颊上，让浮肿的眼睛不露出任何蛛丝马迹。信用卡刷卡机旁边有个帽子柜台，最上面的抽屉里，藏了一大袋吉百利巧克力泡芙。她拿了四个，一下子都塞嘴里了，大口地嚼了几下，就咽了下去。或许吃甜食更容易填满内心的空白。她靠在柜台上，只靠胳膊支撑身体，这样可以减少身体的疼痛感。身体，肚子，背叛了心，她整个人装出一副没事的样子说道："请问女士需要什么帮助吗？我能帮忙吗？"

快到 5 点的时候，男装部的一个女售货员叫她去接电话。

"请问您是谁？"朵拉在电话里问道。

来电话的是格蒂，他在电话那头不断安慰朵拉。朵拉一直担心约瑟夫在牢房里遇到不测。她担心约瑟夫会袭击狱警，还在厕所里被抓到。她恳求上帝，希望约瑟夫在那个监狱里不会遭遇任何人为的意外。"是个人都知道，监狱里什么事都可能发生。一个终身监禁犯，在里面不会有什么好果子吃。囚犯可能因受不了监狱 24 小时的灯光，在越狱过程中意外地死掉。希望这一切都不会发生。"

"朵拉，我得打断你一下。"

"格蒂，你说吧。"

"我在你楼下，百货大楼外的公用电话亭里。我要给你看样东西，这是我一生中见过最让人惊讶的东西。"

朵拉在电话这头都能感觉到他呼出的酒气。朵拉所用的电话机钉在墙上，前面还放着一个大储物架，上面直立着一匹匹布，都是厚厚的冬衣布料，毛茸茸的，有棕色和蓝色的。她靠在架子上，把身子缩进架子后面。

"格蒂，你还好吧，你没喝醉吧？"

"朵拉，给我一分钟，听我说完。我刚和那个白人女孩见了面，她上次来过我们的派对，好像还是个记者。"

"安西娅·哈迪，我想起来了，对，就是这个名字。"

"她给我打过电话，找了我好几天了。她发现了一些东西。天啊，真是让人大开眼界，太令人震惊了。朵拉，你一定不敢相信。"

她把手罩在话筒上，想让声音小点，怕旁人听见。

"格蒂，我告诉过你不要和她私下见面。不要再说了，我不想听。我们的事，与她无关，也不关任何人的事。"

"不是这样的，我的妹妹，不是你想的那样，这都是她自己调查发现的。她在报社工作。这都是她自己查到的信息，与我无关。"

"不管是什么，我都不想知道。"

"朵拉，那我长话短说，是关于你的家族，麦肯或是迈肯①，约瑟夫·麦肯，爱尔兰的图盖拉②英雄，都柏林训练中的叛军，纳塔尔北部的多莉·麦肯。九十年前，发生在你们家族里的事。"

"不，格蒂，根本没有那回事。"

"朵拉，你得看看。我这里有一份副本，一封信，还有一个本子——是一个女人的日记，红绿色的日记本，很久以前，应该是个很漂亮的本子。"

"听着，我不想生气。我刚见过乔回来，你知道我脾气暴躁。这是最后一次，格蒂，在他们把他带走之前，这是最后一次在离家这么近的地方见到他。我可不想跟什么阴谋扯上关系。我没心情听那个姑娘的胡编乱造，也包括你的胡言乱语。"

"朵拉，让我把话说完。"

格蒂又往电话槽里投了几枚硬币。朵拉从布匹之间往外看了看，这时一个人也没有。

"一开始我就有预感，遇到她，肯定没好事。她所执着的答案，总会让我想起不愿想起来的事。我当初就应该相信自己的直觉。格蒂，这个时候，最好别惹我生气。我不想发火，尽力保持低调、体面，我想这份工作可以做得久一些。"

"但是，朵拉，你不明白我在说什么吗？你能给我一个机会讲明白吗？如果这女孩的发现是真的，如果这是事实，也许

---

① 朵拉的姓氏迈肯（Makken）源自其祖父约瑟夫·麦肯（Joseph Macken）的姓氏，朵拉的儿子约瑟夫·迈肯（Joseph Makken）与其祖父同名，但姓氏拼写有差异。
② 图盖拉河，南非夸祖鲁-纳塔尔省最大河流。

能帮我们的约瑟夫摆脱困境。不好意思，怎么说来着，那个术语叫啥来着，他的判决可以被改判或减刑，他顶多落得个战俘的罪名，一名爱尔兰裔士兵。如果你能把这些破碎的历史串联起来，如果历史资料说的'麦肯'姓氏确实是指'迈肯'家族的话，你们的家族史确实可以救约瑟夫。"

"请注意，"商场传来沙哑的广播声，没有丝毫人情味的录音带声，"五分钟后，商场即将打烊。"

"格蒂，听着，我没听清最后你说了什么，我也不想知道。现在我该回柜台了。"

"朵拉，救约瑟夫脱困，"格蒂喊道，"免除终身监禁，明白吗？如果我们能证明一些事情，就能救约瑟夫。比如，证明乔和你不是一半布尔人血统，而是一半爱尔兰人血统，或者是一点布尔人和一点爱尔兰人血统。还有，证明你和柏妮丝为什么是红头发。"

25

一本绿红相间、大理石纹路的日记本，或许是受潮的缘故，上面多了些黑色的污渍，嵌在日记本上的红色丝带也明显透露着岁月的痕迹。日记本里还夹着两封信，一封是棕色牛皮纸的，上面还有 1900 年的落款日期；另一封上面，盖有 1902 年都柏林的邮戳，依然清晰可见。从信上的字迹来看，写信人应该不是同一个人。

凯瑟琳·戈特的日记

1899 年 9 月 15 日星期五
写于爱尔兰

在霍斯悬崖上，面朝蔚蓝大海，迎面而来的海风吹得我心旷神怡。真是久违的感觉啊，我差点就忘掉了这种感觉。已经有好几个星期没有像这般自由地呼吸，大步地行走，大口地喘气，切切实实地感受这具身躯。自印度传来噩耗以来，好几周里，外祖父一直深陷悲痛中，整天把自己锁在书房。

真是一个让人感到悲伤的夏天。在它到来之前，我从未想过自己会讨厌悦耳的鸟鸣、绚烂的阳光、户外孩童玩耍的嬉闹声。我从没想过自己会如此强烈地憎恨这些事物。我已经好久没有拉上窗帘，坐在客厅，将灰色粗糙的信封置于腿上，阅读比哈尔邦^①政府学院的来信。早晨，我下床都觉得费力，手臂如注满了铅，想整理下头发都难。随后就会听到外祖父几小时的哭泣。

我和外祖父始终都是独自吃饭。坦普尔夫人给我们做了蛋挞、炖苹果泥，还有世上最软的乳脂软糖。她希望我尝一点燕麦汤，吃一小碟她自己炖的牛肉。然而，我没任何食欲，每一口食物都和吃泥没什么区别。无论坦普尔夫人如何劝说，外祖父始终吃不下一点东西。他一定是忧心过度，还在想爸妈的事。校长来信写道，爸妈死于发烧，与席卷印度北部的饥荒有关。当我在尤斯顿车站和外祖父吻别时，才发现他不知不觉中已变得骨瘦如柴，轻得像只猫。一年前，他还经常往返于伦敦和伊比利亚半岛之间做进口波特酒^②的生意。那段时间，我的手还只能抱住他那半个大熊腰。

玛格丽特姨妈邀请我到爱尔兰和她一起过冬，这个提议确实能暂时让我忘却悲痛。三天前的晚上，我乘坐轮船顺利地从霍利黑德^③来到爱尔兰，就好像到了另一个国家，到处都是鲜明的绿色和蓝色，当然还有一直聒噪的海鸥。现在距离伦敦已经很远，我和幽闭的哀悼室之间也隔着十万八千里。

---

① 比哈尔邦，印度东北部的一个邦。
② 波特酒是世界著名的甜型强化葡萄酒之一，有葡萄牙"国酒"之称。
③ 霍利黑德，英国威尔士西北部城镇，爱尔兰海沿岸主要港口城市之一。

　　我认识到，生活该开启新篇章了。逐渐走出悲伤情绪后，我开始写起日记来。在查令街十字街路口，我买了一本笔记本，质量上乘的爱尔兰布雷和德雷普牌墨水跟笔记本浑然一体，很搭。姨妈家的书桌上满是笔戳出来的小洞，我坐在书桌前凝视着窗外的悬崖，有时感觉自己并不是孤儿，父母还活着，像往常一样在几千英里外的印度工作。但我明白，他们已经离开了我，27 岁的我也开始了独自在外的生活。

　　五年前，在朴次茅斯①与父母告别时的情景，至今仍历历在目。他们站在甲板上，母亲穿着一件白色的罩衫，父亲挥动着长长的手臂，高举着横幅。我记得。年复一年，日复一日，我没有一天不担心他们，担心他们过度劳累。在父母的来信中，总会时不时地提到恐怖怪异的节日和充满香料的食物。这些怪异的东西也渐渐溜进了这个隐秘世界，但我再也无法与父母分享。母亲在最后的一封信中写道："这是乔基达尔②那怪异而凄惨的哭声。"我记得这个短语，因为它具有很强的暗示性。然而，我并没搞清楚乔基达尔到底指什么，或许是一只鸟，一支笛子，抑或一个人。很早前，母亲就乏于向我解释这些印度语的含义。

　　大多数夜晚，一想到父母，我还是会忍不住掉泪，但这何尝不是一种减轻痛苦的方法。哭完我感觉轻松不少，年轻人的活力好像又回来了，身体充满力量，仿佛可以步行万里。昨天趁姨妈去镇上参加会议期间，我溜了出去，沿着悬崖一直走到贝利灯塔，再次造访儿时发现的洞穴。当我一头扎进石楠丛

————————
① 朴次茅斯，英格兰东南部城市。
② 乔基达尔，印度语，意为"守望者"。

时，石楠便立马弹跳到我的背上，就像我小时候来这里玩耍时一样。我确信我可以不知倦意地走遍整个爱尔兰。

三天内，父母相继去世，葬在了一棵印楝旁。我记得母亲有一次把几片印楝叶子夹在一封信里，三片细长的叶子散发出一种淡淡的味道，让我想起了闷热的夏天。我从玛格丽特姨妈那儿得知，印楝其实是一种印度柳树。

父母刚去世那会儿，姨妈工作时也会穿着丧服。尽管她从事政治性工作，但还是穿了一整天的丧服，当然她也会在工作中调整好悲伤情绪。在儿时的记忆中，姨妈嗓门大，个子高挑，我还是有点怕她。我很庆幸外祖父很少把我送去她那儿度假，但现在我发现自己很喜欢来她这儿。尽管作为一名女性，她不能担任任何委员会的职务，但她还是到处发言，做演讲，反对爱尔兰西部的驱逐令，并定期为媒体撰写文章。她毫无畏惧地写道："英国女王是人间的撒旦。"她还无法理解我母亲，也就是她的妹妹艾琳，为何要跟着我父亲为了帝国远赴印度教书。姨妈的激动情绪让我感到吃惊，但当她提及这里的人们所面临的困境，以及他们对自己，对这片土地，对他们的歌谣和故事的自豪感时，我的内心深受触动。

星期一我将开始自学打字。我同意姨妈的观点："如果我想为这个世界做点有用的事，学好打字是一种不错的方式。"一个体面的、收入有限的年轻女性应该这样做。姨妈几乎什么事都是自己干。第一天晚上，她准备了一盆香浓的炖羊肉和新鲜豌豆欢迎我，"欢迎回到你真正的家"。昨晚，她还把一个大木箱装上了盖，专门给我装东西。那是她从二手市场淘来的，还特意给我上了新漆。在都柏林到处都能看到姨妈的身影，骑着带有挡泥板的自行车，像印度王公骄傲地骑在大象上一样。

我也许应该鼓起勇气，尝试一下这种危险的交通工具。有一位好心的邻居，经常给我们送鸡蛋，她就有一辆自行车，那是她儿子去加拿大后留下来的。她儿子的照片还挂在前厅，放在一幅彩绘圣心和一张褪色的民族英雄照片之间。我猜那个民族英雄就是沃尔夫·托恩[①]。

1899 年 10 月 1 日星期日

现在，我开始明白，为什么玛格丽特姨妈的手指经常颤抖。今天，街上的人都在谈论集会，热闹得很。姨妈的一个编辑朋友乔治·格里尔森告诉我们，世界各地的新闻头条正在报道今天的集会。尽管遭到强烈镇压，爱尔兰还是大声宣布自己支持共和自由，反对帝国主义在非洲的暴政。

自从上周接触到这些饱受压迫的民族后，我的生活也因他们而发生了改变。一个位居非洲南部的小国，国民被称为布尔人，大多是普通农民，靠天吃饭，但誓死捍卫独立，寻求解放。帝国厚颜无耻地觊觎德兰士瓦的黄金，为此意图夺取他们的独立。各大英文报刊都充斥对这些人的谩骂，殖民者被形容成粗野的原始人。他们蓄意挑起争端，声称战争一触即发，他

[①] 西奥巴尔德·沃尔夫·托恩，爱尔兰共和主义者和共和运动的发起者。1791年，受法国大革命影响，他促使长老会中的优秀知识分子与天主教中的中产阶级精英暂时结盟，创立了爱尔兰人联合会。

们真应该早点下地狱!

上周五深夜,我开始接受政治教育。姨妈是凯尔特人文学协会成员,她参加了一个支持德兰士瓦的会议。回来时,她的披肩被雨水染成了银色。她声音尖厉,充满了同情和愤怒。她在壁炉前的地毯上不安地来回踱步了个把小时,最后那只姜黄色的猫再也无法忍受,气冲冲地跑出了房间。

"帝国要不惜一切代价抢夺非洲的矿山。"姨妈一边说,一边疯狂地摆出各种夸张的动作,把头发弄得凌乱不堪。爱尔兰作为一个小国,应该加入布尔人,一起反抗帝国殖民剥削。为了土地、语言和自由而战,团结可以让人们忽略宗教的差异。我不知道该对姨妈说些什么,只希望她可以吃一点我做的牛肉汁和黄油吐司。我也很高兴她邀请我参加今天的会议,因为两个星期以来,我一直默默地练习打字。她的愤怒弄得我很兴奋,也让我感到困惑。我在伦敦待了这么多年,之前一直是跟外祖父住一起。和姨妈相比,外祖父温文尔雅许多,信守教条。我不太明白"黑暗暴君"和"自由的敌人"这类响亮的词汇到底是什么意思,但我总是听闻,英国一向有崇尚正义和法治的传统。

今天上午 11 点,当成千上万的民众聚集在海关大楼前的码头,当红绿蓝白四色的德兰士瓦共和国旗帜挥动时,光线变得更亮了。亲眼看见一群人在如此遥远的地方表达自己的同胞情谊,会给人一种说不出来的感觉,但极具感染力。我不知道这种痛苦为什么一定会让人愤怒。我从来没有感受过这么一大群人的压力。他们的腿、胳膊和背脊紧紧贴在一起。当人们向前挤去听演说的时候,他们像股绳一样拧在一起,就像形成了一个巨人，向前走着。

到达不久，我和姨妈走散了。我那时好像看到了她的朋友乔治，一个敦实的男人。当我们伸长脖子想看清时，人群好像突然开始起伏，吞没了姨妈。我只好自寻出路，在离海关大楼台阶不远的一根路灯柱旁找了个位置。很快，一个穿花呢上衣的年轻人加入了我的队伍，他的脸色看上去像粥一样苍白。演讲一开始，他就语无伦次地叫喊着。我们在那里站了整整两个小时，他也喊叫了两小时。只有在一个名叫莫德·冈的演讲者慷慨陈词的时候，他才完全安静下来。莫德·冈留着一头红色的头发，整个人端庄大方，她低沉的声音在人群中扩散开来，深深地触动了我。"布尔人是在为自由而战，这是获得自由的唯一途径。"她喊道，"此时，爱尔兰正在被镇压，很多人还在袖手旁观，布尔人必须武装起来，反抗！"她脚边放着高高的珐琅笼子，里面关着一只站立着的金丝雀。大丹犬就蹲在她身旁，她身体纹丝不动，但嘴上却不停地大喊，声音就如音乐般在她的唇间飘荡。

当谈到反对为帝国向爱尔兰人征兵时，她那双炯炯有神的眼睛似乎越过了所有人的头顶，全神贯注地凝视着前方，让我们看到了她的决心。这时，一个嘴里挂着根甘草棒的男孩不小心弄脏了我的裙子，留下了一块黑色的污渍。我真像个傻瓜，竟然穿着干净的裙子去参加公众集会，甚至没有留意到这个小男孩靠近。冈小姐突然爆发，大声告诉我们，所有热爱自由的妇女都应该帮助布尔人，劝她们的丈夫或恋人不要参军。爱尔兰人不应该浪费一滴血去助纣为虐。她告诫公众，如果跟着这些招募军官走进报名室，他们的阴谋就得逞了。之后，她高举起德兰士瓦的旗帜，大喊："以爱尔兰和独立的名义！""德兰士瓦共和国！起来，起来！布尔民族，站起来！"

冈小姐的话极具感染力，很鼓舞人心。直到我坐在开往霍斯的火车上，我激动的心情才平复下来。然后，我回过头来仔细想想冈小姐的话，思考其中的含义。奴隶制就像颗炸弹，既能爆发出巨大的能量，同时也十分危险。然而，我听玛格丽特姨妈讲过这片土地上的一些事情，都是关于饥荒和困苦的。因此我明白，也许冈小姐所说的不公正确实无法否认。

姨妈比我先到家。虽然听我谈及冈小姐的事时，她看上去有些谨慎，但总的来说她对我的这次经历还是颇感兴趣的。我们准备了一盘烤饼，整个房子弥漫着浓郁的香味，感觉十分温馨。姨妈说，在我们被挤得面目全非时，伟大诗人威廉·叶芝本来也要发表演讲，不幸的是，在最后一刻，他的声音哽咽了。自从我来到这儿，姨妈就一直叮嘱我读他的《苇间风》。我也是后来才慢慢对他的诗产生兴趣。她的朋友们说，叶芝的声音是爱尔兰复兴的声音。

和姨妈喝茶时，她更详细地讲述了她的社会工作，以及她对这个国家的希望。她跟我讲述了自己两年前参加的第一次大型会议，那是在维多利亚女王执政六十周年庆典上。虽然比今天的场面更有煽动性，但最后也没有带来什么实际效果。那次游行队伍抬着一个刻有"大英帝国"字样的黑色棺材。当警察开始用棍棒殴打抗议者时，棺材被扔进了利菲河。接下来，她声音更响亮地说道，那天晚上，在一些企业职员的安排下，人们涌向拉特兰广场，等着都柏林各地的钻禧庆典①装饰灯熄灭。一片漆黑中，唯一的光源便是广场中央的大型投影仪。一个巨大的白色荧幕突然落下，上面不断闪着幻灯片，展示的都是关于被驱逐者的画面。一群母亲相拥在一起，组成一个人体雨棚，为婴儿们遮蔽风雨。废弃的院子里还杂乱地堆着破碎的梳妆台和桌子，像堆篝火。姨妈记得，整个6月，爱尔兰饥荒造成大批人死亡。

姨妈的工作是帮助国家俱乐部的妇女们用白线把死亡人数绣在数百面黑旗上，然后把旗子分发给群众。她说，她们在酒精灯前，夜夜不辞辛苦地绣了上万个零，这数字让她悲痛到愤怒，最后濒临崩溃。见到俱乐部里的民族主义者时，姨妈要求他们加入妇女的工作中。但那些人都是历经沙场、铁骨铮铮的热血战士，习惯了和男人并肩作战，估计还有些不习惯和女人一起工作。她现在希望冈小姐的到来能改善我们女性的处境。然而这时，她突然无奈地补充道，很遗憾，那位冈小姐喜欢独自行动，展示自己的个人魅力。

当谈到妇女和我们的工作时，她一直在整理自己的黑罩衫袖口，突然，她弯下身子，一只冰冷的手碰了碰我的太阳穴。"啊，我亲爱的侄女，亲爱的凯瑟琳，"她喃喃地说，"我现在得对你负责，是我把你带进这危险和不确定之中。我们亲爱的艾琳现在已离我们而去，我知道她会一直默默守护着我们，但她能原谅我将你卷入这些纷争中吗？"她凝重的神情掩饰着内心的焦虑。此时，她的表情几乎与今天的演讲主题完全吻合。

---

① 1897年的维多利亚女王登基钻禧（六十周年）庆典是英国历史上的第一次钻禧庆典。

此刻，我仿佛又看到了都柏林的家庭妇女们正在黑色的绢布上绣着因饥荒而死的人数。

1899 年 10 月 25 日星期三

毫不夸张地讲，最近，我的骑车技术可谓是突飞猛进。过去几天的练习算是没白费。爱尔兰德兰士瓦委员会刚成立不久，在一周多的时间里，每天早晨，那儿的年轻朋友和他们的亲戚很多都被派去挨家挨户分发宣传册 —— 浅绿色的小册子上印着反入伍的内容。

第一天，也就是 16 日，我和他们结伴而行，徒步发放宣传册，顿时感觉大家都像浑身发着光的天使。大家从凯尔特人协会走出来，手里拿着宣传册，上面写着"英格兰的困难就是爱尔兰的机会"。我们需要在天亮前将这些册子分发到每家每户。和我同行的是一位学者，名叫玛拉基·莱昂斯，留着一头蓬松的黑发，看上去很讨人喜欢，但话很少。他赞同我的观点时，就会对我微微一笑，或者默默地点点头。虽然这样步行有利于张贴海报，但骑自行车可以让我们走得更远，到访更多的人家。

一定是因为我是分发小组中唯一的女性成员，而自行车又是一种避险逃跑工具，所以我让姨妈代我向委员会提交的骑车申请很快就得到了批准。所以，上周五，在朦胧的晨曦中，我就同酿酒厂的工人还有一些女店员一起乘火车进城了。下火车后，我骑着自行车去阿比街的委员会总部报到。那里非常安静，我脚后跟踩在铺路石上，发出铃声一样清脆的响声。最值得一提的是，街上除了个别警察撕下了我们的海报外，大多数人对我们都是既热情又好奇。我们几乎没有听到什么反对声音。例如，今天在女爵街遇到一个店主，他还向我们多要了一些小册子给他的侄子侄女，还要了一张海报贴在他商店的橱窗上。上周一，在布雷餐馆外，一位店员还与玛拉基·莱昂斯握了手，称赞我们的活动对国家来说"既必要又有用"。不久前，我们还在街上挂起一面旗，上面用白色的大字写着：参加英国军队就是叛国。

一股反对大英帝国的强大力量，让一些胆小的路人不寒而栗，这点确实让我意想不到。每年圣诞节，姨妈都会来里士满①看望外祖父，但每当姨妈说到爱尔兰人针对英国统治的"反对力量"时，大家都嗤之以鼻。现在看来，真是让我无地自容。几天前我就听说，在遥远的约翰内斯堡，有一群在矿山工作的爱尔兰爱国人士，为了帮助南非白人，并捍卫自己的权利，团结在一起，组成了一个旅，对抗共同的敌人——"帝国"。这也是为了布尔人和爱尔兰人的自由而战，八方风雨即将来袭！这些士兵蔑视英国身份，到了南非后成了荣誉公民，据说他们将在几天内前往纳塔尔前线。

这个消息一传出来，莫德·冈女士就开始着手制作大队的军旗，准备送给那些英雄。尽管她平时很忙，但依然承担起大部分缝纫工作。昨晚她是在凯尔特人协会办公室过的夜，完成了镶金边的绿色都柏林府绸的缝补工作。军旗上有一个竖琴标

---

① 里士满，英国萨里郡城市，位于伦敦西南部。

志，就是冈小姐设计的。姨妈说，尽管她很努力地想绣好，但没想到这针线活这么难。手指的动作虽然很快，但依然在颤抖。姨妈很认真地按描红绣着，眼珠子飞快地跟着针转动，突然意识到，如果缝得太紧，府绸很容易皱，不知道我们的冈小姐是否和她一样意识到了这个问题，所以才将这份苦差让给别人做。

当我再读这些稿子的时候，才发现写得又长又匆忙，写作水平没有丝毫提高，句子僵硬得很。我不禁惊叹，刚培养的政治兴趣，现在是深深地扎根我的生命里了啊。我不再像以前那样经常想起父母，但当我头痛愈发厉害时，总感觉他们会用手轻抚着我。有时头疼得看不见任何东西，眼前只有一片黑暗和钻石一样坚硬的钢片。在这种时候，只有睡觉可以解决我的痛苦。此刻，我想到了那座无人看守的坟墓，杂草丛生，变成一个被季风雨浸透了的土丘。

迄今为止，我亲眼看见了很多民族主义活动，它们深深吸引了我。我很确信它们加深了我的民族主义信念。很遗憾，我对政治一窍不通，但几番思索后，我还是希望自己能有所贡献。尽管战争非你我所愿，但风雨来袭时，我希望能尽自己的绵薄之力，让听到的不幸少一些。

第二天晚上

正当我写着日记的最后几行话时，威廉·高夫先生突然登门拜访。他此次前来，估计就是为了动摇我刚萌生的信念。威廉·高夫先生来自贝尔法斯特，是个波特酒商人，也是外祖父的长期商业伙伴。我们猜想，可能是他在伦敦处理贸易事务时遇到外祖父，受外祖父之托来看望我们，想看看我们是否一切安好。

姨妈很少招待客人，高夫先生一来可把我们忙坏了，马不停蹄地准备炖菜和糕点，主要是牛肉、吉尼斯肉饼和黄色奶油苹果布丁。在短时间内做出这一顿晚餐，连我们自己都感到惊讶。我们这位客人也是毫不客气地狼吞虎咽，中途还时不时伸个懒腰。我们猜他一定很满意今天的晚餐。

但晚餐时的谈话却没有那么令人满意，高夫先生对布尔人的愚蠢和爱尔兰人的不忠发表长篇大论，并大肆宣扬帝国主义所谓的正义之举。出于对外祖父的礼貌，姨妈并未动怒，只是几次打断了他的话。比如，高夫先生说："爱尔兰没有经历过真正意义上的饥荒，大范围的饥荒。"他若有所思地一边用勺子舀起肉汁，一边吃着馅饼，继续说道，"如果西方有困难，那都是联合抵制租金导致的。"姨妈的声音平静得像远处的噪声，说："但你不能否认爱尔兰在英格兰的统治下遭受了痛苦。不仅陷于贫困，甚至它独一无二的民族特性都在逐渐消亡。"听到姨妈这么说，他顿了顿，用试探性的口吻应道："然而，这种苦难，比起现在支持布尔人的叛国行为，又算得了什么呢？布尔人是一个嗜血的野蛮民族，一个极其野蛮的民族。他们房子附近连一棵开花灌木都没有。他们所鼓吹的共和国自由是建立在对非洲人的压迫之上的，没发现吗？在南非白人城的大街上，非洲人连走人行道的权利都没有。"姨妈应道："多少次，英格兰打着'原住民'的幌子，实则只为压制帝国白人的自由？"

"可是，"这个男人一边大快朵颐，一边不停地唠叨着，"在这个危急时刻，帝国所有的白人都站在英格兰一边，除了爱尔兰人。这不仅是忘恩负义，而且有违常理。此外，传闻中，与布尔人并肩作战的爱尔兰军旅是群不守纪律的家伙，没几个会骑马，这点对我们高贵的白族战士倒是很有利。"从布丁盘子的刮擦声和苏特恩酒①瓶的汩汩声中，可以看出我们的客人一点也不见外，果真是个地地道道的波特酒商人。

我们在一片寂静中结束了这顿饭。最后，场面实在是太安静了，连摩擦皮餐椅时的黏糊声都被放大了，尤其是腰围很宽的人，发出的声音更明显。高夫先生早就叫了出租车，晚上不到 10 点就走了。

之后，我和姨妈才开始怀疑，外祖父是否故意让高夫先生以挑衅的方式来试探姨妈是否适合当一位永久的伴侣。当时，尽管姨妈很克制，但最终还是没忍住。但我想告诉外祖父，就高夫先生今天的言论和态度，如果要打分，分数定是不理想的。他油嘴滑舌、盲目自大，甚至大放厥词，对布尔人出言不逊，口无遮拦。如果他肯在都柏林的大街小巷走上一天，一定会明白，当地人对布尔人的同情都是发自内心的。

不过，这次我也意外发现，姨妈硬朗的政治形象背后，竟也有柔情似水的一面。在为高夫先生准备晚餐之前，她就让认识的女裁缝也给我做了件茶歇裙，用料是一种漂亮的修女面纱，质地柔软轻盈，是克莱里百货刚到的新品。昨天，得知衣

---

① 苏恩特酒，法国波尔多地区所产的甜白葡萄酒。

服做好后，我一发完宣传册就立马跑去拿了回来，包裹也着实大得出乎我的意料。

一到家，姨妈就叫我试穿。我在屋子里来来回回反复打量这件衣服，多亏姨妈教了我一些穿裙子的小技巧，像如何提起裙裾快速地摆动裙子、卷起裙子转身等，要不然穿着它行动着实不方便。因为裙子很轻，做这些动作也倒是毫不费力，但若没有这些技巧，穿裙子出门势必还是麻烦得很。当我抱怨"这裙子未免有点过于轻浮，穿着它还挺不方便"时，姨妈忍俊不禁地拍手说："我让你穿茶歇裙，打扮得漂漂亮亮的，就是想告诉你，不要让政治把你变成一个无趣的灵魂。"此时，床单上的白色垂褶在炉火的映照下熠熠生辉。

1899 年 11 月 28 日星期二

最近几天不是刮风就是冰雨天气。姨妈和我一起挂起了更厚实的窗帘，里面衬着一层棕色天鹅绒。我们住在唐尼布鲁克时，家里客厅挂的也正是这种窗帘，那时母亲还只是个小娃娃。姨妈回忆道："每年 11 月拿出这些窗帘的时候，我们可爱的艾琳都会说我们被埋在土里了。你母亲的确像只被埋在土里的鼹鼠，向往着光明。冬天，黑夜让她畏缩得不敢出来；春天，她却在雨中奔跑，一件外套也不穿。我早该想到，她那么喜欢光和热，也难怪会去印度。"

在冰天雪地里，骑着自行车去做宣传可不那么容易，更何况，我们几乎已经将整个城市跑了两遍，每家每户基本都去宣传过。我甚至曾跑到北墙码头，看到了英国军队启程的场面。事先差不多就猜到，现场将很难听到人们热烈的欢呼声。

在都柏林时，德兰士瓦独立的观点已深深扎根于脑海，且越发强烈。上周发宣传手册时，我看到一个女人的衣领上绣着一面绿白蓝三色旗。我还发现，这里的男人帽子上的纽扣都是德兰士瓦国旗的样式。在这里，你甚至可以在面包店和杂货铺买到布尔将军们的照片，如威严的克龙涅、博塔、德·伟特等将军的照片，还有些黑人照片，但他们的名字听起来不是那么聪明。独立党办公室外还挂着一些其他照片，都是关于暴力冲突事件的。从中，我看到了都柏林圣三一学院①学生与布尔人之间的暴力冲突。圣三一学院那群学生出了名地爱惹麻烦，布尔人易被激怒也是众所周知，他们的冲突在所难免。我曾与唯心论同伴，也就是小册子作者玛拉基·莱昂斯一起亲眼看见过一两次这样的暴力事件。

我接触的青年并不多，像玛拉基·莱昂斯这样既古怪又寡言少语的人更是少之又少。由于我刚来委员会办公室打杂，工作时间也不固定，因此对这里的政治冲突事件了解得不多。不知是玛拉基拥有预知能力，还是冥冥之中自有安排，每当政治暴力事件发生时，他都会和我不期而遇。无论我是去市中心还是去车站，每当身后传来马蹄声时，我都会拐到旁边的小道上去，这时往往会碰到玛拉基。他看上去手脚僵硬，步履蹒跚，一看到我，便会举起帽子跟我打招呼，小声地叫一声"戈特小姐"。

---

① 都柏林圣三一大学由伊丽莎白女王一世于1592年创建，是爱尔兰最古老的大学。

我们在都柏林同行了好几英里，一路上他都沉默寡言。出于羞涩，他经常望向屋顶，很少与他人对视，也不回答任何形式的开场白。有一天，对于"多变的天气"他喃喃地说："塔利斯曼唤醒了海神李尔。"因担心接错话而引起误会，我常不知道说些什么。玛拉基习惯用晦涩的格言回应别人，这可能会让对方摸不着头脑，难以接话，聊天也容易戛然而止，不过他似乎早已习惯这样尴尬的场面。

后来我才慢慢了解到，玛拉基其实是想与国家的当权者对话，试图说服他们，改变国家的命运，让大家都能有个更好的结局。他曾引用像莱昂内尔·约翰逊这类作家的诗来告诫我们，"黑天使已经降临这个国家，武装斗争在所难免，但正义天使将化身为爱尔兰的英雄和诗人夺回火焰之剑。"他自己也在《联合爱尔兰人》上发表过一首诗，有一句这样写道："像卷绢布上的刺绣一样，不能缝得太紧；过于精心的修辞，也会让诗变得僵硬。"

他看上去似乎对我并不感兴趣，但每当我假装全神贯注于别的事情时，就会感到他在斜视着我，盯着我的脖子和脸，一种愉快的刺痛感顿时从我的手臂上蔓延开来。但即使在这样的时刻，我也不确定自己是否已经彻底沦陷，因为我不确定我们是什么关系。倘若姨妈来委员会时，从模糊的窗口窥视过，她定会发现我午后常跟玛拉基走在下安比街道上，但无论如何我绝不能向姨妈提起他。对玛拉基来说，声音是种从身体里爆发出来的强大力量。但对于我来说，他的声音太过特别，仿佛蕴含预言之力且饱含诗意，我担心姨妈一下子就认出他来。

玛拉基一直谨小慎微地维持着我们的这段关系，总是若即若离，就像一艘永不会靠岸的船，带着反对战争的强烈使命感漂流在都柏林，最终会离开这片禁锢我的海湾。他很清楚，高层不会和我们一起发宣传册，他们的个人魅力也无法消除我们的疲惫，但我们依然坚持写了无数封求援信，虽然手指已累到僵硬，但为了替下一次行动筹备资金，一切疲惫都值得。目前我们得知，一支医护救援队即将带着我们精心制作的旗帜前往非洲。尽管目前的工作很枯燥，但当我们得知医护救援队必将大受欢迎时，感觉一切努力都没白费。从目前的战事来看，战争绝不可能在圣诞节前结束，帝国也为此大失所望。

昨天，在去火车站的路上，玛拉基又援引了《爱尔兰的东道主们在流泪》中的诗句。诗这种东西，只有在朗读它时，才有那么点鼓舞人心的作用，但过后并无多大实际用处。当他激情澎湃地讲到"礼仪竖琴"和"古老的号角"时，目光一直凝视着远方的屋顶，但也时不时狡黠地看了看我的脸和头发。

无处安放的情感，让肉体控制不住颤抖。写作比思考要容易得多。有些夜晚，躺在床上渴望他暗示性的触摸，有时这种欲望甚至填满了我的灵魂，甚至当我的手在纸上移动时，内心都会生出难以压制的焦躁，体温随之慢慢升高。我幻想着他的手指划过我的脸，手背轻轻划过我的肩膀。我闭上眼睛，试着去感知他那张看不见的脸。虽然他又黑又高，但幻想中的他终究不是现实中的那位神智学者。现实中的他身体逐渐靠近我，却不是为了肉体上的狂欢。而此时头脑里幻想的他，双手不停在我身体上滑动，抚摸着我，把我的红晕从身体中抽出。

这周的战事，阿非利卡人大败英军，节节获胜，让人们激动了好一阵子。直到昨天，一场大型反帝反战示威游行遭到当局镇压，热血沸腾的人们才安静了些许。尽管我对布尔人有怜悯之心，但较这里的大多数人而言，我的情感却没有那么强烈。像玛格丽特姨妈和编辑乔治·格里尔森，还有迈克尔·戴维特，就根本无法抑制激动的心情。但他们没有被胜利冲昏头脑，而是向抗议领袖提出了一些问题，例如：警方禁止类似的游行示威活动后仍然坚持游行活动是否明智？昨晚深夜，冈小姐对委员会说："无论如何都不能做懦夫。"但她也该清楚地知道，我们毕竟只是一群手无寸铁的普通民众。

关于是否继续游行示威活动的辩论一直僵持到凌晨，最终只有一小群人坚持继续游行，包括冈小姐在内。午后不久，冈小姐骑着马，视死如归地奔赴演讲台。其他人也都快马加鞭前往海关大楼，强行穿过警戒线，在那里受到人们的热烈欢迎。欢呼声响彻整座奥康奈尔桥，我和玛拉基找到一个既能看到河流又能看到街道的好位置，观看这次示威游行。

警察肩并肩站在桥上，看他们的样子，警戒不只部署在这条河流沿岸。不到一小时，冈小姐果然骑马赶来，头发在风中飞舞，宛如精灵头顶燃烧的火焰。她浑身上下都散发着对这次游行的狂热，这着实让我惊讶。当人群冲进圣三一学院，我们也趁机混了进去，身后的骑警将我们团团包围。马不停地嘶鸣，仿佛在逼迫我们离开。我顿时感到情况不妙，开始怀疑起自己能否像冈小姐那样毫无畏惧，英勇战斗，像她那般疯狂，为了战斗而生。如果可能的话，我想回到原来的位置，安安静静看完游行回家，安心地坐在炉火旁喝茶。

学院草坪如同一个游乐园，里面还挂着德兰士瓦国旗和大投影屏。但现在，我只感到恐慌。人们的喊叫声震耳欲聋，我的头痛也越发剧烈，我真担心自己会疼得昏倒在地。此时，紧迫感和疲惫感交织在一起，我尽力维持身体的平衡，开始怀疑起这次行动是否经过深思熟虑。我们身后有人突然开始唱起"梅富根①沦陷了！"，当时的场面仿佛再现了歌词的内容。他和一伙人在我面前挥舞着旗子，绿布盖住了我的鼻子和嘴巴，我不得不大口喘气，甚至尝到了旗上浆粉的味道。人群中的男女老少都跑进商店买扫帚、棍棒、橘子、面包以及任何可以作为武器的东西。玛拉基脸上露出了一丝微笑，指着一个手持左轮手枪的歹徒。那枪是歹徒在皇家银行台阶上从一名警察手中夺来的。我必须设法离开这里。增援的警察骑着马拿着剑赶来时，我发现了一个绝佳的撤离时机，可人群冲散了我和玛拉基，后来我躲进了人群中。我相信他会找到自救的办法。历经一个多小时的推搡后，我终于抵达目的地——亚眠街火车站，但这列开往豪斯的火车上空无一人。

虽然一天过去了，但是此刻我沮丧的情绪并没有减少半分。几个月以来，这是我第一次头痛得整个人差点晕过去，四肢没半点力气。在人群的推搡中，我的手臂不小心撞出了一块淤青，现在已经变成了深紫色。姨妈建议我卧床好好休息几

---

① 梅富根，南非西北省的省会。

天，于是我便躺在床上写作。她出门前特意为我准备了牛肉汤和威士忌。昨天那场轰轰烈烈的暴乱后，委员会的会议室里肯定会有很多讨论，也有很多人对自己的自卫行动感到沾沾自喜。我所认识的大多数人都认为这次行动是成功的，这些抗议行动让一向温和的都柏林人备受鼓舞。而我却只能躺在这儿，为之前的顾虑和不争气的头疼感到羞愧。但即便如此，我还是很庆幸能安然无恙地回来，能四肢健全地躺在床上写作。

或许应该像现在这样，简单地写下此刻的所思所想，好让我的思绪更加清晰。经历过这几周的动乱，我不禁感到，爱尔兰和德兰士瓦的人在抗争中似乎即将忘记初衷，抛弃最崇高的理想。昨天的抗议集会，只让我看到了民众在宣泄愤怒，制造大范围的恐慌，但过后，该如何处理剩余的愤怒和恐慌呢？之前还可以靠打破窗户、与警察肉搏来宣泄，但现在呢？

我们向这个国家承诺过，我们会伸以援手，但这个国家的真正敌人却是我们自己。因此，在抗议活动中才有人疾呼大家暂时冷静。当我们在激烈商讨如何更好地阻止帝国时，我觉得大家早就忘了最初的誓言。我们在愤怒中迷失了方向，像玛拉基在思考更深层面的问题时一样困惑。在委员会的会议室里，我的这些担忧很可能会遭到压制，但我担心我们的行动远远超出了鼓动群众的范畴，变得不再是纯粹的爱尔兰民族抗议活动。针对战争本身，我们还有很多工作要做，我的双手也渴望从事一些打字以外的劳动。我们体内集聚着一股躁动的非洲能量，必须得到合理的释放。

毫无疑问，这周对英格兰来说是黑色的一周，它在每条战线上的进攻都陷入混乱。但我们不能高兴得太早，虽然目前布尔人已经掌控了局势，但这能持续多久？英军每天都能得到增援，但布尔军呢？我在我们的宣传册中写了几乎上千次：让我们携手制止这场邪恶的非正义之战，消除恐惧，停止一切破坏行动。

上周，我们告别了都柏林的四位护士，她们作为委员会救援人员前往巴黎接受培训，之后将被派往南非。原本没有四个名额，但我知道剩下的捐款可以再资助一两个帮手，于是我总共帮四个人办理了去法国的护照，支援前线。为什么我自己不亲自去前线提供支援呢？

1899 年 12 月 29 日星期五

虽然目前我也不是很明白自己为什么要去非洲前线，但我的决心十分坚定。新年伊始，我将随法国红十字会分队前往纳塔尔。为了能早点动身，从圣诞节以来，我就一直马不停蹄地为奔赴前线做准备，每天都过得紧张而忙乱。

这个圣诞节，家里很安静。我们烤了一只小鸡，也吃了一整天的新鲜非洲桃，这是最美丽的球形桃子，像太阳一样红润金黄，是德兰士瓦驻巴黎代表送给委员会的礼物。外祖父送来了一盒从福特纳姆梅森①买来的布丁，姨妈是个有着强烈爱国情感的人，无法放下手里的工作陪我过节，所以只能我独享这一切。

---

① 英国高端商店，1707年由皇家侍应福特纳姆和杂货店老板梅森合办。

外祖父在包裹里还附了一张简短的便条，问我在爱尔兰是否还快乐。这是自高夫先生来访以来，我们第一次收到外祖父的来信，所以我立即兴高采烈地写了回信。然而，由于他很少提及自己的政治立场，对于外祖父将如何看待我去非洲前线的计划，我感到有些惴惴不安。姨妈说等我去了非洲后，再将这个惊人的消息告诉外祖父。

我们能感受到寒冬的魔爪正在向我们逼近。虽然我不再像过去那般软弱，但即使我缩在母亲的印度羊毛披肩里，紧靠在炉火旁，还是止不住地发抖。因此，我把那些非洲桃子视为一种坚定目标的象征物，指引我奔赴光和热。当阳光从南边照射到爱尔兰时，我被那股暖流吸引，很想早点奔赴非洲前线。

最近几天，我成了都柏林市医院的常客。为了让自己看起来精神点，我用姨妈的棉老鼠弹力发圈把头发扎了起来。这是我第一次尝试这种发型，它让我整个人看起来很怪异。接待我的是一位温柔的女护士，她对我的这般模样倒是见怪不怪。

就像他们说的，当地红十字会的妇女支队没有时间来培训我，护理工作要靠自己边看边学。不过，该组织对新来的志愿者一视同仁，这一点我倒是很赞赏。沿着一条名叫图盖拉的河，不远处就能看到前线营地。一辆法国小型救护车应该很快就能将我送到那儿。只要到了前线，我就能更好地了解实际战况，清楚那里急需什么。通过一本急救练习手册，我学会了螺旋法扎绷带、反向螺旋和8字形包扎法。为了学习这些技术，我每天都练习到深夜。在一个午夜，我放下急救手册，读起了威廉·叶芝的诗。叶芝的诗字里行间饱含激情，看得我热血沸腾。我走到火堆前取暖，一边还吟诵道："扭曲到变形的东西，我无法用言语描述，因为浑身上下，错得一塌糊涂。"伴着脚步的节奏，我抑扬顿挫地吟诵着这些诗句。我想把这些诗句记在脑海里，这样它们就能像一群隐形伙伴，一路陪着我。

我在学院草坪前和玛拉基走散后，他似乎一直刻意和我保持距离，虽然每天也会给我写信。昨天他在信里描述了一个梦，这个梦他已经做过三次。在他的梦里，我穿着闪闪发光的黄色长袍，缓缓地在南十字星间起舞。

亲爱的姨妈对我的非洲之行几乎完全保持沉默，没有支持也没有反对。但如果没有姨妈切实的帮助，我也很难安心前往。她口头上给出了许多建议，也在我的赴非必带物品清单上增添了很多物品。姨妈的声音大得足够撼动地板，但说的话总让人感到很温暖。今天，她到商场买回一大堆高档瑞士细麻短裤，塞在9月份亲手给我做的木箱里，嘴里说着"圣诞节后，商场都在打折"。

多年来，姨妈一直和母亲保持着通信，从信中，姨妈也知道了很多如何在热带地区保护好自己的方法。这也再次说明了她对外表和肤色的敏感。"亲爱的艾琳说过，即使是皮肤再好的人，炎热的气候也会让皮肤变得油腻。"她在我的衬衫里塞了一盒粉底。一想到在非洲荒野还要使用这位中年妇女的化妆品，我就忍不住暗自发笑。

但直到今天吃早餐时，姨妈才第一次向我坦诚了她内心的感受。她紧紧地握着我的手，她说的每句话我都记得清清楚楚："凯瑟琳，你得保护好自己。听说英国正在招募一批非洲兵，用来对抗宁死不屈的布尔人。你要知道，那些非洲布须曼人都是些没有文化的野蛮人。这些话可能让你感到诧异，但我担心你的理想主义会让你身处险境。英军为了自己的利益，很可能什么都做得出来，在男人的战争中，女人总是被当成马前卒。你父母把你托付给了我，我得对你负责，不能对不起你母亲，我们亲爱的艾琳。"

姨妈给我看了写给外祖父的信件草稿，在我动身去法国的那天，她就会把信寄出去，但是这信目前还没写完。虽然这封信的开头写得很简略："凯瑟琳和我想尽一切办法反对……"但令我欣慰的是，我没有在后面的语句中感受到昨天的那种焦虑。

目前没有什么可写的了。说实话，我既期待又感到宽慰，当然也难免有点担心。在这个新纪元里，我将去往一个陌生的环境，迫不及待地想知道终点在何方。过去的一个月里，许多疑虑困扰着我，但当我不再像之前那样犹豫不决，我更确信我所做的是正确的。我带着强烈的政治意愿，希望可以带给这个世界一些小改变。我不希望我的意志像一根被束缚的树苗，一直病恹恹地生长。虽然我还不能完全认同冈小姐的观点，认为只有流血才能换来自由，但我相信通过团结布尔人、关注战争给人们带来的痛苦，人们已经表现出捍卫自由和反抗暴政的强烈意志。

从我决定去非洲的那一刻起，我的头痛症好像突然就消失了，现在的身体状况很好，甚至可以用相当强壮来形容。

1900 年 8 月

纳塔尔

在非洲，我亲眼看见过很多怪诞的事情，但大多也透露着悲伤，最为深刻的是一种寂静。数百人安静地聚集一起，让我感受到了悲痛与死寂。因为饥饿，人们已经没有力气说话或四处走动。他们坐在地上呆滞地凝视着这片凄凉之地。偏僻荒凉的乌姆格尼营地建造在一个青翠的山谷边缘，这里的美景与周围的死寂形成了鲜明对比，越发让人感觉怪异。兵营周围是一个八英尺高的栅栏，缠绕着倒刺铁丝网竖立在兵营一侧。透过栅栏，可以看到山顶的瀑布一泻千里，绚丽的白色泡沫从瀑布顶端飘落。

在将近五个月的时间里，我从未离开过这个禁区，这是一个为南非白人妇女儿童提供帮助的避难中心。我至今还没去过避难中心一公里外的地方。布尔人将这儿称为集中营。3 月下旬，我作为一名护理助理，受伊津扬加医院指派，去照顾一群难民，他们大多来自殖民地北部废弃农场。起初，我还天真地认为，即使我还不懂他们的语言，但都经历过失去的苦痛，有过相似经历的人一定会有所共鸣。我相信，我的到来也能在某种程度上缓解他们的苦痛。然而，在闷热的天气里，大家挤在一辆运牛卡车上，彼此只隔着一只铁皮水桶。这样的环境下，即使是一个经验丰富的护士，估计也很难开展自己的工作。我们在那辆卡车里足足待了三天，但车只行驶了 90 英里。

我们不只是因为懂得同情才会感动。最近我的注意力全部放在了一位非洲孕妇身上。她饿着肚子从山区来到伊津扬加，给自己取了一个爱尔兰人的姓——麦肯。她是一个布尔人的仆人，和其他人一样被送到了这里。我至今还清楚地记得她第一次出现在我面前时的样子。在我写给姨妈的信中有过描述，那封信至今还在我手上，没有寄送出去。"一个又瘦又饿的黑人女人出现在我的面前，让我震惊的是，她说着一口纯正的爱尔兰英语。"

我把那封写给姨妈的信压在日记本里，有德班的战争审查员盖的邮戳。之前的两封信也是，它们现在深埋在姨妈给我做的木箱里，就在衣服的衬里下面，就像付款保证单一样，夹杂在这本日记里好几个月，被我忘了。最近很少有机会可以享受写作的奢侈，也很难找个地方坐下来写，我似乎总是感到又饿又累。给志愿者配给的食物几乎和被俘的妇女一样多，其中的原因很简单，也很让人沮丧。虽然我们的官方立场是保持中立，但我们这些志愿者同情他们，所以我们的立场不再中立，甚至令他们怀疑我们是否倾向于敌方。我们策划在附近城镇找寻食物，但无论以自己为由还是以他人为由，都处处受阻。这意味着我们现在得到的肉食，几乎都放了很久，已经有些发霉，或是吸了过多水分，软趴趴的，我们的咖啡味道就像仓库地板上的金属屑。

如果我能闲下来，我只想安静地坐在营房山谷边，在含羞树和金合欢树的灌木丛里，享受树荫下的清凉。金合欢树散发出一种浓烈的香粉味，掩盖了营地更难闻的气味。偶尔，我读到日记的头几页时，不禁为日记里描写过她感到困惑。她再次出现在这里，表情轻松，心情舒畅。

　　刚开始，我来这儿的部分原因是想帮助像她这样的人。但现在看来，她已经彻底成为我的精神支柱，我的对话者——"多莉·麦肯"。她戴着布尔人的垂边软帽，吟着关于竖琴、绿旗和战矛的歌曲，歌声中夹杂着当地人的低声吟唱和打拍子的节奏。她被安置在营地北侧的一个贫瘠之地，住在一个非洲仆人家里。相比布尔这边，那里离泉水更远，条件更为恶劣。但多莉以有了身孕为由，设法弄到了比其他黑人略多的肉罐头和玉米面包。因此，总的来说，她气色还不错。她在营地的院子里大摇大摆地走着，鼓胀的肚脐从皱褶的内衣里漏了出来，仿佛一根手指正在指责周围的人。在她孕态初显前，很多英国营地士兵曾爱慕她那高傲的仪态和优美大气的容貌。然而，她对自己的爱尔兰男人忠贞不渝。

　　几乎每天早上6点左右，多莉都会来我帐篷，谈论爱尔兰的事情，喝着我的怪味咖啡，开始我们都以为那是爱尔兰煮茶。我用非常肯定的语气对她说，我不是出生在爱尔兰，但对她来说，我在那里住过就足够了。我来自帝国，但我站在正确的那一边，我不歌颂帝国，我的心里永远装着正义。她问了我很多关于爱尔兰的事，问到那里的乡村集市、都柏林街道、梅奥山、雨、家庭、节日以及河流的大小等，问爱尔兰有没有晴天，还哼了一段我几乎听不出来的旋律，问我知不知道这首爱尔兰歌曲。聊天的最后总会绕回爱尔兰男人的话题上。"他们忠诚吗？""他们的甜言蜜语是否出自真心？"面对这类问题，我也没办法回答，只能回答说我不知道，我说不出来。我在爱尔兰只有一个男性朋友，他是个梦想家。

　　她双臂交叉放在肚子上，斜眼看了我一眼。"他说他会回来找我，"她说道，"他说南非白人需要支援，帮他们保卫首都不受英国人侵占。他们需要爱尔兰人炸掉铁路桥。但他说他会回来找我，他永远不会忘记我。'这是我们战士应有的勇气。'一开始我以为他说的是金属①，比如铁，直到他解释后，我才明白他指的是士兵的勇气。他说，接下来还会有更多的战斗，为爱尔兰而战。这个国家需要坚定的决心，如果我们有儿子的话，一定会让他也成为一名战士，为自由而战。"她滔滔不绝地讲述着她和她的爱尔兰男人的故事，就像在和我辩论，要说服我一样。

"他离开的时候知道你怀孕了吗？"我问了好几次，每次都得到同样的回答。"我知道他感觉到了。他把手放在我的肚子上说了声再见，微笑着离开了。有些夜晚，我感觉他在和我说话，和孩子说话，告诉我们不要害怕孤单，要坚强起来，他会回来找我们。当我情绪低落时，我就会重复他老爱说的一句话：'我把梦想播撒在你的脚下。'"我回答她说："这出自一首诗。"多莉继续说道："他既是诗人，也是战士，他唱的歌就是诗歌。"

我不再背叶芝的诗了，尽管我曾经背得很用心。因为，那些诗所承载的梦想太过沉重，压得我无法呼吸。不过，多莉教了我一首歌，她说这是她的情人约瑟夫·麦肯教她的。我还记得那天是周四，她第一次说出了孩子父亲的名字。她教我的是一首为布尔人而作的军旅歌曲，从它那神秘而严谨的曲风判断，它应该是来自爱尔兰。每当我走过一排排伤患，为他们分

---

① 英语中，"勇气（mettle）"与"金属（metal）"读音相同。

发防治痢疾的生理盐水时，看到他们凹陷的眼睛和脸颊，我就忍不住低声吟唱起这首歌，虽然旋律不完整，有些杂乱，却具有诅咒的力量。

一位女王曾是英格兰，
一位没有悲伤的女王，
但我们会用暴力，
夺走她的皇冠。

美丽的女王，
经历磨难，变得黑暗，
她要拿回她的一切，
挑起了战乱。

她以白骨的名义，敲响了战鼓，
今天这些骨头依然雪白，无论是
白人的骸骨，
黑人的骸骨。

她以鲜血的名义，索要了热血，
她把热血倒进了溪流，无论是
白人的鲜血，
黑人的鲜血。

她以决心为名义，发动了入侵，

最后敲碎了所有的心，无论是

白人的心，

黑人的心。

我看着那一双双空洞的眼睛，明白了为什么他们要诅咒女王被饿死。每天都有大批人乘火车来到这里，他们身体虚弱，步履蹒跚，在武装警卫的护送下，住进了拥挤不堪的帐篷里。这里的妇女蹲在石头上就完成了分娩。

营地中央的垃圾堆生动地说明了我们的处境。尽管我们尽了一切努力，它还是成了垃圾堆，雨后更是成了一块泥泞的湿地。要从员工宿舍走到医院帐篷，就得跌跌撞撞地穿过一堆臭气熏天的鸡蛋葱花饭，绕过满地的绷带，还有各种调味料以及空药瓶。无论是干净的马桶盖上还是翻倒的马桶上，都是随处可见的牛肉罐头，还有一地的粪便，上面躺着一只被压扁的鸟。

与此相比，伊津扬加士兵的伤口似乎看上去更干净，起码能让人好受些。在这样的环境下，通常只有痢疾这类疾病才会恣意蔓延，但现在也出现了流行麻疹。我写信的时候，闻到了一股伤寒患者身上发出的浓烈气味，实在是忍不住想吐，正是这种热病带走了我父母。我有时都会怀疑这种恶臭本身也会传染。整个夜里，发烧的孩子吵闹着，风在铁丝网上叹气，混杂的声音让人难以入眠。

包括多莉在内的非洲用人一起搭建了一个用麻袋覆盖着的瓦楞铁皮小屋，以缓解住房过度拥挤的状况。但对布尔妇女来

说，住在这样的房子里，感觉自己像卡菲尔人①一样另类，这
要比死还难受。拒绝住这些小屋的代价是被关在一个露天的小
铁丝围栏里。然而，她们竟然都心甘情愿地接受这样的惩罚。
这一点，我不得不钦佩布尔人，他们的固执也刷新了我对他们
的认知。据我所知，如果说有什么能比一辆运牛车更令他们
感到厌恶，那就是来自英国士兵的威胁，驱赶他们离开家园。
"如果你不妥协，就得嫁给原住民。"多莉对他们的威胁微微
地耸了耸肩，说："他们本性如此，所以我才喜欢我的爱尔兰
男人。布尔人不屈不挠，武装奋战，只守卫布尔人和阿非利卡
民族。就像占有欲强的女人爱一个男人，布尔人爱得太过激
烈。"我记得威廉·高夫曾说，南非城镇的人行道上只有白人。
这让我想起了多莉的歌，"白人的血，黑人的血。一个在这儿，
一个在那儿"。

　　我们看到有些报纸开始关注这儿的收容营。但只是为了
更好地给帝国找借口："殖民地政府遭到道德绑架，无家可归
的人失去最后一根救命稻草。"但我们营地的负责人科威尔先
生毫不掩饰地说："只有烧毁农场，这儿的人才不会遭到欺压。
一旦这儿的女人投降了，所有人都会屈服。"但就像多莉说的，
她应该知道，是谁先开始扫荡乡村，是谁先让人们挨饿。如果
身在爱尔兰，不知道这儿的实际情况，就只能怀着恐惧的心
情，推测这种侮辱对民族灵魂的影响。

　　有些日子，就连多莉也难以打起精神。她像个有怪癖的患
者，老是偷偷溜进那间臭气熏天的小屋，和另外十二个人挤在

---

① 卡菲尔人是对非洲黑人的一种贬称，尤其是在南非。

一起。我进去时，发现她蜷缩在一张垫子上，挺着大肚子，但她的年纪看上去还那么小，像个孩子。她有点呼吸不畅，但依然对着我说，对丈夫的思念有时几乎让她感受不到心跳。我把她的头抱在膝上，轻轻抚摸她的额头，抚摸她光滑的太阳穴和鬓发。有时她很骄傲，但偶尔内心又会很不安。她告诉我，约瑟夫是约翰内斯堡酒吧的常客，"在我们见面之前"。我用手指划过她的脸颊，抚摸着她的脸，作为回答。我清楚地看到了那位爱尔兰准将明眸里的美人，她那用模具打造出来一般的标致容貌，那高高的圆顶额头就像埃及公主的一样。

神志不清的她，要我讲讲关于爱尔兰的事，关于国家博览会、都柏林街道、爱尔兰的雨天的同样问题。问我知不知道这首或那首歌曲，爱尔兰人会对帝国诅咒吗……对于这些问题，我只能重复着之前的回答。

最近，一些战争新闻在栅栏外的非洲仆人间传开了。消息好像是来自一份布尔区的电报。我推测，喜欢晚上到处走动歌唱的多莉，一定也听到了这些消息。在过去的三个月里，布尔人被步步逼退，从河边区域退到了北方草原地区。她说，布尔军队仍在与敌人交锋，但军力无法得到补给。她还打听到，英军的炮弹从天而降，落在了河床的防御工事上，仿佛六角手风琴上的手指准确地击打在每个琴键上。在约翰内斯堡，游客们步行前来观看这场战斗，这些细节似乎足够令人信服。

集中营官方报道说，共和党领导人已被流放，但我怀疑这个消息只是为进一步打击我们的士气。不管真相如何，布尔人的日子确实不好过。"所以他说，"多莉已经语无伦次，夹杂着非洲本地语言和开普敦荷兰人的英语，说，"冬天撤退到东方的话，阳光会直射他们的眼睛，他们怎么能看得到射击呢？"

　　不幸的是，关于爱尔兰士兵的消息很少。据说他们在布兰德福特的沙河和老兵区都埋下了炸药，烧毁了英国的铁路商店。当然，她很烦躁，她的爱人也预言了这一点。不得不说，他是个天生的斗士和破坏者，表现出一位准将的技能，预言了一系列爆破的发生。"只要还有一个男人、女人或孩子留在德兰士瓦，战争就会持续下去。"所以英国人不应该沾沾自喜。她大声地说，如果布尔人复活了，约瑟夫·麦肯也会出现在那儿！他将带着微笑，跨越重重山峰的阻拦，回到她的身边。多莉此时看上去已经失去理智，左右摇晃着肚子，让人很是担忧。

　　我试着通过聊一些战后可能发生的事，让她平静下来。她不断重复说："直到所有的妇女和孩子都死了，战争才会结束。约瑟夫也这样说。""但是多莉，这只是我的幻想。我希望的是战争能迅速结束。我看见带倒刺的铁丝网栅栏被拆掉，帝国被打败，被踩躏。和平到来。你带着孩子和我一起去了爱尔兰。在我的幻想中，我们在某个地方找个小房子，我们在那里等你的英雄凯旋。"

　　"但他说他会回来找我。我必须在山的这一头等他。"多莉说。"那也无妨，我留下来和你一起等。到时我们三个就回你的农场等他。"

　　"你知道那不是我的农场。"她简短地说了一句后就合上了眼，没有再继续说下去。我们看着她的肚子随着"小士兵"的踢腿而起伏。她让我把手放在上面，放在她身上。她皮肤温暖而紧致。

过了一会儿，她又开始重复道："他说雾中的山就像爱尔兰山，是这样吗？美丽的青山竟没有黑人，这怎么可能？这对我来说很奇怪。一个满是白人却饱受压迫的国家。凯瑟琳小姐，跟我说说约瑟夫的国家吧。"我给她讲了玛格丽特姨妈在女王钻禧庆典时的抗议故事，黑色的旗帜和白色的刺绣。有时，我会给她读日记本里的内容。读到都柏林的重大事件，她高兴得拍腿。我背诵了她喜欢的叶芝的那首《他愿有天堂的华服》。她闭上眼睛，似乎终于睡着了，肚子像船帆一样翻腾着。她的分娩日子估计马上就要到来了。

但对我来说，如果不跟麦肯女士待在一块，如果她不需要我照顾，我确实不知道战后还能做点什么。不管这里的布尔人命运最终如何，非洲火辣的阳光让我即使精疲力竭也无法安心休息，只能继续前进，却又不知道该往哪里走。玛格丽特姨妈在信中激动地描述了茶党抗议女王访问都柏林，大获成功。她催促我赶快回家好好休养。然而，不知为什么，我现在还很不愿意回爱尔兰，起码现在还不想，不想一个人回去。否则，我会感到失落，整个人都好像缺了一块似的。

可能因为缺乏战士的意志，也可能是由于没有武器，我始终无法像其他人那样勇敢地反抗，更没有那种信念和感染力，去鼓动女人走向群众，把男人推向炮口。我平庸但有些叛逆，我想主动承担责任，而不是被派去执行任何任务。我厌倦了争吵，也迷失了立场。在很多事情上，总会有人比我懂得更多、感受更多。我不是想去建立一个理想国，一个广袤无际却寒风凛冽的世界。相反，我想去触及软肋、历经伤痛。此刻，我想起了围城时的那位意大利老太太，她靠自己制作的面糊布丁存活了下来。此刻，我也想起了沉默寡言的甘迪先生，在伊津扬加误打误撞发现野蜂巢的情景——突如其来的甜蜜让他欢呼雀跃。我还记得他的口号："既要建设，也要毁灭。"我想起了多莉那张可爱的脸和她那光滑的皮肤，我还想到了比哈尔邦的一棵楝树和一个合葬坟墓。难道是一年前还是上星期？妈妈和爸爸去世后埋葬的地方？

可以肯定的是，尽管周围环境可怕，但还不是考虑这些的时候。多莉提醒我，战争远未结束。写完这封信时，算算，我差不多来这儿也两周了。正如她预测的那样，最近传说布尔人正在重组一支游击队。我们目前所能做的就是等待这个孩子的出生。这至少是件能让我宽慰的事。当孩子出生后，如果多莉同意，我希望能帮忙照顾这个孩子。

这周我去德班买了毯子和小床垫。我的亚麻床单已经被剪成几块小床单。姨妈寄来一包婴儿衣服，幸好她还不知道这是给黑人孩子穿的。姨妈送的那个木箱被我们铺上了一层羊皮纸，用来给孩子装衣服，这样纯棉衣物就不会招蛾子了。以后如果有需要，当时机成熟，我可以帮忙联系爱尔兰的新家庭来照顾孩子。目前来看，即将来到我们身边的可能不是一个小士兵。更确切地说，可能是一个单纯的小女孩。如果孩子的父亲多想想和多莉在一起的时光，就算是生了个女孩，他也不会感到失落。

巨大的非洲飞蛾像往常一样，在我的书页上拍打着翅膀上的灰。一只猫头鹰在含羞树上偷偷地叫着，听起来很像故乡豪斯的猫头鹰。我该休息了。最近，我一直感到很累，整个人也弄得越来越脏，感受到了更多的疼痛和痛苦。我几乎每天下午都会头痛。虽然喝一汤匙氯仿可以助我快速入眠，但第二天，它会让我的太阳穴像是狠狠地挨了一拳头那样疼。有时夜晚做噩梦，我会被自己的尖叫声惊醒。我梦到炮弹真的炸烂了我的脑袋，病房里的婴儿都已死去。一定是极度疲劳的缘故，我真的需要好好休息一下。护士长开了一味绿色的苦药来舒缓我的神经、改善食欲。如果我真的生病了，我必须及时报告管理员，把日记交给多莉保管。

多莉，我的故事都写在了日记里。这是送给你的礼物，我的朋友。把它当作一个纪念品吧，带着爱的纪念品，或是当作一个身份证明也行。这是爱尔兰的一部分，托你保管，直到你和孩子抵达爱尔兰的那天。我希望你可以把它带回家。

26

才八点半，自动扶梯就开始咯吱咯吱运转了。对于帽子店来说，开门营业还为时过早。在霓虹灯暗白色的嗡嗡声中，一个女人身着硬挺制服，在用鸡毛掸清理灰尘。

"和你说的一模一样，"安西娅差点儿打了个嗝，"你说你家族的歌曲是从战争时期流传下来的。这本日记就像是给曲子增加了低音，生动地展现了现在与过去的联系。"

她胳膊肘抵在玻璃柜台上，与抛光的面板摩擦，发出刺耳的声音。柜台里摆放着一盘盘光滑的彩色丝带、龟甲扣、蝴蝶夹和帽针。

她翻阅着日记，上面的字迹依然清晰可见。"看这里，你的祖母多莉在唱一首关于竖琴的歌。就是你在公园里唱的那首。再看这儿，她在这个地方教一个爱尔兰护士唱歌，就是写这本日记的那个护士。歌中唱道：'美丽的女王，历经磨难，变得黑暗。'这太令人震撼了，不是吗？你不知道该说些什么。朵拉，我发现日记的那天满脑子疑惑，都是关于多莉和她所唱的那首歌。一个多星期前，我正在档案馆里阅读——这是我工作的一部分，发现了这本封面有污渍的日记。我觉得它很有意思，这是裁决文书中为数不多的女性日记。但我并不指望有什么发现。我对自己说，也许这本日记曾被用作赔偿审判的证据，在战后的审判中，人们终于意识到了集中营的生活条件是多么恶劣，所以它才会出现在这些文件中。"

朵拉烦躁地鼓起脸颊。安西娅抬起头，翻阅了更多页日记。

"不管怎么说，我必须读下去。这本日记让我可以暂时从枯燥的报告中解放出来，我认为这是一个绝佳的线索，能将过去和现在所发生的事连接起来。几个小时过去了，我还在读。我先读了夹在日记本里的那几封信。我第一次看到你另一种写法的名字时，着实感到惊讶：她自称是多莉·麦肯。一个非洲女人，戴着布尔帽。但我后来并没有把它当回事。一个当地的黑人妇女被白人外国军人引诱，这是一个很常见的故事，我读的报纸上有很多这类报道，但这次是个例外。"

一撮碎发从安西娅的眼前掠过，发根是棕色的，发梢发白，她不耐烦地把它勾回来。看着对面朵拉饱满的前额，她急切地想要知道，朵拉是不是也在读这些令人心痛的文字。她会不会被这些东西所吸引？安西娅离朵拉是如此之近，以至于她脸上的粉底都能看得一清二楚，此时，她鼻翼上的汗珠正从一层浅浅的粉底中渗出来。

"然后，她突然来到这里，还唱着你的歌。勇敢，充满激情。从 100 英里外的地方驱车赶来。我想告诉你，我必须要找到你。最后，感谢上帝，我在市政厅附近的一个地方找到了格蒂。我对他说，想想这本日记对约瑟夫、对朵拉来说意味着什么。我偶然间发现了这本日记，一个能让约瑟夫获释的绝佳机会，一个为自由之战留下的宝贵遗产。"安西娅停顿下来，喘了口气。"你和你的爱尔兰祖先,他们和非洲白人一起反抗帝国压迫,爱尔兰人和非洲白人的历史早就结合在一起了。"

朵拉在玻璃柜台间铺着地毯的通道上来回走动,低垂着头,读着日记。安西娅急切地把一张日记复印页靠在一个分叉的铁丝帽架上,上面挂着三顶柔软的红色联邦帽,今年冬天很流行。朵拉把那张皱成一团的纸张压平,用手掌抚平它的褶皱。那是日记封面的复印件,上面灰色和深灰色的斜线就像雨中模糊了的睫毛膏。日记本雕版印刷,重压制成,十分整洁厚实。朵拉读着"凯瑟琳·戈特的日记"。一个充满力量的女人。

"《自由的遗产》。如果你同意,我想取这个书名 ——《扭曲的遗产》。你该知道,一篇文章有助于宣传它。《对外国公民的无期徒刑》,类似这样的事情。朵拉,你明白我为什么不能置身事外,对吗?你不会介意吧?怎么说呢,我无法抑制这些回声。我一直在想,我把耳朵放在这些文字上,就像贴在贝壳上,听到了大海的声音一样。"

"不好意思,我必须去找同事们讨一杯水喝。"

"把信的副本带上,其中提到了多莉·麦肯。为什么不看一下呢?"

"哈迪小姐,你应该担心,我可能会在那里做什么,就像在商店里偷了东西一样,把秘密物品偷偷带进厕所。我可能会把它冲进马桶。事实上,只要有一丝机会,我就有可能把整个文件夹冲进马桶,或者把它扔进垃圾桶。这将使你的工作暂时陷入困境,耽误你的大案子。"

安西娅被朵拉冷漠的声音吓得脸色发白,额头上青筋暴突。她来之前就料想到了朵拉会刻意和她保持距离,甚至假装不感兴趣，因为她已经习惯了，但没想到朵拉会有这般令她生畏的敌意。

"我的案子？"她不安地说道。

"你试图诋毁约瑟夫。在你的内心深处，他一直是个有罪的布尔军支持者。或者，如果不是一个有罪的布尔人，就是一些外来移民的后代。一个麻烦的杂种后代，一个布尔人雇佣兵和一个不值得信赖的爱尔兰人。大概就像任何一个黑人或白人民族主义敌人说的那样。他搞砸了自由进程，因为他是一个扭曲的混血儿。"

"不，迈肯夫人，请多信任我一些好吗？我之所以对这个故事感到兴奋，是因为它所带来的联系。但我也很激动，因为我真的认为，我们可以利用这一点为约瑟夫做一些事情。"

"哈迪小姐，'我们'？你会如此好心，心胸宽广地为我被判刑的儿子做一些事情？你有什么权利成为我们的一部分？这个权利让你兴奋？像探秘一样接近我的家族隐藏的悲哀和羞耻。你几乎没有片刻的停顿，就开始为你的报社撰写文章，这个故事就连我自己都不知道开头和结尾，而且无论如何也不想去碰。谁赋予你的这个权利去探查它？"

朵拉没有直视安西娅，而是对着她身旁的地方在说，并注意到围巾和手套柜台前的一位顾客瞥了她们一眼，随后对着远处柜台的椭圆形镜子，远距离整理自己的发型。朵拉拿起文件，这堆文件出奇地厚。安西娅撑起身子，说不出话来。朵拉把资料合拢在一起，敲了敲，折叠起来。她很纠结，一方面希望这个女孩干脆地离开，留她一个人在这里消化一下；另一方面，她还想多说几句，宣泄这压抑的情绪。她想大喊，先放下我们之间不可避免的分歧吧，它不会因为你的担心而消失。

"女士，有什么我能帮您的吗？"朵拉走到那位照镜子的顾客身旁。

"随便看看。你们店里有一些春季新款吗？"

"还没有，夫人，欧洲那边还没新货。"

那女人用指尖捋了捋软呢帽离开了。朵拉将文件放入棕色的文件夹，安西娅失望至极，她伸手掀开门帘，瞧了瞧正在招待顾客的朵拉。谈成了一笔交易？但朵拉马上又回来了，手放在文件夹上，她长长地吸了一口气。安西娅此时很想把自己的脸藏起来，不想被朵拉看到。

"哈迪小姐，既然说到这里，还有几件事我必须说，第一件事我想你已经忘了，你完全忘了。即使我不喜欢把它们抖出来给大家看，你发现的这段历史我也是一知半解的。也许，你知道，在今天之前，我已经听说一些关于我祖母多莉的事情。我听说过她的一些不幸遭遇，让人惊讶的是，她的故事有一部分与我的故事相似，但是，是的……"

"迈肯夫人，我当然不会否认这一点。当然，你的过去，或其中一些历史，你是知道的。甚至有一段时间，我还以为你想亲自告诉我更多的事情。我们在公园午餐那一次，也许是我误会了，但你只说了一小部分你的故事。我现在所做的只是向你展示故事的背景和展开的脉络而已。让你看到它支离破碎的细节，这是个十分充实的故事，也可能不是。凯瑟琳·戈特的日记已经让你有所了解。我只是扮演了一个可有可无的人，只是帮你打开了这本日记，让你看到了这个故事更多的细节。"

棚屋茶馆传来杯盘交错的声音，9点了。两位白人女士踱步经过，一路悄悄低语。

"谁给了你这个权利，安西娅·哈迪？这是我的头号问题。你怎么有脸到这儿来干涉我的家事？你能代表我吗？你又有什么资格了解我们的背景，千方百计挖掘这些资料？"

"即便如此，这确实是一个发现，迈肯夫人。尽管我很想把这个故事说成是我自己的故事，但我并没有编造。这本日记就在档案馆里，你家族故事的线索就在里面。当我偶然发现它的时候，我都不敢相信自己有这个运气。至于我代表谁，是的，我是自己参与到这件事情中的，但它非但没有把我挡在外面，反而强烈地把我拉进其中。你一定记得我说过，要明白炸弹的致命性，甚至在报社派我去研究那些文件之前，我就想看到更复杂的画面，厘清故事脉络。但后来这些关系像变魔术似的解开了。它被记录在这里，在我的笔记本里。"

朵拉伸手接过公文包，另一只手仍放在柜台上，抬起了头。朵拉看到那双充满血丝的眼睛，仍然闪烁着请求的光芒。

她摇了摇头。

"那好吧。"安西娅坐直身体，"我想说的基本上就是这些。我对更宏大的历史感兴趣，因为我想看看我们是如何从历史中走过来的。历史有别于普通的黑白设定，一定有一些更复杂的东西。虽然是我扔了一根火柴，但在那之后，事情就自动发生了。就像晚上看着一缕缕野火在山间燃烧，这些图案自动生成在我眼前。"

"确实有偶然因素，哈迪小姐，但是你不断追问和探究才让机会发生了。你发现了这些文件，嗅出了它们。是什么促使你一直在查看这个特定时期的记录和这场战争的时间？是什么让你不断地查看这些文件？你问格蒂问题，并把那些问题与你发现的东西相匹配。他让你停下来，但你没有理会。我让他告诉你，把我们的历史留给我们自己，但你继续以你的方式进入我们的生活。"

"我感觉得到你不太愿意提过去，好吧，我承认，我莽撞行事。"安西娅说话时紧盯着自己的脚，专心致志，勇敢大胆，唾沫飞溅到柜台上。"复活节的事情发生后，我想这件事能让我了解自己不断变化的感受。我憎恨不公，也憎恨暴力。重要的是，要看到我们是如何联系在一起的，而不是我们如何分开的。我们拥有共同的历史。在其他方面，我是一个旁观者，试图把事情拼凑起来，填补空白，让事情显得不那么空洞。"

"但是哈迪小姐，正如你所知，我们不是来协助你的。约瑟夫的朋友也没法帮你重燃对生活的激情。"

"我没有忘记你说的那句话，但我也无法停下我正在做的事情。我是说，那个发现令人叹为观止。我确信你会有同样的感觉。那天你唱的那首歌，我无法把它从脑海中抹去。我在这里找到了它的痕迹，还找到了你的名字。我怎么能忘记你的名字？我也在这里找到了它，以及其他细节，那首诗。我觉得这本书在跟我说话。多莉喜欢的这首诗《他愿有天堂的华服》，我经常和邓肯一起读。"

"你比间谍好不了多少，"朵拉突然爆发了，她怒目圆睁，她愤怒的原因似乎远不止她们今天触及的这些事情，"原谅我这么说，但你并不比国家安全局那伙人好多少。你难道没有趁机到我们的聚会上打探消息？难道没有趁我们不注意的时候看我们的照片？也许你还发现了我墙上挂着的布尔人帽子。哈，你想，又是一条线索，又是我故事框架的一个钉子，多么重大的发现啊！我找到他们了，这些仇恨布尔人的投弹手。看，他们多么扭曲和糟糕。"

"迈肯夫人，相信我，我不知道你在说什么，"安西娅仍看着自己的脚，整个身体都在微微颤抖，似乎身体的每一部分都尽力在狭窄的边缘上保持平衡，她说，"我在你家没有看到帽子，在你的聚会上所做的就是和格蒂交谈。他告诉我一些事情，但不是我主动问的，而且聚会是你邀请我去的。法庭裁定后，你还给了我邀请函。我会一生都记得你，因为我们在公园里吃饼干的时候你说过一些话。我没有忘记这一点。这让我感到某种程度的欢迎。"

"但这并非许可证，安西娅·哈迪。在你悲痛之际对你表示友好，并不意味着允许你乱来，也没有让你去挖掘别人家的隐私。"

玻璃柜台轻微颤动，面板发出细微吱嘎声。朵拉把文件夹紧紧攥在手里，安西娅抓住资料封口一角，试图保护，但一场拉锯争就此展开。谁也不让谁，直到朵拉直起身，文件夹猛地朝安西娅的方向飞来。封口开了，凯瑟琳·戈特的日记本掉在地毯上。

安西娅轻轻地叫了一声跌倒在地。她蜷缩在散落的文件中，看起来非常弱小，后背窄得出奇，让人心疼。朵拉绕过柜台，缓慢地走过来，伸出了手，放在安西娅的肩膀上。她在安西娅的身旁蹲下，惊讶地发现，自己的怒气已经烟消云散。

"很抱歉，我不是故意这样对你的。我来帮你吧。这几天……这几天，我都不是我自己了。有时，你知道，我只是无法忍受。这几天心里一直想着约瑟夫的事，约瑟夫身上一堆悬而未决的事情。"

她突然停下来，柔软松弛的脸颊几乎贴着安西娅的脸，手臂从她的肩膀移到背部。

"我不能忍受约瑟夫身上那些悬而未决的事情，所以请原谅我。我不会说这个故事对我毫无帮助，我甚至想，多亏了你的努力，让我知道这些。我是说，你的努力，你是邓肯·弗格森的朋友。你是对的，但这样的机会很奇怪——我不知道，它似乎蕴含着某种力量。我不确定我的感觉，但我的身体里流着这些人的血液，他们就出现在这本日记里，我也好像认出了这些笔迹。"

她抽出一页，从头看到尾。

"她大步穿过大院，鼓起的肚脐似要撑破褶皱的衬衫。"

她们一起搀扶住对方，伸展了几下手臂，捡起散落的文件，踉踉跄跄地站了起来。安西娅撑着她的脚，朵拉直起身子。九点半了。她的手轻拍着柜台，摸到抽屉把手，啪地打开了巧克力太妃糖袋。安西娅把落在地上的最后几页文件摆好。朵拉拉着她的手，带她绕过柜台，让她在铺着灯芯绒坐垫的高脚凳上坐下，拿出三块吉百利巧克力。

"放松一下，我们都需要放松。就像我说的那样，种种事情，几乎让人崩溃。就像看见自己的不同侧面。就像你在过去的某个地方有个孪生兄弟，穿着你认得的衣服。"

安西娅满嘴都是太妃糖的甜味。她的脚悬空摆动，文件夹安全地平放在腿上。她觉得自己筋疲力尽，几乎头昏眼花。朵拉靠在柜台上伸了个懒腰，对着安西娅刚才所站的地方说话，又拆开了另一包巧克力。

"她戴的那顶帽子，是最重要的。从我记事起，我们就拥有一顶布尔人的帽子，就是我提到的那顶。不知道它到底是从哪里来的。约瑟夫讨厌它，我对此很尴尬。事实上，聚会那天，我把它藏了起来，此后就再也没有拿出来过。我父亲山姆说，它属于我们家族的某个人，一个战争英雄。山姆戴这顶帽子的时候，专门说过，那个布尔人也是一个自由战士。但他这么一说，我就紧张了。"

朵拉咀嚼着，把甜食换到嘴的另一边，脸颊鼓胀了起来。

"安西娅，你看，作为有色人种，我们的生活并不容易。所有东西都感觉像是二手的。你的名字、颜色、遗留物，都是二手的。没有什么是又简单又直接的，但你希望它直接，希望它纯粹，像馅饼一样简单。你希望有一些东西你可以掌握，而不是一团乱麻、一顶布尔人的帽子或爱尔兰士兵。还有那股背叛的恶臭，无处不在。我是说，日记里那个无所顾忌的士兵麦肯，结局到底怎么样了？"她敲了敲安西娅腿上的文件夹。"他有没有回到自己的孩子身边？我赌一百块钱他没有。都是俗套了。"

"但没看日记前，我们真的只能瞎猜。"安西娅用力扯下牙齿上粘着的糖，"这里有一封信你还没有看到，信中提到了多莉后来的状况。"

"嘿，安西娅·哈迪，你太固执了，让我看着难受。不管是撞了南墙，还是过程中遇到多少阻碍，你总是不停地寻找答案，而且还那么认真。"

安西娅刚打开文件夹的封口，朵拉就把它按住了，再次看向前方。

"就像我说的那样，这就是我的部分故事，不管你信不信，我可能只知道一点儿。我父亲山姆的母亲，也就是多莉·麦肯。他记得她把这个姓氏由'麦'变为了'迈'。她可能在她工作的家庭中接受过一些教育，掌握了一些简单的单字。总之，山姆说过，她在我出生前就死了，1912 或 1913 年。在一个寒冷的冬夜，她躺在马路边，抱着他，最后冻死街头。那时他还是个孩子，个头很大，但还是个孩子。他们和其他数百万人一起，被新颁布的土地法剥夺了权利。他们原本平静地生活在北部的某个农场，但突然被赶了出来。一个集中营的幸存者，这并不重要，新法案要赶他们出去。她唱着歌让他入睡，那晚和所有的夜晚一样。山姆记得很清楚。她唱的是《贝伦·博杰》，讲的是一个男孩出海后再也没有回来。当他醒来时，他们身上结满了霜。"

朵拉用手掌擦擦脸，清了清嗓子。

"此后，山姆来到大城市。在印度市场和码头附近做跑腿。没过多久，他就遇到了格蒂。即使在那些日子里，格蒂也认识所有人，给了他一张凳子睡觉。困难时期，山姆从不多说什么，但他确实记得那些歌。他母亲在路上给他唱的那些歌。"

四个女学生飞快地跑过去。因秘密逃课，冰冷的嘴唇上笑容有点儿紧张。一个女人走下自动扶梯，抖了抖湿漉漉的雨伞。

朵拉说："这是故事中对我们来说最重要的部分，明白了吗？剥夺原住民权利的法案。五人中有四人失去了土地，这就是我们的出发点，这就是我们的愤怒所在。有色人种（而非黑人）得到了更好的待遇。是的，但多莉是黑人，看起来是黑人。之后的历史，我们不要再看了。它太令人困惑了，妨碍了我们的正常生活。"

在霓虹灯下，安西娅·哈迪病容满面。

"看起来，雨下得太大了，不能出去喝咖啡了，"朵拉看着那个打伞的女人，"早晨下暴风雨，在这个季节很是少见。要不，你在这里多等一会儿？再吃点甜食吧。"

"不了，谢谢。我该走了。半小时前就该去上班了。"

她没有从凳子上起来。朵拉伸了个懒腰，靠在胳膊肘上。现在，在甜食的帮助下，她感觉到她们之间的关系在缓和，而且她很喜欢做那个说话的人。柜台吱吱作响。安西娅在她的凳子上晃了晃。

"朵拉，除了多莉的故事，关于那时的集中营，你还知道什么？"

"没有了，我一无所知，或者说我不记得山姆提到过。"

"但你不认为，这表明我们可以把你所知道的事情和我所知道的事情联系起来吗？我真的不是来这里告诉你关于你的故事，但我真心地希望我们能够一起把它弄明白。我的意思是……"安西娅用大拇指的指甲把紫金色的糖果包装划了一下，折了一下，又折了一下，"我是说，这也是愤怒的来源，不是吗？你的祖母毫无理由地被囚禁在营地里，后来又被剥夺财产。我们可以将这些故事联系起来。遭受两次虐待，就算身体被推倒，但依然努力地站起来。"

如果安西娅伸出手，就可以触摸到朵拉的后颈，那里有一颗痣。朵拉皮肤光滑，一头顺滑的浓密鬈发，一把粉红色的梳子已经在她的发髻上松开了。她看到了塑料梳子上的层层指纹。随便的一瞥，她就看到了中等大小的指纹倏地一动。她想到朵拉早上急急忙忙地准备，就像她自己急急忙忙地做头发，同时还泡了一杯茶。突然，她也想到了邓肯，想到邓肯早晚拿着随身听躺在地上，超级安静，从不打扰任何人，他的脚默默地打着节拍。

10 点钟，一位顾客的手表响了。

"朵拉，听我说，我真的认为有一种方法可以帮助约瑟夫，"安西娅小心翼翼，字斟句酌，"如果我们坐下来，把你所知道的和我们这里的线索拼凑起来，得到多莉的故事；如果我们多读几遍这本日记，花些时间思考我们所读的内容，把她的故事从你的记忆和这些碎片中呼唤出来，真的会有助于你追根溯源，有利于案件，也会有利于你的上诉。而我作为其中的一部分，我可以在文章中写些东西，重建多莉的生活。一个能将你和约瑟夫与一个家庭、另一个国家的人民联系起来的故事，一个能使人们和解的故事。想象一下吧。"

一个男人进来看帽子，用手梳理着被雨水淋湿的头发。他偷偷地照了一下镜子，噘起嘴唇，擦亮颧骨。安西娅放低了声音。

"说得直白一点。如果我们证明他是外国公民，如果我们能证明他有外国关系，就有可能让他们释放他，这你可以问穆迪先生。最好的情况是让他们引渡他，最坏也可以给他减刑。我们可以为他争取只坐 10 年或 15 年的牢，而不是终身监禁。"

释放他。邓肯肯定会这样说，安西娅心想。他会说得很轻松，没有偏见。释放他。释放，这个词让她感到多么轻松和自由。

朵拉指尖发出很小的嗒嗒声。她在玻璃柜台上滑动她的手指。右手，左手。她张开手指，检查指甲，清除一粒粒污垢。覆盆子指甲油没有涂满指甲，需要大搞一下。自从审判后，她就努力使自己看起来像个样子。

一声叹息连着肩膀震颤了一下。

"我想知道那个写日记的人最后怎么样了，"她的声音很低，安西娅不得不从凳子上前倾，"那个凯瑟琳，似乎是个很正派的人，她不需要做自己的事情吗？"

"她应该回到了爱尔兰。就像我说的那样，你没有看的那封信里有一条线索，是一个爱尔兰民族主义者写给多莉本人的信。"

朵拉还没来得及转身，文件就被打开了。

"这个你留着私下看吧，它可能有助于你下定决心。这封信和另一封信都在里面。你知道吗，这让我想到，多莉在某个时刻得到了这本日记。也许她把它放在了她的木箱里，直到有一天，她离开了那儿，把它留下了。"

朵拉说道："她也许留下了那本日记，但不是箱子。我们家里已经有箱子。很可能就是那个，就像那封信里说的那样，是一个木箱。山姆把它传给了我，他年轻的时候去哪儿都会带着。约瑟夫小的时候把它立在后门廊，把它当作一个舞台，给我唱歌。"

她把复印件塞进朵拉的抽屉，放在一袋泡芙巧克力下面，关上抽屉，然后转动柜台上的镜子，说："他一直是个表演家。"她扎紧发髻，目光平静地看着镜子中安西娅的眼睛。

27

　　丹尼尔·穆迪在室内戴着蓝色的太阳镜，拨通了电话。"这里是最高安全级别监狱。是的。"朵拉一边沿着他办公室的墙壁侧身而行，一边研究以前会议中见过多次的图片和证书。穆迪先生随着她转了一圈，走动时，不断调整电话线。不用，她示意他离开。她不想坐下来，仿佛近视眼一般，在仔细观察。在风暴角①一艘骷髅船打结的索具内，她第一次看到了一张喊叫的鬼脸。门后是一本彩虹鸡日历，一张照片被修饰得像一幅画，三个粉嫩的孩子在农场栅栏上练习平衡。

　　"接通了，朵拉。"

　　"迈肯女士，现在开始吧，但请认真按照规定进行。"

　　这种官方的语气，仿佛暗示朵拉家族背信弃义，对于白人来说，她们只是罪恶的棕色兄弟姐妹。

　　"喂，你好？"

　　"你是谁？"

　　他的问候跨越山脉，沿着电话圈线，传入无数的电话窃听器中，窃听者可能又在炮轰他们的罪恶滔天。

---

① 好望角的旧称。

"说话吧，妈，我能听到你说话。"

"乔，乔。"

"妈，发生什么事了？"

一个侥幸的发现，她指着穆迪先生的一张证书上的银质奖章，解释道，"多莉，一定是山姆的母亲多莉，你的曾祖母。"她又用南非荷兰语说了一遍，"你的曾祖母。"这些名字和地点就像手套一样匹配，她试图回忆这个令人信服的细节，让约瑟夫相信。对，朵拉的传家宝，一顶布尔帽，还有一个可以容纳一本书的箱子，就是他们家后门廊上那个箱子。都很符合日记中的内容。朵拉认为，他们家族的历史变得越来越复杂，像老式风琴卡住的褶皱一样打开。山姆总是强调说，你知道吗，乔，布尔人曾经也是一个自由战士。

"所以，妈妈，你想问什么？"

"没什么，就是想问你是怎么想的？"

"关于什么？关于身上有白人血统？"

"是爱尔兰血统。"

"是啊，爱尔兰黑人。"

"约瑟夫，这可能会改变你的判刑。他们想让我帮忙从我所知道的碎片中整理出一段家族历史，"她瞥了一眼看着她的丹尼尔·穆迪，"尽可能令人信服地建立麦肯和迈肯之间的联系，这就是他们所说的。"

"给我讲讲你知道的我们家族的历史。"

"讲讲我知道的关于多莉，关于山姆的故事，填补对家族历史的空白？"

"那个白人女人为什么想知道这些？她是谁？她这么做有

何目的？”

“安西娅·哈迪小姐是个研究者，乔。很明显，这个发现吸引了她的想象力。她会把它写下来。为了成功上诉，写出来对我有帮助。”

“她和聚会上的那个人有关系吗？你提到的那个人，那个白人？”

“为什么她把空着的手插在腋下？是不是藏着一把刀想刺穿我的心脏，希望我早点死？”约瑟夫说道。船到桥头自然直，现在做什么都无济于事。但此时此刻，她不想多说。朵拉已经被安西娅说服，她和安西娅之间没有了之前的那种隔阂，变得很信任她。

“她是专门参与这个项目的，乔。穆迪先生说这值得一试。”

穆迪先生正在敲打自己的指关节，扭动脖子，钻石形的窗户反射在他的太阳镜上。

“妈，如果你想就这样做吧。爱尔兰人已经为他们的自由而死，我知道这一点。我说过我要用我的痛苦和黑色血肉来偿还。昨天我是一个黑人恐怖分子。明天 ——”

一阵噼里啪啦的响声。

“明天，怎么样？约瑟夫？”

“一个被判了半辈子刑的混血爱尔兰人。爱尔兰祖先为自由而战，尽管我继承了他们的一半血脉，但是我他妈的没有一点点自由。”

打嗝的笑声与静电交织在一起，突然中断了。穆迪先生把电话从她紧握的手中攥下来。

"朵拉，他什么意见？"

"我想，他说的是，他说的一定是，继续吧。"

她发现自己的脸颊上有解脱的泪水，解脱是因为电话已经结束，她和约瑟夫 ——还有安西娅·哈迪已经走到了这一步。她用纸巾擦了擦眼泪，挺直腰，发现自己可以做到这一点，不像以前那么困难了。她内心的不安正在缓解，仿佛一个缺口，一个伤口正在愈合。

28

卡文迪什街

省立酒店

1902 年 4 月 7 日星期一

亲爱的多莉·麦肯（如果我可以这样称呼的话）：

我从爱尔兰旅的士兵，包括麦克布赖德少校，现在又从护士凯瑟琳·戈特小姐那里，听到很多关于你和你在纳塔尔殖民地朋友的消息，听说你在最近的战争中给了我们同胞热情的支持。他们热烈称赞你家人般的热情和好吃的家常菜，在早期的战斗中，这些东西对他们来说弥足珍贵。

最近几天，我们在爱尔兰国民大会听到了悲痛的消息，虽说和平即将到来，但仍在抵抗的布尔人像被猎杀的鹿一般遭受驱赶，我们对此深感悲痛。听说基钦纳勋爵用焚烧农场和带刺铁丝网营地来扼杀你们的心。

但我们也知道，你们的精神将不屈不挠，终有一天你们会重新崛起。

战争是一种洗不掉的耻辱，但更糟糕的是豺狼般的专制，而帝国这个我们共同的敌人，正是这种专制的最终体现。在我们的军团、救护分队与你们的部队并肩作战时，我们为他们感到自豪。我们将继续以你们勇敢战斗的精神为榜样。在快速行动和地下破坏方面，我们知道我们的部队要向你们的突击队学习很多，但他们最重要的一课可能是：自由永远不会靠言语来赢得！

凯瑟琳·戈特提到了你儿子山姆，并说他很健康，我们感到些许安慰。他是我们在大西洋彼岸勇敢的民族主义联盟的孩子。约瑟夫和部队的其他成员一起，在紧急关头捍卫了爱尔兰的荣誉。你的儿子就是这一荣誉的实现者。

如果在未来的岁月里，我有幸有一个儿子，我知道我也会给他取名叫山姆。

戈尔小姐告诉我们，你在打听约瑟夫的消息。我们只听说他前段时间从非洲到了里雅斯特，然后去了美国，为爱尔兰筹款，再没有其他消息了，非常抱歉。我想你一定在承受着什么，我衷心希望能为你分忧，因为你不该承受这种痛苦。我也曾有过爱情的苦楚，我很清楚，人们经常说："嫁给他前，睁大眼睛看看清楚。"但这句话是多么无用。听说约瑟夫和部队的其他人一样，甚至连他的家人都没去看过，这可能会让你好受点。如果他不顾自己的布尔人公民身份，踏上爱尔兰的土地，他在非洲的英勇行为将使他受到叛国罪的起诉。然而，如果有他的消息，我们一定会写信给你。

我们会尽快给予你物质帮助，你必须在有能力的情况下尽快离开这个死亡集中营。附上一张 10 英镑的微薄支票，这是爱国团体"艾琳之女"的礼物。这是为了让你在我们能够做出更正式的安排之前渡过难关。

你听到这个消息应该会很高兴，戈特小姐本人在回到爱尔兰后身体好转了很多。她发了两次高烧，这对许多人来说都是致命的，当她最终到达开普敦时退烧了，但又陷入昏迷，没有人认为她会醒来。此后，她在一家不太友好的帝国医院的床上躺了好几个月，这家医院有一片夹竹桃花园。她的姨妈在她醒后非常高兴，一直在照顾她。

大约十天前，戈特小姐带来你在寻访的消息，并给我们看了你给她做的草镯子。那天晚上，我做了一个奇怪的梦，在梦中看到了你。你一身白衣，戴着白色的头巾，上面有一个白色玫瑰的辫子花环，身边有一道光。有个孩子靠在你身上，也穿着白色的衣服。你一手拿着一个镶有珠宝的圣杯，另一只手拿着一把镶有珠宝的剑，手指上有一枚钻石戒指闪闪发光。你微笑着。

从这一设想中，我希望我的结论是正确的，你至少在精气神上还不错。谁知道后面的事情是怎样的呢？我们都生活在命运的枷锁中，必须在其中找到内心的平静。我相信你对我们的爱尔兰歌曲很感兴趣。也许有一天你会来拜访我们，看看赋予我们歌曲灵感的这些美丽山丘。

随信附上我精心制作的一个刺绣符号，以纪念你与我们的联系。我最近在镇上的一个小剧院里参加了一个民族主义剧目，并在排练时绣了一个符号，上面的爱尔兰旅旗帜和德兰士瓦共和国的旗帜相互缠绕，折叠成一个圆圈，可能是凯尔特人的十字架，也可能是我梦中闪光的戒指。

我永远是
你非常真诚的支持者和同情者
莫德·冈

29

　　亚瑟和安西娅散步时正赶上大风，他们在姆盖尼海滩的路边摊上发现了些成熟的牛油果。虽然已经过季，但盒子里依然有几个刚刚开始变软的绿色牛油果，甚至可以用石头敲出黄奶油般的果肉。

　　他们开车回到了安西娅的公寓。这是亚瑟第一次去那里。安西娅把钥匙、手提包以及夹着凯瑟琳·戈特日记的文件夹扔在厨房的桌子上。他沉默地进入客厅，却没有停住脚步，似乎并不准备坐下，而是环顾四周，墙上没有挂任何东西，一箱箱书没有翻动过。然而，这位无名人士，透过这些墙壁，却能感受到她的气味、她裸露的皮肤和她挂在椅背上的毛巾。这里没有邓肯·弗格森的照片。当他发现这一点时，一种无名的兴奋涌上心头。也许放在卧室里？此时，那盒牛油果平放在他的胳膊上，绿色的表皮又硬又亮。

　　"亚瑟，过来，到厨房来。我想向你展示一种制作，牛油果慕斯的方法。"

　　她的手指在那颗牛油果上划了一圈，正是她在沙滩上所指的那颗斑驳的牛油果。

　　"我还是一个无聊的少女时就做过，而且做得非常完美。

你需要柠檬果冻，但其实柠檬汁和奶油就可以了。"

她切开水果，把果肉捣成浆。"简直柔软得难以置信，"她突然犹豫地瞥了他一眼，"你为什么不煮点咖啡？材料都在那边。"

她把白色奶油倒入搅拌碗里。

"秘诀就是要把柠檬和奶油分开。把柠檬和牛油果一起放进去，再放一点洋葱就可以了。然后加奶油和胡椒，再加一点姜。"

他低头盯着咖啡杯，眉头紧锁："我们忘了面包。"

"我们可以直接从碗里吃，不用面包。"

她的嘴唇黏糊糊地贴在中指指根，头发因结晶的海水飞沫而闪闪发光。他们对视了一眼，目光里带着一种全新的、毫无防备的兴趣。她看到蓝色的晚霞在他挺拔的鼻梁上划过。

"这个美丽的地方，让我想起了那个护士，凯瑟琳·戈特，很遗憾，她拜访的时候没有感受到更多的乐趣。她住在热带地区，据我们所知，她从未尝过牛油果、杧果，也没有在大海里游过泳……她写下了对她来说非常重要的事情，她在暴风雨中发现了野蜂蜜。还有抚摸多莉脑袋的乐趣。"

他的嘴和眼近在跟前。他那头浓密的黑发一直吸引着她，现在就在她眼前。她可以用手指蘸一下他嘴唇上的奶油牛油果，然后送到他嘴边去。

他坐在桌旁，把她拉到身边。她伸手去拿勺子时，他抓住了她的手腕：

"安西娅，你深深陷在迈肯事件里了。"

"是的，这显而易见，而且越陷越深。"

"是的，越陷越深，这正是我所担心的。你太投入了，太投入了，你很脆弱。你的同情心和悲痛很容易被利用。我是作为你的朋友——作为一个关心你的人才这样说。"

他拉得长长的脸上露出了微笑。

"我也因你而激动。"

他们手牵着手，看着他们的手指，自己的，对方的，连在一起。并不难分辨，安西娅想，和邓肯牵手的时候不一样。那时，他们俩会问，这是你的手指还是我的手指？而现在你应该看得清，与亚瑟的皮肤一对比，我的手指一目了然，不，你现在看不到了。皮肤的差异是个顽固的事实，她的皮肤变白了，相比之下亚瑟的皮肤就变黑了。在过去的几个月里，习惯了这一事实意味着要更加理解朵拉、理解亚瑟了。亚瑟的手指夹在她的手指之间，皮肤贴在皮肤上。和他的手指缠绕的时候，安西娅时不时也会想起邓肯的皮肤，邓肯破碎的、脆弱的皮肤。

亚瑟说："我一直想对你说，安西娅，照顾好自己。"

"谢谢。但说真的，我不认为情况像你说的那么复杂。"她把手指按在他的指间，"朵拉很长一段时间都避免与人接触。她还是不愿见我。对她来说，我依然是一个受害者，或者说是一个受害者的亲属，这是怨恨我的一个好理由。至于我的角色，我成了一个信息传递者，一个介于过去和现在之间的中间人。我想鼓励朵拉帮我重现多莉·迈肯的故事。现在，它是欧洲和非洲、过去和现在以及不同交战方之间的联系网络中的空白。一旦填上这个空白，我们就可以上诉了。我们可以介绍约瑟夫·迈肯，一位爱尔兰后裔。"

"你认为这一切都没有关联吗？你就这么站在你的关系网

外看着这些复杂的线索？”

“是，也不是。置身事外，是因为这不是我的家人。置身事内，我很高兴成为这个不断发展的故事的一部分。我曾提到的那个因果关系复杂的动态历史，正在我们周围浮现。”

“这证实了我的担忧。你开始是作为一个推动者，安西娅，好吧，但现在，因为好奇和脆弱，你可能很快就被卷入，成为朵拉故事的一部分。我担心她会因为你和她的关系做些什么，比如说发起一场大规模的竞选活动，借此引起外国媒体的兴趣。你得问问自己，谁在掌控这一切。谁执掌着笔？”

光影勾勒出她纤细的身形，窗外的棕榈树如同一圈华贵的花冠点缀在她的头顶。

她的脸隐在幽深的阴影里，双手握着水槽的边缘。

“我只是希望朵拉能给我讲讲多莉的故事，仅此而已。我不知道你还暗示什么。朵拉自己一直在躲着我，而你一直在干涉我介入此事。事实上，随着时间的推移，这种伤害似乎只会越来越大。说实话，我并不讨厌她，我希望能在心情安静的时候见到她。”

“安西娅，安西娅，”他站起来，朝她走去，试图揉擦她额头上乱蓬蓬的白发，“我一直想用最好的方式来提醒你。在过去的几周，我意识到……我一直想说……我想说，我知道复活节的爆炸案对你产生了很大的影响，所以可能会成为一种阻碍。但即便如此，我只想说，你对我来说非常重要。”

他用手的一侧轻轻地划过她的眉毛、鼻子、薄外套里面的弧形锁骨。

“如果我不说出来，那就是对你不坦诚。虽然我很同情她，但我不知道朵拉会不会干涉。你把自己空出来了，似乎想和她做朋友，但她可能会利用你，甚至连她自己都意识不到。她谈起多莉时，可能会编造一些误导性的言论，夸大损失和疏忽，以请求更大的赔偿。伤口越深，绷带越厚。"

"她不是这样的人。"

"我知道朵拉是个体面人，但她爱她的儿子，为了他，她会做任何事。"

他用手指蘸了蘸碗里的牛油果奶油，握住她的手，在她侧起的瘦小胳膊上画了一根浅绿色的静脉线，然后在另一只手臂上也如法炮制。接着，他用舌头舔她柔软的手臂，从手腕开始舔，把整条手臂舔得黏糊糊的，把嘴埋进她的臂弯。

安西娅感到一种存在已久的张力在她体内舒展和软化，眼中的痛苦渐渐消失。他说的话变成气息，有节奏地撞击着她的皮肤。他跪了下来，她用湿漉漉的胳膊搂住他的脖子，他双手搂住她的臀部，把头埋在她的胸前。

"这可能看起来很荒谬，但我有过一种我只能称之为嫉妒的担忧。"他的呼吸温暖着她的皮肤。"你去档案馆的那些天，我担心朵拉会在你和约瑟夫之间弄出什么事来。我是说，你们俩之间的关系，对于任何想对他的判决提出上诉的人来说，都是完美的保障。看，投弹者有了一个伙伴，一个多么好的伙伴。这事不会把你和迈肯的故事联系在一起。"

"如果是这样的话，"她嗤笑一声，抓住他的目光，最终抬手梳理起他的头发，"你的行动十分及时。"

她的脸颊往下滑到他嘴边，吻了他。

30

　　要爬三层楼梯才能到安西娅·哈迪住的公寓房间，朵拉爬了 15 分钟，每层楼梯她都要停一下。她踩着水泥地面，她的肺像被囚禁的鸟儿一样颤抖着，手中叠起来的信件被汗水浸得皱巴巴。一切似乎都在向她挤压，或者向外爆发。安西娅站在敞开的门口，脸被一片银色面纱遮得朦朦胧胧。

　　厨房里摆满了牛油果，桌子上还有一大碗，旁边放着一盆仙人掌，水槽里有一盆带壳的绿色糊状物。空气中弥漫着腐烂的牛油果的味道。朵拉用袖子捂住嘴鼻。果盘里的牛油果堆得满满的，熟过头了都起皱了。仙人掌的绿色球体其实是一个刺梨。

　　她不知道为什么突然坐了下来。她是怎么从门口走到这里的？今天像是断了片，脑海里只剩下一些片段，疲惫的呼吸，疲惫的脚步。真傻，心脏受着压迫，爬上那座山，然后爬上楼梯，一路走到这里。已经有足够多的事情需要她操心，她同意的那些事，以及今天早上知道的事，都让她倍感压力。

　　今早在屋后门廊的杂物堆里翻找东西之前，朵拉已经记不清自己一直在做什么。因为准备去安西娅家，她多年来第一次仔细看了看那只箱子，里面竟然装着那么多过去的东西。她翻出了柏妮丝的洗衣皂，都起有斑点了。还有一堆抹鞋布，零散的袜子和一条针织的儿童围巾，是莫妮卡的？她认出了雪花图案，于是在一本摩托车手册下认真搜寻，约瑟夫的旧火柴盒汽车发出了声响，然后看见了那封信，认出了字迹，突然开始冒汗。"凯瑟琳·戈特。个人用，非洲专用"，那精美的木刻版画，促使她去拜访安西娅。在门廊的这个地方，她自顾自地在泛黄的时光里沉浸了多久？她又往箱子那边靠了靠，把凯瑟琳的本子衬里折了一角，往后拉了拉，又翻开一层较薄的纸，看到了两封折叠起来的信，就像日记上说的那样，和名单一样发黄的厚纸，同样的笔迹。她感觉到心脏狂跳，眼睛一花。历史形成一个循环，创造美好。

她伸手去拿安西娅桌子上的咖啡杯。"邓肯"，一个红色连体字的名字绕了个圈。她凝视字母时，字母模糊起来，变成了一个小小火圈。

"也许你还是想喝一杯，朵拉？水可以吗？你说……"

"不用了，谢谢。没关系。我只是随便看看，杯子上的设计，还有字迹。"

在飘浮的银色面纱后面，女孩的脸变得通红，也许是因为激动，除臭剂使她感到苦涩。她脖子上有咬痕，像是被灼伤了，状如一张愤怒的嘴。

如果那意味着有男朋友的话，可能也是件好事。朵拉以前说过，让她尽量放松。

安西娅打开一本绿色的笔记本，翻到空白的背面。她的手指轻轻地放在一台小型录音机的按钮上，另一只手里拿着一盒磁带，朵拉从未见过那么小的卡带。

"你想怎么做？定时？还是我们一直聊，直到你想停下来为止？你说，我是你的记录员。冰箱里有冷水、巧克力和饼干。你想要什么就拿什么。"

"我现在还不想录。"朵拉说。

"你想聊聊天？"

朵拉沉默地伸出手，那两封信被她湿润的手指捏得像贝壳一样。

"就像日记里告诉我们的那样，它们被存放在壁橱里，"她说，"凯瑟琳·戈特的家书。早期战争的新闻，她感到自己与非洲斗争关系多么密切。我知道你会想看的。"

当安西娅拿着叠起来的信纸时，她不由自主地颤抖起来，信件在她手里抖动，就像有生命一样。

"有关于多莉的事吗？"

"不知道，他们在写这些信的时候还没有见过面。但我还没完整地读完。你以后再读吧。"

安西娅的手颤抖着，抚摸着这些信件，充满渴望，仿佛那是幸运的骰子。

"以后？"

"是的，以后。我想我们稍后再阅读和录音，现在必须想想多莉。那些信让我改变了一些想法。我知道该怎么做了，我想看看多莉的想法。就算是凯瑟琳·戈特也帮不了我。我需要坐下来感受她内心的声音。"

安西娅把录音机放回包里，轻轻地把信一封封夹到笔记本里，有些不情愿。

朵拉说："我也读了那封信，读了好几遍，是那位民族主义女士的。很抱歉。我不知道她有多在乎。我觉得她不知道多莉是非洲人。凯瑟琳·戈特一定把它藏起来了。"

"是的，"安西娅说，"我认为莫德·冈可能陷入了自己的悲伤中，她也提到了，她确实试图联系过多莉。"

朵拉双手捂住眼睛，掌心抚摸着脸颊，然后，一只手伸向桌子那头安西娅笔记本里的信，仿佛要确认它们的存在。一碰折叠起来的纸张，她的呼吸就急促，气息沉重。

她说："文字处理软件不是会让这个过程更快吗？"

"也会更乱。"

"可是，安西娅·哈迪，这不可能只是我一个人，至少一开始不是。这些故事我了解得不多，而你已经读过整本日记。我只能偶尔浏览一个页面，看多了我会感到窒息。"

"我在这个绿色笔记本里记录了一些可能对我们有帮助的内容。一个黑人仆人在布尔农场的生活，为什么一个旅去纳塔尔？我们最后可以利用这些新的信件，把这些图像扫描到你的活动视图上，就像同时放映多张幻灯片一样，然后去我的办公室，把它们写下来，看看我们能有什么收获。"

"对于一个骨瘦如柴、坐立不安的年轻女人来说，那是一项艰巨的任务。"朵拉说，"孤独的年轻人。她儿子记得自己靠在她身上时，她的尖骨头戳着他，他记得她的孤独。那个红发陌生人的来访打破了原有的生活。"

"是的。"安西娅说。

她写道："红发陌生人的奇妙拜访。"她感到很温暖，她的头顶和指尖好像在散发热量。她们能做到吗？她想，她和朵拉会坚持到底吗？仅靠支离破碎的那一点点悲伤和不稳定的信任，她们还能坚持多久？

朵拉合上双眼，厨房似乎一片粉色、银色的光，到处飞舞，变成花环，变成幽灵，变成文字。银星的花环，"一个由白玫瑰编成的花环，还有一盏围绕着你的灯"。她还记得日记里是这样写的。一个披着面纱的黑色幽灵闪过。"他们低沉的爱尔兰口音，让我感到振奋。"凯瑟琳·戈特写道。

死者终将魂归故里。

31

多莉·迈肯的故事（1）

朵拉与安西娅讲述，记录于安西娅的笔记本。

炮火沿着铁路线，穿过第三牧场滚滚而下，炮筒却指向南方，真是不可思议。梅芙露和我们一起蜷缩在餐桌下大声祈祷，贝特附和着她。这一场景也很是奇妙。爆炸声更是怪异，炮火席卷而来，巨大的声响划破天际，天空就如一块布，被猛地撕碎，远在几座山之外的战火却好似近在耳边。

但就我而言，相比那个来农场拜访的爱笑的红发男人，这些炮火没什么好惊讶的，也毫无奇妙之处可言。

那个男人，身材矮小，一头红发，发色就如六月的夕阳，如血红的黏土。他朝大腿挥着粗皮鞭，心里默默地哼着歌，牵着那匹几乎不能骑的马走到后门。

我从未见过有人面色如此红润。

他的眼球是如此湛蓝，衬得眼白像褪了色一般。不过这双眼睛总会看着我笑。

尤其是对我微笑。

夜晚，街道外面，寒气逼人，我们被赶出了辛勤耕耘十年的家园，我把儿子山姆放在大腿上，头靠我的胯骨，哼着歌，渐渐入睡，一幕幕场景在脑海里浮现。我看到，那个男人有着一双与众不同的眼睛和一头艳丽的红发，戴着一顶布尔人的宽边软帽①，帽檐插着几朵紫色的野花。他侧着头对厨房女总管贝特笑道："女士们，你们愿意给我这位口渴的男人施舍一杯咖啡吗？"

他身旁还站着一人，是他的朋友，叫马修·芬恩。在我的记忆里，马修总是站在一旁沉默不语。贝特总会提醒我，他在一旁，高高的，满脸雀斑，咧着嘴笑。

两人齐声说："我们是爱尔兰人，为德兰士瓦共和国政府而战。政府已经征收了这片山区，且绝不允许他人抢掠农场。我们从这里拿走的所有东西都会记入清单，并附上收据。"

雨水成片地流过他们的脸颊。

当然，我和贝特还不是熟女，所以只是咯咯地笑个不停，时不时擦一擦眼角溢出的泪水，即使是进行正式的谈话，讲着如此陌生的语言。我们主要还是说家乡语，掺杂着英语、荷兰语和当地的一些特有词汇。

那位红发小个子轻跺着脚，左脸对着我微笑，而另一位正愉快地讲着话。

他们说是被挂在前门的旗帜吸引进来的。那面旗是我们在梅芙露·贝斯特和女佣玛塔的帮助下，用绿菠菜、红甜菜和桑葚的汁液，给纯白的床单染上了绿色、红色和蓝色做成的。

---

① 一种宽边毡帽或布帽，英布战争时期士兵们常戴，作为军装的一部分。

这是我们自制的德兰士瓦四色国旗。

我们点了点头，没告诉他们，直到昨天听闻英国人在冻雨中从邓迪①撤退，我们才把商店买来的英国国旗从门柱上取了下来，开始煮菠菜、浸泡床单。我们对视了一眼，也没有说，上周，就在这个马厩门口，还来了一群英国士兵，满口大话，说要"痛打布尔人和克留格尔②"，还说，我们的山根本不算山，根本比不上喜马拉雅山。

虽然没有明说，但从贝特的笑声中，我看得出她更喜欢这两人。

两位士兵虽是掠夺者，但言语亲切，神情放松，身着卡其色衬衫，似乎毫不在意衣服上的睡痕。他们正在冒险，迄今为止，上天仍眷顾着他们。

贝特打开了马厩的门闩，我已经把水壶拖到煤堆上。

我心里并不同情英国（也不同情布尔人）。

两位士兵把湿靴子靠着炉子烘干，甩了甩头发上的水。水珠在火光中闪闪发光。他们说，上周五，也就是我们一起蜷缩在桌下的那个雨天，英国人为攻占邓迪的一座岩石山，向自己人开火，损失了数百名士兵。牺牲的主要是征召入伍的爱尔兰人，他们点着烟斗行军作战，反正布尔人已经放弃了这座山。

我们得靠得很近才能听懂他们的话，而且左右耳听到的声音大小不一，虽然和谐但模糊不清。

他们说，邓迪战役那天，他们自己也在向英军左翼施压，

---

① 邓迪，苏格兰的第四大城市。
② 保罗·克留格尔（1825—1904），南非布尔人农场主、军人、政治家，领导布尔人脱离英国统治，争取独立自治，第一次英布战争后建立了德兰士瓦共和国，并就任总统。

但并未深入。他们笑着解释道，他们在迷雾中迷路了，真笨。但即便如此，他们还是抓到了一群躲在岩石后面的英军。又是一群征召入伍的都柏林人，他们和同行的共和国朋友将这群英军送往了比勒陀利亚。话说在前头，那里能教你应当为谁而战。

他们说，何其幸运啊，圣母玛利亚站在他们这一边。他们要尽其所能地打击英国。还有，这是他们在边境喝过的最香醇的咖啡。

就在这时，梅芙露把头伸到门外，微笑着听他们说话。她讲着英语，语调柔和，声音略微紧张，欢迎这两位"解放者"来到"她先辈的土地"，并希望她的家人，也就是我们，能让他们感到宾至如归。但梅芙露即使向他们表示欢迎，目光仍锐利地注视着他们的枪和靴子。我们和她一样，也不相信所有陌生人。

在我们看来，她的欢迎就等于我们的邀请。我们开始搅拌甜面糊，制作荷兰小松饼，他俩将这叫作薄饼，说"比我们家乡的薄饼，边更薄，中间更蓬松"。烤好后，浇上蜂蜜，他们一次吃了三个。

他左脸对着我笑。

一阵沉默之后，他的眼睛盯着我，目光不仅仅停留在我的脸上，问："你们女孩在这乡下都有些什么消遣呢？"

贝特答道："星期六下午，我们会坐在瓦特种植园旁的粉色石墙的阴影下缝衣服，有时还会唱歌，科萨①歌、祖鲁②歌以

---

① 科萨族，南非第二大民族，仅次于祖鲁族，主要分布于南非的东开普省。
② 祖鲁族，非洲民族，主要居住于南非的夸祖鲁-纳塔尔省，如今南非黑人中人口最多的民族。

及荷兰歌曲，唱给对方听。"

　　他问："还有吗？"

　　"嗯，其他时候都在干活，有很多活。"

　　她接着讲到，我们俩如何在皮特·贝斯特的多恩科普农场做帮厨。她叫贝特，比我早几年来这儿。两位士兵是如此开放和友善，她不自觉地语速飞快。她用蘸了黄油的油亮的手指我，说，多莉·兹瓦特曼还在学习擦地板的时候，她就已经是运水工了。而我，多萝西·兹瓦特曼①，成为运水工时，她，贝特，已经是洗衣工了。不过多莉是个孤儿，她的待遇更为特别，喝粥能加糖，喝咖啡能加奶。因此，在晋升时，我们并没有完全同步。尽管她年纪较大，脸色更苍白，但从未受到过平等对待。没有人因为做白日梦而责骂多莉，而她，贝特，总是要多提些水。

　　她说这话时，虽然戏谑地笑了笑，但我知道，笑容背后暗藏着泪水，因为梅芙露对贝特总是很严厉，明明是我行动迟缓，受到惩罚的却是她。

　　他还在看着我。

　　于是我说："我喜欢待在洗衣房里，看水紧紧地包裹着棉被，就像一只无形的手掌。漂洗衣服时，我会想起母亲的话。一个洗衣女工要扛的水虽然重，但与洗后的衣服之美相比，简直不值得一提。"

　　而他，笑呵呵地用手拍打着他那条仍然湿漉漉的裤子，继续问："那娱乐活动呢？你们女孩是怎么消遣的呢？"

_____

① 此处指多莉，多莉为多萝西的昵称。

我答道："我们去过一次雷地史密斯，去看来自美国的歌舞团。一个地方歌舞团，虽是黑人男女，但穿着很是讲究。主人给我们放了三天假，还配备一辆牛车，让我们去观看。"

贝特纠正说："是给你。"那次，她因为用热压机烫焦了梅芙露星期天要穿的衣服，只能留在家里。我忘记了这点，不禁羞愧脸红。

贝特把第三炉小松饼放到士兵们的盘子里，语气严厉。

"有的周末，我们会在卧室里和农场那边的男孩们一起喝酒。虽然多萝西还这么年轻，但她更喜欢待在自己的房间里。"

他的朋友伸展着手臂，暗示要离开。这时，盯着我看的那个士兵问："你在这里住多久了？"

贝特回答说："住了几乎半辈子。"但他其实是在问我。"住在这儿和邻近的一个农场……"说话之际，她注意到马修·芬恩打开了门闩。

于是，贝特溜进储藏室去拿他们的湿外套。

现在这里只剩下我们俩。周围突然鸦雀无声，但我的心却怦怦直跳，脑海中波涛汹涌。我把他要的那杯水递给他，好让他就着水吃下松饼。他接过杯子时，我感到搪瓷杯面热了起来。我手握杯子，手指发烫。

这里只剩下我们俩，四目相对，平视着对方。

"这么说你是本地的？"

"不，不完全是。"我看着地面，无法忍受他闪烁的目光。

我开始讲述自己的来历："我母亲告诉我，她的祖辈是巴索托山区的一个部落，她是自由州省①那边的蓝山人，但谁知道呢？有人说她的父亲是她母亲的巴斯，也就是主人，"我为他翻译道，"一位欧洲主人。"他会意地笑了笑，低声说："我在兰德②住了三年。"

"哎，早在我出生之前，家里就一贫如洗了，母亲最后去了矿区，当了一名酒店的洗衣女工，但她很骄傲，骄傲又痛苦。"我从他手中接过杯子，还是温热的。

"我们可能以前就见过，"他说着向我靠近，"我可能认得你。矿区的许多酒店酒吧都很欢迎我，奥莱利酒吧，还有帕内尔的绿鸭酒吧。在奥莱利酒吧，我们组建了矿区的第一个爱尔兰民族协会。在普里查德街的绿鸭酒吧，我们的领袖约翰·麦克布赖德为此次战争招募士兵。他告诉我们，击倒英国，履行你们的职责，重拳出击，毕竟在国内我们还不能这样做。"

红发男人讲述这一切时几乎欢呼雀跃：

"我们是从普里查德街出发去比勒陀利亚拜见总统的，也是从那里乘火车来到这儿。"

我在后门旁边的木槽里烫一下洗碗布，然后再把水壶移到炉火正旺处。我一边动一边说话，好躲避他的目光：

"我当时可能太小了，记不得你，三四年前，母亲把我带到这里。她嗅到了动乱的气息，说矿区受到了诅咒，因为全世界都想要它。祖鲁兰③会更安全，那里是我父亲的故乡。我父亲曾是一名矿工，是矿场的移民，但我从来没见过他，他不姓

---

① 自由州省，南非的第三大省，位于南非中部。
② 兰德，约翰内斯堡周围的金矿区。
③ 祖鲁兰，南非境内班图语系祖鲁人集中居住区，在纳塔尔省东北部。

兹瓦特曼。我的名字是母亲起的，多莉·兹瓦特曼。"

　　他说："我也曾是一名矿工。"他笑得如此热情，我的手在围裙里不自觉地握紧。"我和马修是矿山铁路的修理工。所以这次纳塔尔入侵，我们能帮助布尔人。我和爱尔兰旅的其他成员都熟悉各种机器，比如大炮和炸药。"

　　"我和母亲，"他的话音未落，我就接着说，"我和母亲到了纳塔尔殖民地，但没能继续前行。我们没有到达祖鲁兰。她筋疲力尽，口吐鲜血，死在了路上。我们从矿区走来，花了十天，其中两天翻山越岭。那天，天气晴朗，我们在山上看到了大海，然后她就死了。我走到最近的农场，就是这里，他们很善良，埋葬了我母亲，还收留了我。贝斯特一家没有自己的孩子，所以仆人就是他们的孩子。如果我们到了祖鲁兰，谁能料到我们会怎么样呢？我母亲并不了解我父亲，更不用说他的族人。他们俩在一起仅短短几天。"

　　"最炽烈的爱，往往最短暂。"他悄然立在我身后，呼吸如刺般轻触我的耳朵。

　　我把抹布啪的一声摔在洗碗槽的边缘上。

　　"这绝对是谎话！"我大声喊道，可能太大声了，吓得贝特猛地推开了储藏室的门。

　　我说："我一生都是母亲的负担。"

　　贝特把厚外套甩到他的手臂上，拿走我手中的洗碗布，向我投来询问的目光。

　　他说："你们非洲人，无论男女，力量都无与伦比。"

　　一股热血从我的心脏涌上脸颊。

　　他继续说："一周前，七千名祖鲁矿工从兰德矿区来到这里，他们被驱逐，走着去纳塔尔，一路饥饿难忍。到了边境，将军要求他们一路拖着沉重的布尔大炮过关。他们乖乖地照办了。"

贝特紧抿嘴唇，说："听说了，有些时候，我们不知该如何看待布尔人。"

他的声音好像是从喉咙后方发出来的："但我希望你能温和地看待爱尔兰人。和布尔一样，爱尔兰是一个为自由而战的小国。我们和布尔人有着共同的敌人。"

贝特一本正经地说："共同的敌人使他们成了奇特的同床之友。"

他答道："啊，同床之友，如果我们说的是床和床伴……"
话音未落，门口传来了一阵马匹声。

他向我伸出手来，说："多莉·兹瓦特曼，我叫约瑟夫·麦肯，是德兰士瓦州炮兵部队的。"我必须有所回应，于是也握住他的手。他的手小小的，肉红色，很温暖。他晒伤的粉色嘴唇微笑着。

他上了马走了，一只朱鹭在他头顶上盘旋啼叫着。

就在一小时以前，在这两人因战争来到后院之前，我从未听说过爱尔兰。除了矿区，我也从未去过其他任何地方。然而，在握住他手的那一刻，他晒伤的嘴唇离我如此之近，我甚至可以看到他脱落的嘴皮上网状的纹路。那一刻，我知道，我们的生命将彼此相连，他的精神将在我的静脉里流淌。

贝特将洗碗布递回来，说："多莉，小心一点。我们不知道他们从哪儿来。那个人的眼睛……总之，我也不清楚，我感觉他看上你了，可能会乱来。"

他看上你了。他看上你了。

我觉得自己脸红了。"贝特，我只告诉你，我不否认我喜欢他。你看到他的笑容了吗？你看到他耸肩穿外套的模样了吗？像水一样灵活。还有，你听到他是怎么喊我的名字了吗？他让我疯狂。多－莉·兹瓦特－曼。"

我望着外面的瓢泼大雨，但随后转过身来，很快就发现贝特嘴唇微张，非常惊讶：

"多萝西，他是白人。"

"红种人，白种人。他们不是全都一样。"

"我差点忘了，你的祖父也是白人。"

听到这话，我皱了皱眉，又开始烫抹布。

但我们之间的不愉快并没有持续太久。我和贝特就像突击队里的士兵们一样，相互依赖。而且，多亏了她，由于她的坚持不懈，加上她与玛塔和梅芙露的筹谋，我们才得以在几周后南下，去围困英军的地方。正是在贝特的鼓励下，主人皮特对布尔人的战役以及大炮的威力越来越感兴趣。

贝特说："我想起了外国人、外乡人、爱尔兰人拿起枪杆的模样。"

主人可能在前厅洗帽子，或是在院里修马蹄，他终于忍不住大喊："见鬼了！整天不是我老婆，就是我的仆从们唠叨个不停。那我们就去看戏吧。"

到那时，已是一个月后，战争已经变成一场盛宴。

这场战争的最大战利品，是从邓迪废弃的体育馆里拿来的一个运动架，我们把它制成了一个结实的晾衣架。但主人皮特不仅从投降的小镇上拿了一些铜号和军旗，还带来了成箱的罐头和水果，这样的收获让我们目瞪口呆。几周以来，我们的皮肤散发着光彩，我们尽情享用着挪威的鱼、新西兰的羊肉，还有产自开普敦的蜜桃和甜梨。

主人皮特给了我一个别人不想要的棉睡袋，说："一支满载货物的军队是打不赢这场战争的。"

他摇了摇头，双眸却闪闪发亮。

整整一个月，我一直用睡袋裹着自己挨着床沿睡觉，但夜里仍然冷得刺骨。每天早晨，贝特看到我把睡袋搂在怀里，都哭笑不得。

她说："多莉，他只是个浪荡子，不值得信任。等到了战区，你就明白了。"

但我们从雷地史密斯这边的布尔散兵那里听到的却是另一种说法。

我们沿着格伦科岔路口和瓦希班克河的河岸走下来，傍晚，在离佩普沃斯山不远处的一条泥泞小溪旁扎营。似乎只能从散落在褐色岩石中的几支破损步枪看出战争的痕迹。

然而，黎明时分，我们在河流下游的树丛中，隐约看到了节日一般的奇观。许多家庭带着孩子、小马、小狗，坐着马车来参观战区。那天，天空明亮，云朵柔软，微风徐徐，虽然偶尔会听到枪声，却有种过节的气氛。沙地上到处都铺着布，摆着蛋糕和水果，主人皮特穿着一条背带裤，一个比勒陀利亚人坐在附近蚁丘边上清洗步枪，邀请所有路人品尝几杯南非产的白兰地。

他说："州炮兵队？巧了，他们就在下一座岩石峭壁后面。

你看，在芦荟那边。"

我和贝特穿着新的白色棉围裙，它们是邓迪战斗的战利品。我们正准备往他指的方向走去，这位士兵问："你是不是认识我们这儿的英雄？"

他开始向周围人讲述围攻前的最后一战。战斗就发生在这里，莫德斯普雷特。在一场激烈的炮火对决之后，英国人在混乱中被击退，骡子般四散乱窜。那些英勇的爱尔兰人，我们十月份认识的朋友，在那天赢得了胜利。

我和贝特向他靠近了些，他说，事情是这样的，英国人从来没有想到敌人会在山上安放 40 磅重的大炮，以为大炮会在营地。然而，大炮真的就在那里，他指了指前面的小山。爱尔兰旅和州炮兵队带着一小队当地人和几头牛，把大炮拖到了绿茵遍野的佩普沃思山顶，在那里待了一上午，在挥之不去的雾霾中向英国步兵开火。

几天后，我和贝特在农场招待了其中两位士兵。

有位士兵说，最初，炮兵队遇到了恶劣的天气。"当时，在兰科普，英国人集中了所有火力攻击那座山，地面像发脾气一般剧烈晃动，我几乎握不住自己的毛瑟枪。"

山侧有一堆巨石，一群爱尔兰士兵躺在石头后面休息，有约翰·麦克布莱德、帕特里克·萨维奇、无畏的约瑟夫·麦肯、基廷兄弟，还有可怜的科尔姆·洛夫利，他后来受了重伤。中午时分，一名布尔下士朝他们走来。

我和贝特面面相觑。

下士喊道："长射程大炮的弹药差不多要没了。新的操纵柄，更多的炮弹！"爱尔兰士兵们跳了起来。"准备好了，准备好了！"不一会儿，他们就冲过火线，直奔下面的仓库。

那个比勒陀利亚人告诉我们，这一天，德兰士瓦共和国重燃炮火，让英国人沮丧不已，他们被迫放弃了，并把自己的枪拖回了雷地史密斯，打算投资该镇。

布尔人从几英里外赶来，与这些勇敢的爱尔兰人见面、握手，然后共饮他们那天下午从一个废弃的农舍里抢来的啤酒。

勇敢的爱尔兰人。我冷静的爱尔兰红发男人。当我们终于碰到他时，我大声地对他说："我们听说了你们的勇敢行为！多么精彩的表现啊！"他听完漫不经心地耸了耸肩。

一棵金合欢树上挂着一面褪色的绿旗，我们循着旗子一路过来。他正躺在树下小心擦拭着他的枪。

起初，当我们跳过一块块岩石，来到树下时，我小声问贝特，他看到我们会不会很惊讶。但当他看着我们走上斜坡时，他的脸靠在一个土堆上，嘴里叼着一根草，眼神空洞。后来，贝特解开围裙，摊开一批新鲜的薄饼，他看了看我，突然笑了，笑声响亮得像号角，两只脚轻轻敲打着。

"多莉·兹瓦特曼。"他唱出我的名字，就像过去一个月里，我每天在厨房擦地板、洗碗、刮牛肚时吟唱着他的名字和我的名字一样。

接着，在他的招呼下，另外三个爱尔兰旅的士兵走了过来，接受贝特的款待。他们吹嘘如何"蹂躏"英国城镇，用大炮瞄准市政厅可笑的小塔楼，几乎可以在树木之间看到它芦笋状的穹顶。他们解释说，英国海军的大炮根本无法与德兰士瓦的重型大炮相比。仿佛是谁下了一道指令，前面小山后的某个地方传来一声细微的爆响，接着冒出一阵袅袅飘散的烟雾，然后就什么都没有了。

他们还谈到，长日漫漫，围困英军又无聊至极，只能骑一骑马，嚼一嚼干香肠，晒晒太阳，打打瞌睡。他们似乎在吹嘘战斗是多么轻松，但心中又充满了不安。他们说，到了晚上，他们会与英国哨兵寒暄。科克①人、罗斯康芒②人，为什么要为敌人而战？他们向其大喊："回家吧！"到了白天，他们玩起了花样，制作了类似木偶的稻草人，操纵它们跳舞，从而引来了英国防线的猛烈炮火，但大多数炮火都偏离了目标。

约瑟夫·麦肯朝小镇竖起中指，怒斥道："基钦纳勋爵③也不过如此。"

贝特后来告诉我，她听到坐她后方的一个士兵恶狠狠地低语："呵，基钦纳，请继续围攻。注意安全，哦，不要碰我们矿区上的快乐天地。"他说这话时，狠狠地看了一眼约瑟夫·麦肯，"难道此次围攻不是一个绝佳时机吗？可以不辞而别，在矿场上找寻善良的女主人？"

我虽坐在约瑟夫身旁，却没有听见这话。

过了一会儿，万籁俱寂，我们俩身处一片寂静中。他坐在圆圈中心，笑容灿烂。我发现所有人都不见了，包括贝特。我发现他的手放在地上，就在我的手旁边，前臂的铜色汗毛流出滴滴汗珠，闪闪发亮。我开始用心聆听他的歌声。

---

① 爱尔兰的第二大城市，仅次于首都都柏林。
② 爱尔兰罗斯康芒县县城。
③ 霍雷肖·赫伯特·基钦纳（1850—1916），英国陆军元帅、伯爵，以镇压苏丹起义、结束英布战争、第一次世界大战前组建300万大军而闻名。

当雄狮失去力量，
英格兰女王黯然神伤，
我们的竖琴将越过南方防线，
甜美动人地歌唱。

他一遍又一遍地唱着这几句词，声音像有魔力一般，让我
全身发冷。我的手臂依偎着他的手臂，瑟瑟发抖。他看着我的
脸，眼睛就如灯光，透过薄雾，注视着我，歌声从他喉咙深处
传出。他把声音压低，换了一首更黑暗、更有力的歌。

一位女王曾是英格兰，
一位没有悲伤的女王，
但我们会用暴力
夺走她的皇冠。

美丽的女王，
经历磨难，变得黑暗，
她要拿回她的一切，
挑起了战乱。

她以白骨的名义，敲响了战鼓，
今天这些骨头依然雪白，无论是
白人的骸骨，
黑人的骸骨。

我喃喃低语："你也是，你也知道魔力有多大。"

但他正唱着歌，可能没有听到我的话。

"没有歌声如何战斗？没有歌声如何去爱？"他握住了我的手，"没有诗歌，民族如何振奋精神？"

我紧紧握住他的手指，想起了我父亲的族人，伊散德尔瓦纳战役 [①] 中的祖鲁族武装部队，就在一代人之前，高声歌唱，大步前进，战胜了英国人。这片土地仍然沉浸在他们的鲜血和歌声中。

我开始跟着他歌声的节奏一起哼唱。

他从口袋里掏出一张折好的纸，指着灰色的字迹，读道：

若我拥有天堂的绣花布，

无论白天黑夜还是昏暗，

我都愿把它铺在你的脚下。

听完，我伸手去摸他的头发。和我一样，他的头发浓密又蓬松，血一样红。

这时，林间响起了贝特的声音："多莉，多莉，我们要迟到了！"

他贴着我的耳朵低语，自从那次他在厨房站在我身旁说话之后，这三十多天来，我一直感到他的呼气轻抚着我的皮肤。

"多莉·兹瓦特曼，你这个美丽的混血女孩，下次见面，我会吻你，吻到你的嘴唇肿起来。"

[①] 该战役发生于1879年1月22日，南非祖鲁军在伊散德尔瓦纳发起突袭，大败英国殖民军。这是欧洲军队三个半世纪以来在非洲的最大败仗。

我终于鼓起勇气，伸进口袋，把我做的戒指递给他。这是我的一个本领，先用黏土精心编织，接着放进炉子，烤至坚硬，让它出现光泽，便得到了一枚戒指。戒指正好适合他的小拇指。

他将自己的宽边软帽戴在了我的头上，说："在烈日下行走，你可能用得上。"

虽然阳光并不会灼伤我，但后来我每天都戴着那顶帽子，直到我离开农场以后很久。

整个十二月，我都一直期盼围城内晴朗的白天和悠闲的夜晚能吸引约瑟夫·麦肯骑马回来看望我们两天。但接着我们就听说，英国人正在图盖拉河以南集结。夜晚，他们利用探照灯在云层上发送摩尔斯信号。据说，在北边，布尔人非常聪明，在锯齿状红河岸旁掘壕防守，还在河道中铺设电线。真是聪明，让这片地方看上去杳无人烟，完好如初，实际却挤满了人马。

圣诞节的前一个星期，平静的生活结束了。英军排成整齐的纵队，穿过飞扬的尘土，葬身于漫天的无烟战火。不到一天，庞多的运输司机已经把这个消息传到了邓迪，但贝特早已猜到。她体内有一根神经能感知空气的变化和地面的嘈杂。

她把手放在地上，"我发现数百人倒下了，但我们的人很安全"。

于是我们等待着，心想，就算不是因为胜利的喜悦，圣诞节也会吸引一个无家可归的士兵来到火炉边吃烤鹅。我们是对的。不过，天气太过炎热，鹅一拔毛就晒干了。还有罐装的圣诞布丁，是邓迪战斗剩下的战利品，放在院子里的石头上被晒得热乎乎的。

圣诞节那天早晨，我给烤鹅涂上最后一层油后，就去荆树种植园散步了，但运气不佳，不见一丝微风。我抬头看着阳光在树枝间闪耀，灿若繁星。突然，一只白色的鸟伸开巨大的翅膀，落在我脚边，闪耀如一束火焰，然后又猛地扑腾起来，飞过树丛。

我吓得尖叫起来，觉得这是一个灵魂的逝去。鸟在发出预兆呢！这片土地上充满了垂死的人、死去的人的气息。很快他就出现了，我的战士，他在园外漫无目的地寻找我，一听到我的尖叫声，就冲过高低不平的灌木丛，把我紧紧抱住。我还未缓过神来，头就已经靠在他的胸前了。

我紧紧握住他小指上我制作的戒指。我们接吻了。

我摸到戒指上有个缺口。我们嘴唇相碰时，我就摸到了。

他解释说，打仗时，一块石头挡住了他的去路。他跳进壕沟，手被石头砸伤了。他说，为了击败敌人，他们每个小时都要在布尔人的"之"字形战线上来回转移枪支，还不得不蜷缩着身子，在巨石和沙袋堆起来的墙后跑。那时，他不小心摔了一跤，把戒指摔坏了。

但屋内，马修·芬恩给贝特讲的却是另一个故事。事情发生在一场激烈的战斗中，约瑟夫·麦肯从马背上摔了下来。他骑马去夺取被扔在平原上的十门英国野战炮，一名布尔士兵不得不骑马飞奔过去保护他。两人都毫发无伤地逃脱了，只有这枚戒指受损。

我把他手指上的戒指转了半圈，掩盖住这个缺口，这样就不会感受到它的悲伤。

后来在厨房一个闷热昏暗的角落，他给我展示了他的战利品，是一个铸铁瞄准器，从俘获的一门大炮上得到的，上面用凸起的字母印着"伯明翰"三个字。对于战利品是什么，我猜了一番，但没猜到他是想将它送给我作为纪念。

他把我抱在怀里，透过蓝色的窗户凝视着外面，手里的纪念品尖尖地抵着我的背。

他说："正值圣诞，没有霜冻，也感受不到寒意，简直难以置信。"说着，他把擦得锃亮的瞄准器放回了马鞍袋。

然后，他和马修·芬恩汗流浃背地走进前厅，与主人皮特和梅芙露一起享用圣诞鹅。虽然他们不是很熟，谈话不很热烈，但这两人现在已是战争英雄，不算陌生人。主人皮特拿出布丁和十年陈酿的波特酒向他们致敬，我和贝特在餐桌旁候着。

晚饭后，在院里的阴影处，他俩又和我们吃了第二顿饭。准确地说，是我和贝特吃东西，他俩喝威士忌鲜乳派对酒①，喂我们吃。约瑟夫用牙把肉咬碎，放进我的嘴里。我舔了舔他的手指，用鹅油和口水涂抹嘴唇。

夜幕降临，我和贝特之间的秘密信号似乎来得很快。她收拾盘子，而我在一片漆黑中牵着他的手穿过院子，走进我的小房间，床上放着送他的圣诞礼物——一件漂亮的裘皮大衣，手工拼接的皮夹克。我看到布尔指挥官这样穿，便自己仿制了一件。

---

① 鲜乳派对酒源自17世纪航海时代，水手们着陆后饮酒作乐，以威士忌为基酒，再加上鲜乳与糖摇晃而成，常用于节庆。

　　我熬了许多个夜晚，燃完了九支蜡烛，终于完成了这件皮
衣。为了保证强度和硬度，我裁剪了捻角羚的侧腹皮；为了看
起来凶猛，内衬用豹皮交叉缝合；为了保证平滑，我用狒狒的
尾巴在衣服边缘缝上了流苏。然后我哼着他的歌，用狗牙和狗
爪给衣服缝边，以象征忠诚。

　　贝特安慰我："别怕狗。我听说，一个女人在她男人去矿
场的时候，在他外套里放了好多狗牙狗爪，九个月后她就生了
几只小狗呢。"

　　最后，当皮衣快做好时，我把一块珍贵的狮子皮缝在左
襟，盖住胸口，还剩下一条细长的狮子皮，我留给了自己。这
张皮是从姆帕蒂山下的一位巫医那里买的，是我所知的最好最
贵的巫医用料。也是她，对衣服施法，为它唱歌，把苦味果放
在我房门口保护我，并宣布这件夹克将十分安全。

　　一件充满魔力的皮衣，让我的爱人保持忠诚，护他安全。

　　我把皮衣披在他肩上，这一幕我期待已久。魔力包裹着
他，他把手臂伸进忠诚又安全的光亮皮衣。我吹灭蜡烛，解开
衣领，把围裙和里面的裙子一起扯到臀部，一丝不挂地站在他
面前。他把手放在我胸前，红润的手充满魔力，滚烫不已。忠
诚又光滑的皮衣在我们身上摇晃。

　　在我又冷又孤独的时候，就像现在，只有我的孩子，躺在
我的腿上熟睡。我想象着，仍能感受到他的存在。我仍能感受
到，我们紧紧依偎在那张狭窄的床上，笨拙地表示爱意，感受
我们十指相交、膝盖弯曲、猛烈地撞击。我的拳头放在他的背
部，那里有一大块厚实的肌肉。我感觉到他是如何用鼻子、嘴
唇抚摸我、蹭我，像吃奶的婴儿一样发出低沉的呜咽声。他是

我的第一个男人，他的撞击笨拙又温柔，充满爱意，让我感到很快乐。

黎明时分，我起身用湿布把血从他的皮衣上擦掉，然后小心翼翼地把皮衣叠好，放进他的背包。这天早上，天气还是很热，穿皮衣会受不了，而且皮衣不能过度磨损，否则就会失去魔力。

他抬起双臂调整缰绳，胸前的汗水变成了黑色。

就在这时，我看到了折叠在他马鞍袋上的那面绿旗。

他拍了拍马鞍袋，说："这是我在圣诞节休息期间需要照看的东西。"

我说："这是一种荣誉。"

他笑着说："的确是一种荣誉，但不是最高荣誉。我们现在有了一面新旗，一面洁净挺括的新旗帜，是都柏林妇女用绿色的爱尔兰府绸为我们缝制的。它乘船从都柏林经马赛和桑给巴尔①一路来到马普托②。我们在前天，也就是圣诞节的前一天收到了这面旗，并在营地为它举行了一场仪式。啊，多莉，你当时真该看看！小伙子们三三两两地走上前去亲吻它，亲吻他们爱尔兰的旗帜。他们思念家乡的泪水，骄傲的泪水，密密麻麻地滴落在旗上。"

他紧紧抓住我的胳膊问："亲爱的，你还好吗？"

我被他的话吓了一跳，巨大的痛苦让我说不出话来。

小伙子们走上前去亲吻。那是爱尔兰妇女们缝制的。

我妒火中烧，我知道，即使此刻我占有他，我也很快会失

① 桑给巴尔，坦桑尼亚联合共和国的组成部分，由20多个小岛组成。
② 马普托，莫桑比克共和国首都，东非主要港口之一。

去他。两天前，他亲吻了这面旗，一面由其他女人亲手制作的魔物，就在我给他穿上皮衣的两天前。

从那时起，一种不祥的预感笼罩着我想见他的心。新的一年里，他两次让司机捎话，说他会来，我却不太相信，最后他果然没有来。我让贝特以她的方式感受空气的变化，她说，除了重新备战气氛沉重，炮火连天的乡村，行军途中的男人们和英国士兵们，她什么也感觉不到。而布尔人，则像约瑟夫说的那样，根据英国间谍气球的动向来调整自己的行动。

每天晚上我都躺在床上哼着他的歌，回忆他歌声的节奏，胸前抱着从他皮衣上剪下来的一条狮子皮。每天早上看见胸口的指甲印，我都很惊讶，胸前被我抓出了深深的伤痕。

但他第三次说要来时，我知道他一定会来，这件外套有其魔力。于是我溜进前屋，那里有书柜，星期一我帮玛塔掸灰时就了解清楚了。书柜里有三本《圣经》、一本诗篇和一本英文菜谱。我把菜谱夹在围裙里带进厨房，请贝特帮我读出来。收养她的第一户人家是弗雷黑德①附近的一个苏格兰家庭，孩子们的家庭教师教过她识字，而我只有母亲写给我的信。

我说："我想做一种浓郁而有营养的食物，让我的男人有一种家的感觉。他可以带上战场，在需要的时候吃，一吃就会想到我。"

贝特翻开书，深深地叹了一口气，不愿看到我沉浸在爱情里的模样，但我没有理会这些。圣诞节那晚，贝特把她娇小的头抵在马修·芬恩的下巴下，和他畅谈了一整晚，谈他在家乡

---

① 弗雷黑德，南非一个从事煤矿开采和肉牛养殖的小镇。

爱尔兰的恋人。贝特的迟钝是有原因的，所以我什么也没说。

不久，我暗中迎接恋人的秘密也感染了贝特。她正在为晚餐准备玉米粥，每次穿过厨房，把锅拿到水槽里时，她都像我一样把手伸进食品储藏柜的罐子或罐头盒里抓上一把，然后迅速走掉。很快，我的围裙口袋里就装满了大小不一的葡萄干、用纸包着的面粉，以及昨天从贝特手中拿过来的面包皮，上面还沾着粥的痕迹。

梅芙露和主人皮特还在低头祷告，我把饭菜放到他们面前，任务就完成了。我把偷来的食物摆放在院子的长椅上，有葡萄干、面包皮和面粉。我将它们倒入一个旧饼干盒里，摇晃均匀。贝特拿着一个托盘，摇摇晃晃地从亮着灯的厨房里走出来，拿来一壶牛奶、一蛋杯的糖浆和一小盆农场里上好的黄色板油。我将这些倒入饼干盒，一边搅拌，一边唱着歌，唱着约瑟夫的《竖琴与女王》，渐渐地又唱起了母亲之前在矿区洗碗时给我唱的小曲。孩子，听听我的歌声吧。

我低声吟唱，上好的黄油，上好的牛油，皮肤一般丝滑。葡萄干，这片土地上的果实，这片他所保卫的土地。黑色的皮肤，乌黑如糖浆；纯白的牛奶，白净如他 —— 他白净的肚子，还有白净的腋窝，那里被太阳晒伤，长出了红色的毛发，不为外人所知。

将食材混合均匀后，我开始折叠、按压，用拳头一遍又一遍地揉面团，带着我对他的爱，带着爱的重量不断按压。我矮小的红发士兵，当他带着这块布丁走进战壕时，他会感受到我的爱是多么沉重，沉重如一块石头。

然后，我把面团包在早上刚在阳光下晒得发白的干净棉布里。贝特和我一起把它煮熟,煮了 3 个小时。10 点钟的时候,我去荆树种植园想再拾些木柴生火。11 点钟又去了一次。12 点钟,我将炖锅从炉子上端起来时,听到一阵阵脚步踢踩着院子里的石头。

一位非洲马夫带着五个军士,其中包括约瑟夫。这五人之前在格伦科旅馆喝了大量的白兰地,浑身酒气。

他们坐在院子里唱起了家乡的歌曲,这些歌是爱尔兰报纸专门为他们写的,让他们开怀大笑。当主人皮特穿着睡衣出来,叫他们上床睡觉时,已是 3 点。

我起身靠在房间的门框上等待约瑟夫。院子里,那位非洲马夫躺在长椅上,在睡梦中哭了起来。

终于,我的爱人来到了我身边。他一言不发,靴子都没脱就躺到床上,直接睡着了,蜡烛还亮着。于是我在他身边轻轻躺下。那天夜里,我紧紧地挨在他身边,听着他的呼吸声,在烛光下凝视着他微微睁开的蓝色眼睛。

早上,已经在厨房桌上的一个盆子里冷却好的布丁,散发出甜甜的香味。我用纸把布丁包起来,放进他的马鞍袋里,安全地放在折叠整齐的外套旁。

我后来听说,他带着这块布丁参加了斯皮温山战役[①]。最后一次见他时,他告诉我,在那场漫长的战役里,布丁使他保持体力,且味道香甜,直到夜幕降临,他才和一个受伤的俄国人分享了最后一口。

现在,他飞身上马,比以往任何时候都要矫健,白兰地丝

---

① 第二次英布战争期间的一次战役。

毫没有影响到他。他俯身与我湿吻，接着便哼着昨晚的歌，骑马离开了。昨晚，他们轮流把自己的名字唱进歌里，每唱完一节就喝酒。

> 勇敢的布尔人
> 为家园和亲人扛起战旗。
> 我们的父辈早在这里
> 对抗撒克逊强盗部落，
> 我们憎恨并诅咒的外敌。
> 他们抢走了我们的家园和土地，
> 他们抹黑了我们的事迹和名誉。
> 反击吧！勇敢复仇，绝地反击，
> 约瑟夫·麦肯，愿上帝保佑你！

幸亏他们在一起度过了一段快乐的时光，因为随着夏天的到来，战争局势迅速变化。晚上，天上的月亮越来越黄，看起来更像是太阳。每天早上，树上的蝉鸣声都越来越轻蔑。贝特的头骨感受到了变化——一种强烈又富有节奏的疼痛，我也开始感受到了，那是英国的枪炮轰鸣和人们的痛苦呻吟。

那天午后，英军悄悄地穿过金合欢树丛，通过狙击，闯进了农场。农场里年纪最小的孩童正在粉色石墙边玩耍，腿部被射伤。他们不管不顾，撇开他，开始放火烧毁种植园和梅芙露的梅园，然后拿着锋利的刺刀走进院子。

士兵们将梅芙露带离房子时，她已经在大声祷告，祈祷并高喊着："耶稣啊，我跳动的磐石，不要让我灭亡！不要让我迷失！"她呼喊主人皮特，但徒劳无益。之前在旅馆我们就听说布尔人撤退了，对此十分担忧，于是，天还没亮，皮特就前往邓迪去确认传言是否真实，士兵们一定是知道了这一点。尽管布尔人最近取得了一些胜利，但他们还是撤退了。

看着梅芙露边哭边喊，我和贝特，还有女佣玛塔靠着院墙，躲在阴暗处，安静得像柱子一样。士兵们忙着洗劫房子，却忽略了藏在暗处的我们这些黑人女仆。

此情此景宛如梦境，烈日当空，屋外堆满了从屋里掀出来的东西。士兵们首先拖出大床、梅芙露结婚时从家里带来的木制圣经盒、晚餐用的铜制烛台，还有装着各色盘子的代夫特架。在明亮的光线下，我看到了木头上的节子，我因为打扫卫生所以非常熟悉这些节子，还有床轴之间毛茸茸的灰色缝隙，是我打扫时忘了除尘。

接着，轮到老式的高背长椅和搪瓷炉子了。士兵们气喘吁吁地抬着炉子，梅芙露的鹅在他们脚边嘎嘎乱叫。他们又搬出了揉面槽和热烫槽，书柜也被放在外面的石头上，摇摇晃晃，《圣经》一本本地掉落了下来，还有钢琴、皮特收藏的英国军队小号、彩绘的钟表。干渴的鹅流淌着口水。橱柜带有转轮，把它放下时，门会弹开，主人的肉还在里面风干。一名士兵噘着嘴抱怨：布尔人的食物好臭，他甚至都不会把这肉喂给狗吃。但梅芙露哭声太大，没有听到。

现在，士兵们不耐烦了。他们看了一眼带队的军官，听着梅芙露的噪声，回看了一眼军官，转动着手里的步枪。

突然，一面镜子倒下，碎了一地。这是他们的信号。

一个士兵站在钢琴旁，将枪托放在琴盖上，在琴声的掩护下开了枪。另一个士兵捡起一块石头朝厨房的窗户砸去。接着，整个队伍爆发出神经质的、孩子般恶作剧的笑声。笑着笑着，他们开始大肆破坏家具，仿佛要把每一件家具都砸烂，把所在之处都夷为平地。

军官见状，大喊着让他们停下来，怒吼道："稻草，引火柴！"

我交抱双手放在胸前，挺起肩膀，保护我未出生的孩子，抱紧我的小战士。就在那天早上，贝特还坐在椅子上，用冰勺抵着我的太阳穴，看着我干呕完爱护肚子的模样，不禁摇了摇头。我的肚子越来越大，这让我感到一丝安慰。它提醒我，我的爱人真的存在。他温暖的撞击存在于我体内，就在肚子里。

一个非洲人拿着一堆冒烟的树枝从种植园跑了过来。

看到他，梅芙露尖叫起来。她扑到军官面前，撕开自己的衣襟，"长官，开枪吧，开枪打死我吧。如果农场烧毁，我们就无法生活了"。

军官把目光移开，说："最有用的求饶方式就是闭嘴。这还不是因为你们不投降。闭嘴吧，等你到了德班，我们保证，卡菲尔黑人不会把你们怎么样的。"

听了这话，梅芙露把手塞进嘴里，摇晃着身子，眼睛环视着院子。这时，她似乎第一次看到了我们三个人，玛塔、贝特和我站在院墙边。她朝我们啐了一口。这么多年来，她对我们充满了母性的仁慈，但此刻，她看着我们的目光中只有诅咒，仿佛在说："上帝会把你们这些卡菲尔黑人打到地狱最底层。"她晕了过去。

随之而来的是一阵骚动，士兵们命令我们协助。贝特和玛塔赶紧上前，于是在她们身上，梅芙露的诅咒很快就生效了。士兵们把她抬到了一辆农用车上。军官举着枪，把贝特和玛塔赶到梅芙露身后。这时，熊熊火焰已经烧到厨房的窗户，农场波纹形的铁屋顶在热浪中噼啪作响。

最后还有两名士兵咳嗽着从烟雾缭绕的后门跑出来，把偷来的金属碎片攥在胸前。年轻的那个士兵把梅芙露周日穿的内衣像头巾一样裹在头上。

我双手抱着肚子，跟在他们后面跑，绕过阴暗的墙壁，突然转身向还在冒着烟的种植园跑去。我猜得很对，英国人不会回头，而是朝大路跑去。

我蹲在粉色石墙旁的空地上等了好多个下午，我曾在这里与贝特一起缝衣服。我听到士兵们的靴子在路上嘎吱作响。我听到哭声，女人的哭泣和呼喊声。我可能还听到了贝特高喊着再见。我也流下了眼泪，我蹲在约瑟夫曾经找到我的地方等他。虽然已有许多个孤独的夜晚，但我仍然等着他，不由自主地想到贝特无意中听到的谣言——大城市的奢侈生活，矿区上那些善良的女主人——但蹲在空地上，我只因为与她们分离而流了点眼泪。等待的第一天晚上，我只哭了一会儿，因为我知道布尔人正往这边撤退，他一定会翻山越岭回来看我。魔力至少会再起一次作用。

午夜时分，是属于他的时间，他果然回来了。

繁星满天，他穿着那件皮衣，身上有几片叶子，明亮的叶子在黑暗的天空下显出尖尖的轮廓。

为了呼唤我，他唱起了歌："我们的竖琴将发出甜美动人的声音。"当他走近时，我跟着他一起哼了起来。

我看到还有一个人和约瑟夫一起，牵着他的马在马背上等候。

黑漆漆的农舍里飘出一股烟雾。

起初，我们只是手拉手，并未说话。我们坐在一个被大火烧过但没损坏的泥槽上，紧紧地挨在一起。我抚摸着他的手指，过了一会儿，我们接吻了。我立刻就发现他的戒指不见了，但我没打算说什么。接吻时，我把他的手放到了我的腹部，我还是没打算说话。我觉得，我们是在无声地交谈。

这时，他的同伴吹了吹口哨。约瑟夫紧紧地抓住了我，声音低沉，像从睡梦中传来，在空中回荡：

"多莉，我的多莉·麦肯，你是我忠诚的爱人，比我认识的任何一个女人都忠诚和温柔。我亲爱的多莉，这不是告别，我们之间不可能有告别。但我真的害怕我们会好几个月都见不到对方。布尔军已被打散了，虽然我心里知道，我们会重新集结起来，但我想确保你的安全，就像你之前担心我的安危一样。"

他捧着我的头，把我搂入怀里，胸前的狮皮翻领摩擦我的脸颊。

我把嘴唇贴在狮皮上，同时把手放进口袋，握着我自己的那条狮皮。

他从包里拿出一件衬衫和一条布尔人皮马裤。

"穿上这一身，戴上你的帽子，跟随夕阳，前往山谷。带上这包干肉和饼干，两三天应该就能抵达雷地史密斯。那个镇子南部有一个红十字会营地，再往下游走，还有一家更大的医院。到那儿去。我们昨晚才经过那里，掩护布尔士兵撤退。对于任何被怀疑支持布尔士兵的人来说，那里是最安全的地方。去那里，在那里等我。"

他把声音压低，在我耳边低声说：

"我最亲爱的，在那里等我，坚强一点，不要害怕孤单。"

他的手抚摸着我的肚脐。黑暗中，我感觉到他在微笑，仿佛这是我们之间的秘密。

我们牵着手走到马旁，他的同伴站在这里等他。这是他最后一次俯身吻我，他的嘴唇干裂又湿润。

尽管另一个人也听得见，他还是说："希望你保重，像男人一样大步向前。英国人对什么都不屑一顾，他们正在武装卡菲尔黑人，煽动他们对付布尔妇女。"

卡菲尔人。我在他的怀里颤抖了一下，不知道他是否注意到。

他曾赞美我，"你这个美丽的混血女"。

在几个月漫长的战争中，我的肤色是否已从他的记忆中褪去？我的面容是否已从他的脑海里消失？

我们站在马的影子下。我仍然一言不发，就像在梦中，迫切想要说话，却总是开不了口。

我一定是在发抖。

于是他说："多莉，我美丽而忠诚的多莉，来，拿着这条毯子，不要生病了。这房子附近还剩下什么东西能让你保暖吗？"

我靠在他身上，最后一次试图留住他：

"别忘了，我还有一个英军的睡袋呢。"

但毫无疑问，那个睡袋已经成了我房间废墟中的一堆灰烬。

他把手放在我的左胸，说："我想带你一起走，但是不能。我们是为爱尔兰打持久战的士兵。哦，我的爱人，请你记住我这只手，这样，在你孤单的时候，你就可以想象我在抚摸你的心。"

他的同伴清了清嗓子。

约瑟夫·麦肯从马鞍上弯下腰来，面带微笑。

他呼出的气刺激着我的耳朵。

"我将在天堂与你同床共枕。"

说完两人消失于黑暗中，星星照亮了他们刚刚站过的地方。

> 若我拥有天堂的绣花布，
> 我愿把它铺在你的脚下。

我用他的方式，把他曾低沉而有回响的话念了出来。我反复的呼喊似乎唤回了他，我感到他的声音似乎从我耳边掠过，他的灵魂从我身边拂过，一股暖流喷涌而来。他面色红润，笑着说："我已将我的梦铺在你的脚下。"

我回答说："约瑟夫，我的布，我的梦，铺在你的脚下。"说完就把手伸向他身影消失的地方。

按照他的吩咐，我脱下裙子和衬裙，换上了他的皮裤。为确保狮皮的安全，我把它放在了前面的口袋里，刚好贴着我的腹部。我把换下的衣服叠好，放在石墙后面的空地上，背对着地平线上已经泛起的曙光，向前出发。

仿佛是他对我安然无恙的盼望以及我对体内孩子的爱，让我加快了行走的速度，那天，我大步走了一整天，直到星光照耀。午夜时分，我穿过了邓迪和雷地史密斯之间的铁路线，然后躺在灌木丛下，头枕着帽子休息，他那顶布尔人的帽子。

我自言自语道："我已将我的梦，我的布，我的梦，铺在你的脚下。"

第二天早上醒来时，我浑身是沙。大地的寒气把我冻得透不过气来，我知道希望正在破灭。透过荆棘丛生的树枝，我抬头望着仍旧灰蒙蒙的天空，感觉我的生命仿佛被人从胸膛挖空了。贝特被带走了，农场被烧毁了，只剩我一人，孤独凄凉。约瑟夫·麦肯也离开了我。他骑着马，越过重重山脉，一直往东。而我，他的卡菲尔女人，被留在了这个死亡之谷。这里躺着无数马匹的尸体，僵硬的马腿直指云端。一个混血女人。我已经麻木到极点，因为寒冷，我的胳膊和腿变得无比沉重，而新的生命还在我的体内跳动。

那天早上，我不知为什么站了起来，继续前行。然后过了一天左右，我不记得具体的过程，我来到了温暖的火炉旁，睡在别人抚平的床单上。帐篷顶部有个红十字标志，正如约瑟夫所说的那样。我的手一直紧紧攥着口袋里的狮皮，一定是魔力和好运还在指引着我。幸运之神眷顾我，让我遇到了一位棕色眼睛的护士。她坐在我的担架旁，一边抚摸着我的额头，一边说她来自爱尔兰，会帮助我。

我让她用力按我的额头，这样我麻木的皮肤就感受到她的手指。

木偶会动，会跳华尔兹，甚至会翻跟头，但如果你戳它，它并不会退缩。我就是这样度过了接下来的六个月。像一个摇摇晃晃的木偶，带着一个难民营编号、一个夜用土桶和一条毯子，挺着一个大肚子。一个笨拙的、关节能动的人，与约瑟夫的部队为了诱使英国兵徒劳地炮攻而在雷地史密斯外的战壕里竖起的稻草人别无二致。

然而，尽管这个木偶的心脏似乎停止了跳动，但仍有许多东西让它充满活力。在那所战地医院里，在我们向南跋涉的途中，还有随后在帐篷集中营里挨饿的日子里，我越来越喜爱这个胎儿，我的小爱尔兰战士。凯瑟琳护士也很关心和期待它的到来。腹中的胎儿自己也在健康成长，它的头部每天都在渐渐嵌入骨盆，向着出生的方向前进。

有个小贩带来一个消息，他在隆冬时节去过那个营地。在接下来两年里，那里将是我的家。小贩带来了染发剂、鸵鸟毛扇、二手明信片和旧纸片。我想，他至少还带来了一条秘密信息。他卡其色背包的侧袋里，塞着一份手写通知，我很确信是想传递什么信息。那份包起来的糙纸通知，是一张都柏林印刷的歌单。

歌单上的四个字立刻引起了我的注意："上帝保佑。"这是一个信物。

营地里的人议论纷纷，说我虽然是凯瑟琳护士的帮手，却是一个不忠诚的爱尔兰人的朋友，所以那个小贩才来到厕所后面的垃圾沟，和我一起私下拆开了那份通知。

通知上有地址：葡萄牙边境，边境河，都柏林的爱尔兰人联合会。

我们爱尔兰旅在此声明，虽然我们与热爱自由的兄弟们一起，奔赴各个边境英勇战斗，但由于缺乏马匹和枪支，我们不得不陷入停顿。相信他们可以从我们朋友的游击战术中学到很多东西，大队的个别成员希望继续与爱尔兰的敌人巴比伦王国作战。然而，作为一个团体，我们对爱尔兰共和国已无用处，必须遗憾告别。这个国家将永存于我们心中，别的就不说了。

尽管我们喟然叹息、潸然泪下，

为那些追求自由奋起反抗的英雄，

战斗过，失败过，

胜过从未战斗过。

力量赐予神的子民！

我先是自己试着读这些文字，然后又让小贩为我念了三次。我把歌单举在面前，仔细聆听，从他的朗读中感受到了人的疲惫、声音的空洞，但这可能是因为小贩自己又冷又累。我问他，是否可以留下歌单，只留歌单。我喜欢这张纸光滑又破旧的手感。

约瑟夫·麦肯，上帝保佑你！

虽然这一行行诗可能蕴含着约瑟夫富有节奏和力量的声音，但我认为这份通知是很久之前写的。

在把一件法兰绒上衣和一条亚麻布裙子作为代价支付给他以后，小贩同意了我的请求。这两件衣服是凯瑟琳护士做给我的礼物。

那张歌单我经常看，在我的草垫下放了好几个星期，直到有一天晚上我大喊着醒来。我的羊水破了，孩子即将出生。我浑身湿透，下体疼得要裂开了。

　　疼痛持续整晚，直到第二天下午。在医院的帐篷里，凯瑟琳护士盘腿坐在镀锌的地板上陪我，抚摸着我的额头。虽然我躺在她怀里，但我闭上眼睛时看到的却是约瑟夫的脸。

　　"不要，不要，不要，不要。"

　　傍晚时分，我抱着孩子回到了我的小屋，他的头发是六月夕阳的颜色，是血红色黏土的颜色。我发现被褥换了，垫枕换了，歌单也被拿走了。我把孩子放在身边，躺了下来，半年来我第一次感到四肢不再麻木，尽管我的舌头仍然因悲伤而发涩。

　　我把孩子抱在胸前，低声叫他的名字，山姆。我以为这在爱尔兰语里相当于"约翰"的意思，但是我搞错了。

　　撒母耳①，那是先知的名字。

----

① 撒母耳，意为"上帝的名字"，在《圣经》中撒母耳是古代以色列的领袖和先知，简称"山姆"。

32

　　安西娅和朵拉在公寓约见三次后，决定把黑人城镇作为讨论多莉生平事迹的另一个地点。安西娅开着菲亚特汽车来到见面地点，朵拉在街角的商店等她，海蓝色的头巾像风向标一样飘动。商店门口挂着"特价出售"的牌子，但闩上了门，看起来关门了，不欢迎入内，旁边还有巨大的警告字样："若无黑人相随，请勿街上行走。"这可难不倒朵拉。她怀里抱着一堆买来的东西，像有机玻璃一样闪闪发亮：一升奶油苏打水、一些橙子和一瓶番茄酱。

　　朵拉侧身进入车内，拍了拍安西娅的膝盖，问："你还好吗？"炎热的冬季里，尘土飞扬，像一条条肉桂色流苏，因为朵拉的触碰，安西娅一下子情绪高涨，像一片树叶被风吹起。她俩一直严格遵循计划，拼凑出多莉的故事。在笔记本电脑的帮助下，她们每次都孜孜不倦地录音，认真工作，随着一次次见面，她们之间已经不再剑拔弩张，处处提防，慢慢放松了下来。由这句问候开场，两个人并肩坐在汽车前排座位上开始交谈，看起来就像是她们的第一次对话。安西娅非常希望这种合作不管是表面上还是感觉上都越来越紧密。

　　到了前门，在推开安全栅栏前，朵拉停了下来。她迎着安西娅的目光，说："欢迎来到我们家。我以前一直没有机会这样说。"

和之前每次会面一样，她不会过多地准备什么，只是倒一杯水，拿点饼干。但安西娅没有接过饼干，她开始倒带，好让她们尽快回忆起朵拉上一次陈述的内容。然而今天，朵拉一开始就发现她们的任务比以往更艰巨，甚至比第一次发现凯瑟琳·戈特早期的两封信件还要让她手心冒汗。她断断续续地说着，喘着粗气，停顿了很久，"多莉要生孩子了，"她颤抖着说，"是的，我的孩子，我即将出生的孩子。"

她一只手捂住眼睛，一只手压在喉咙上，像是想咳嗽又咳不出来一样。安西娅坐在靠墙的桌子旁，开派对用的啤酒盆就放在那里。她的脚抵着麦肯家的木橱柜，橱柜涂了一层新的清漆，闪闪发光。"这是为了欢迎你的客人，"朵拉说着柏妮丝说过的话，"柏妮丝上周末把橱柜从门廊那儿拖了进来，把它弄得漂漂亮亮的。这柜子已经在外面待了不知道多少年了！"

此刻，朵拉像一只初来乍到的小猫，在房间里四处探索，就像在玻璃上行走一样，小心翼翼，轻手轻脚地经过每个角落。"是这样，不是，是的，不是。"她嘴上不停说着，努力厘清这些她丝毫没有头绪的事。多莉的身影再次变得模糊，她看不清了，第一次有一种模糊的微光包裹着她，让她头痛不已。

"不行，我想不出那时会发生什么。'上帝保佑你，约瑟夫·麦肯。'是这样，不是，我正在想，我在努力想，朵拉，我想再次感受她的声音。'上帝保佑……'"

安西娅的腿上放着磁带，里面的转轴还在转动，发出咝咝的声响。屋外，太阳圆滚滚的，像一个血红色的眼球，透过尘云，凝视着大地。屋内，除了朵拉来回踱步，一切都静止不动，家具在房间两边一字排开，干净如初。卧室的门关着，把手被擦得锃亮。朵拉的小屋极其整洁，奇怪的是，这种整洁不再让安西娅感到困扰。房间里的物品井井有条，被擦拭得一尘不染，朵拉就是这样面对她支离破碎的生活。安西娅发现，这种简单质朴如今让她感到舒心。

她提示朵拉："多莉一旦离开营地，肯定会发生什么事。"

"我不知道，安西娅，唉。"朵拉看着墙上的空白处，一个灰白色圆环，曾用来挂家里的帽子。她端详着约瑟夫的照片，他穿着整洁的高中校服，站在梳妆台旁，台上摆着橙色水壶和一副眼镜。这张照片是将近十年前在摄影棚或照相馆里拍的。对，就是那时候，他的脸是如此光滑、圆润。"我不知道，安西娅。我只知道我所希望的，并不知道多莉会怎么做。我是说，我们的想法未必站得住脚，这是我们想象的。如何看待她，是我的选择。家族里一直有关于外国战士的谣言，说山姆是战争中的婴儿，等等。在山姆出生后，多莉回到北方，山姆在农场长大。但多莉回到农场之前的那段时间是空白的，只能猜测。她可能做了什么，可能不会做什么。我们在谈各种可能性：如果约瑟夫回来过，虽然可能性不大；如果凯瑟琳护士生病离开，多莉能否应付得过来；如果她重新联系上约瑟夫，她是否报复过他。"

"报复他。"安西娅盯着窗外悬挂的太阳，重复道。她淡淡地说："报复。"

朵拉打断她："要吃午饭了。"安西娅愕然抬头。"我说，我们需要补充能量才能继续思考，比如，吃点，呃，面包加辣泡菜，玛莉脆饼①，之后吃点橙子？你觉得怎么样？"

两人面对后院的窗户，在水槽旁准备食物。窗外，衣服挂在晾衣绳上，一阵风袭来，报纸碎片和购物袋被吹落在了栅栏上。

朵拉顺着安西娅的目光看去，说："真不应该在今天这样一个尘土飞扬的日子里洗白色的衣服。而且，洗的时候，那件红 T 恤和其他衣服混在一起，把我的白衣洗成粉色了。"

安西娅注意到了翻过来晒的红 T 恤上，衣服前面丝印标语皱巴巴的线条。她记得，她在大学里帮助印刷的那些 T 恤，直到复活节还挂在她家的晾衣绳上。

"当然，那是约瑟夫的 T 恤，"朵拉说，"但我现在打扫卫生的时候就会穿它。昨晚，约翰和朋友在这里喝酒。你来之前我得整理一下，所以我对约翰说，他今天可以去别处喝酒。我让他试试格蒂家，他总是爱畅饮。"

"也许我可以借来穿一下？"安西娅突然问道，面红耳赤，"我不知道，我从未见过约瑟夫，除了在法庭上看到过，但我觉得，我们所做的一切都与他有关，所以我想试试穿他的衣服。"她感觉自己满脸通红，从额头到喉咙都在发烫。朵拉昔日的警告在她心中回响，"听从母亲的忠告，心向太阳"。

"总之，"她结结巴巴地说，因为没法收回刚才的话，因为，嗯，是的，她说的一定是真心话，"为了更好地动员大家，我的朋友亚瑟甚至提议做 T 恤或徽章。重新利用我们'释放

---

① 一种源于英国、味道朴实的圆形甜茶饼干。

曼德拉’的徽章，将其改成‘释放迈肯’，‘释放其他所有政治犯’。”

朵拉安慰道："安西娅，姑娘，放松，没关系，你可以穿这件 T 恤。"

安西娅惊讶得瞪大了眼睛，看着朵拉不慌不忙地在围裙上擦拭双手。

"但我不明白你为什么不能穿乔的 T 恤？还有就是，你不介意我的大肚子曾经把这衣服撑大了？你不用显得这么震惊，我没有忘记你是如何闯入我们的生活的。不，准确地说，是没有忘记我曾多么讨厌这个样子。但现在，平心而论，情况就是这样。你进入了我们的生活，事情就是这样，也许我现在不太介意了。"

朵拉递给安西娅的衣服摸起来还有点潮湿，闻起来却有阳光混着灰尘的气味。"穿上吧。"

安西娅把 T 恤套在绿色的棉裙外。T 恤上印着标语 ——"永远向前"。

朵拉把 T 恤后面拉下来，调整好两边，抚平衣服的褶皱。

"好了。"

朵拉的脑子里几乎自然而然地闪过一个念头，她感到棉布摩擦着自己的掌心，有些刺痛。这是约瑟夫每次主持会议时穿的 T 恤。她又将安西娅的肩膀处抚平。是的，这感觉几乎是完全自然的，一种未经思考的亲密接触，就像在给自己的孩子整理衣服，就好像是莫妮卡或德西蕾站在那里一样……她想，是的，这就对了，她就像德西蕾。如果德西蕾还活着，安西娅正好和她现在一样大。

毫无征兆地，她突然感到内心充实，接近完整。她想，这就像宽恕的感觉，宽恕之后的解脱——在这种情况下，她必须原谅点什么。这个女孩站在这里，与她近在咫尺，触手可及，而她，朵拉，并不介意这个距离。她热情、亲密地触碰了这个女孩。安西娅说得很对，她的愤怒已经消退。但她仔细想了想，不对，是消散了，怨恨也消散了，伤口愈合了。看着安西娅穿着约瑟夫的 T 恤站在这里，她几乎看不出来这是位活生生的、时刻提醒她今年遭遇的巨大悲痛的受害者。她往后退，又看到一位年轻的女孩，既尴尬又高兴，脸红得看上去傻乎乎的，和她的第二个孩子一样大，如果这会儿她还在世的话。

"好了。"她再次说道。

安西娅朝她笑了笑，贪婪地感受着朵拉的触摸，任由朵拉整理。她感受着这独特的触摸，它明确的暖意。就像多莉所说的："我让她用力按压，这样我麻木的皮肤就能感受到她的手指了。"

朵拉把安西娅的餐盘放在桌上，自己仍然站着，没动三明治。她靠在马厩后门边，凝视着窗外，最后说："安西娅，我一直在想，我们这项工作，太难了，有时想寻找多莉的声音是多么困难。当然，我们还有很长的路要一起走。但就多莉走过的路而言，我们现在走出了凯瑟琳的日记本，走到了她无法继续提供帮助的地方。所以我想，我们现在需要的，也许是换个环境，一个比这儿的黑人小镇更好的地方。我想我肯定需要这样，离开一段时间，一个星期，也许更长。多莉的声音，就像我说的那样，它一会儿有，一会儿没有。我试着去感受它的存在，我感受到了，但它又消失了。我想我需要点时间，远离这所房子，远离我周围的一切。这个故事对我来说很沉重，多莉受到了伤害。有时候，我认为，修补一段历史不会有多大用处，回顾家族的历史并不能治愈过去。有几次我们录完音，我感觉非常糟糕，真的难受又虚弱。我越发觉得，愤怒不能通过传递来解决，而是通过遗忘。我们无法弥补多莉的伤痛。"

"但是，朵拉，我们为创造这段历史所付出的一切都会有回报的。通过回首这段悲痛往事，我们得以释怀。我们每次见面的讨论，都是为了能让约瑟夫获释。"

"也许是这样，但代价太大了。正如我说的那样，我们无法弥补多莉的伤痛。"

"为什么不试着回到我的笔记本上，关注那些信呢？"安西娅皱起了眉头，朵拉的话让她很焦虑，她们在一起配合得很好啊，"那里可能会有更多的线索可以追踪……"

"不用，"朵拉蹲在安西娅面前，手扶着她的肩膀，尽管手臂似乎在颤抖，但她的触碰仍然有力又温暖，"不用，那些信我已经读够了，我已经都读完了。换个环境就像度假一样舒服，所以我想——我想，你的报社能不能资助我出去走走？是有这种情况的，调研，他们不是这么叫的吗？我是认真的。为了撰写我们的故事，让我去别的地方旅行吧。你甚至可以和我一起待一段时间。为什么我们不去多莉或凯瑟琳·戈特可能去过的一个地方，为我们的工作寻找更多的细节呢？安西娅，让我和多莉独处，我要证明我能做到。我想这就是我需要的。"

朵拉的手还放在安西娅的肩上，而安西娅的双手叠放在朵拉的手上，红 T 恤被太阳晒得发烫。她的额头抵着朵拉的额头，感受到她坚硬的骨头和滚烫的皮肤压在自己的额头上。她们弓着身子拥抱了一会儿。接着，朵拉抵着她点点头。

"我看我能做什么。"

朵拉蜷缩着身子。安西娅感到头晕目眩，情绪激动，无法思考，也不能移动。

"上帝保佑你，安西娅。"

朵拉双手捂着脸颊，让皮肤像一根拉扯过的尼龙绳一样松弛下来。

33

多莉·迈肯的故事（2）

朵拉讲述，记录于安西娅的笔记本。

我耸着肩，背着我的小士兵，最后看了一眼我生活过的地方。那里有一排排沾满泥污的钟形帐篷，和抹灰篱笆墙筑成的小屋，中间的道路满是车辙。我绕到自己的小屋后方，站在我种植的菠菜地里，边上长满杂草，还种着三排玉米，第四排是藜草。这是我最后一次站在这里了。再往前走，在玉米秸秆之间，仍然看得出这里之前是垃圾沟，即使现在已经填平。我就是在这里向小贩询问消息，一个卖染发剂、扇子和旧纸的小贩。

我弯腰从鞋里取出一块石子，最后看了一眼我的小屋和周围的营地。这里是我过去两年来的家，我唯一的家。然后，我又往后摸了摸，用手掌托着小山姆的屁股，确保背后的吊兜牢牢地裹住他的背部。

接着，我走向大门。

周围一片寂静，像绷紧的鼓皮，只有人们的呼吸声。周围全是妇女，在围观我，一脸怀疑。两排高矮不齐的妇女坐在帐篷前，边干活边抬起头来。她们穿着破旧的围裙，头上长满虱子，面前放着一盘晒干的玉米棒，无动于衷地抬起头来。她们头戴喇叭花女帽，帽檐遮住了眼睛。这是每天都会发生的场景，但今天却不同寻常。今天是我离开的早晨，这些人却什么也没说。不管是白人还是黑人，我将是第一个离开营地的人。但那一张张嘴，一双双阴影下的眼睛，既看不出愤怒，也没有表示遗憾。那个被宠坏的黑人，也就是那个生病的爱尔兰女人的心肝宝贝，似乎在他们之前就已经离开了。所以，只有上帝知道，阿非利卡人是受压迫最深的民族。

然而，作为他们认识的人，我走了出去。这两年里，护士凯瑟琳因肠炎被送回国。此后，我就一直背着我沉重的孩子，在洗衣房无偿地当洗衣工和清洁工。许多妇女穿着我洗过的衣服，衣领也是我漂白的；住在我建造的小屋，甚至是背着孩子建造的。凯瑟琳也曾经这样乞求："多莉，我们应该尽自己所能，向这些受压迫的布尔人伸出援手。她们和你我一样，热爱自由。"

她们热爱自由，如今却坐在自己的小屋前，坐在我帮忙修补的钟形帐篷前。我经过时，她们把脸转向一边，发出嘘声。她们憔悴、患病的孩子在一旁紧紧抓住她们的裙子。

这个卡菲尔黑人女工比他们先离开。

我将凯瑟琳护士的木橱柜平稳地放在一卷格子布上，头顶着布，抬着橱柜，慢慢地穿过那片沉默不语的人群，试图在经过时看清每位妇女的脸，看清破旧的亚麻帽下的眼睛，却只看到她们紧闭的嘴唇和饱经风霜的皱纹，她们一股怨气，即使是那位衣领硬挺的年轻女人，也将脸转向一边。我每周都为她洗衣服，她曾建议我涂抹防晒霜，免得太阳把我晒得更黑。在她和她的孩子都得了痢疾的时候，我每天晚上都会给她的孩子洗衣服，摇晃着哄他入睡，但现在她坐在打着补丁的帐篷前，把脸转向了别处，把孩子也转了过去。

在这两排长长的队伍里，没有一个女人与我对视。

因为只有上帝知道英国人心肠很黑，软弱得让卡菲尔人在布尔人之前获得了自由。

34

愿上帝保佑你，约瑟夫·麦肯。

朵拉的手掌顺着脸颊摸下来，皮肤受到轻微的压力，往里凹陷。太阳的热浪席卷大地，地面热气腾腾。她坐在国家图书馆门口最下面的水泥台阶上，就在铁树青翠的树荫下，感觉地面上的柏油热到软化，鞋底陷了进去。中午的热浪让开普敦的人行道上空无一人，只有一个昏昏欲睡的乞丐和一个用帽子遮住脸的冰激凌小贩。一阵微风袭来，树叶沙沙作响。

她说换一个环境，于是安西娅的报社为这个想法买单，真的为此付了钱。编辑罗伯特在电话中彬彬有礼，尽显绅士风度。他说，多莉的故事，作为安西娅专题文章的一个亮点，肯定会吸引读者，"不管国内还是国外，约瑟夫的命运随着国家的变化而变化。如果他被释放了，《纳塔尔时报》会将其载入史册。无论结果如何，都需要这次旅行"。

朵拉很高兴得到他的支持。因为到目前为止，她所希望弄清的事实很难还原。今天上午，她查阅了桌湾①港口的记录，

---

① 桌湾，也称"塔布尔湾"，在南非开普省西南部。

如果可以的话，她想查一查凯瑟琳护士是何时起航离开的。如果约瑟夫·麦肯是走这条路而没有经过东海岸[①]，那么他是何时上岸的，离开的路线是怎样的？但港口账簿和登记簿上的文字很小，除了些深浅不一的褐色划痕以及蜘蛛的足迹，什么都看不出来。文字已经褪色，她把鼻子凑到书脊上细嗅，以为过去的东西会带有一种辛辣味，一种姜黄根粉和花粉的气味，奇怪的是，没有任何气味。看了一两个小时后，她早早地离开了，给自己买了一杯冷饮。

她挥手向电话里的罗伯特和在机场送别的安西娅告别，并向两人保证，一定会挖掘更多的细节，填充整个故事框架。这是肯定的——但到目前为止，故事情节大多都是她编排的。

一群学童在政府大道上排队，前往大教堂。他们的女老师身着一尘不染的白色西装，尽管天气炎热，仍泰然处之。朵拉喜欢她冷静高效的步伐，喜欢她的自信，希望无论走到这座城市的什么地方，都能听到她熟悉的声音，遇到和她相似的面孔——宽颧骨、钝鼻子，仿佛这地方是属于他们的。她比大多数人更有可能是一个混血儿。朵拉是怎么告诉安西娅的？一个混蛋雇佣兵和一个黑人女工的后代？但朵拉仍觉得这没有什么可道歉的。就在这个国家，在这一条条街道上，人们开始了宿命般的结合。

混血的棕色皮肤。

为了弥补真相的空缺，朵拉正在努力完成磁带的录音，为此，她试图在脑海中勾勒出多莉的声音，而环境的改变无疑有

---

① 指美国东部沿海地区。

助于这一点。上个周末，她几乎都在想多莉·迈肯。她住在一家白人经营的旅店里，客房在山腰上，十分幽静。她以前从未在白人家中住过，现在却住在和阿诺德家一样高档的地方，被白人服务，这无疑是时代变迁的标志。整整两天两夜，她几乎都是和多莉·迈肯还有录音带一起度过的。诉说多莉的伤心事，感受她的痛苦和反抗，朵拉不禁胸口紧绷。那些柔软的情感——多莉与她的爱尔兰情人深情对视，两人互送礼物，互相拜访……这些情节，她和安西娅在家里大多都有涉及。但多莉心中爱情的痛苦，她为摆脱这种痛苦所做的努力，这些，朵拉留给自己独自去体会。她在这里，独自梦见多莉·迈肯在星星下周身散发着微光，满腔怒火。

她在旅店房间的梳妆台前工作。法式巧克力泡芙在她胳膊旁边的皮包里放了一整晚。录音时，她的嘴唇紧贴在磁带的温暖的塑料上，好像是婴儿的耳朵。为了想起多莉，想象她的脸，朵拉说话时会闭着眼睛。在她的想象中，多莉的脸和柏妮丝很像，但更瘦、更黑、更呆板、更骨感。

一个孕妇独自在一片被炸毁的土地上避难，那是怎样的情景！天空沉闷而黯淡，如同世界末日。

每隔一段时间，她就会忘记自己的模样。然后在梳妆台的镜子前观察自己。没有化妆，脸上的斑清晰可见。满脸倦色，还耷拉着肩膀。是什么压住了她的肩膀？疲倦，还是沉重的过去？她用手指抚摸着肿胀的眼袋和嘴边的深纹，有些闷闷不乐。她想，镜子上至少覆盖了一层灰，不可能那么清楚地看到自己，它需要像格蕾丝那样的清洁女工。把手贴在镜子上，会留下一个清晰的印记，透过手指的印记，能看到一双疲惫的眼睛和鼻孔。她想到了阿诺德家亮堂的房子，想到了阿诺德夫人疲惫的声音。

上周一，朵拉最后一天去熨衣服。阿诺德夫人说："好好享受你的假期吧，玛莎。"说完叹了口气，每次一想到假期她就感到疲倦，"不要做任何我不会做的事情。"朵拉想，就像她们在达克斯商场那样，她可以谎称去北方梅富根的远房亲戚家。

"但是玛莎，你确定你能负担得起吗？"阿诺德太太后知后觉，舌尖贴在她如丘比特一样小巧的嘴唇上，问，"我是说，你的时薪不太……"

朵拉应该解释："有一个为我儿子成立的活动基金。"她离家这么远，考虑这一点是对的。她应该解释，"也许你不知道，有人发起运动，提议为他减刑，有可能会释放他，《纳塔尔时报》已经刊登了这样的案例。"你看，不管曾经还是现在，他都是克莱克顿爆炸案的凶手。

她没有开口，而是接受了阿诺德夫人多给的二十兰特，行了个屈膝礼，紧张得膝盖发抖。

有一次，就是昨天，她把磁带录音机紧紧地塞进新皮包，像把信塞进信封一样。这个包是安西娅送给她的节日礼物，她尝试带着录音机在市中心散步。她在街角的一家咖啡馆停下，对着录音机喃喃自语，这是为等会儿回到旅店工作热身。来往车辆的嘈杂声、人们的交谈声、鸽子的振翅声、街市的喧闹声，她都不在意。"这个卡菲尔女工在布尔人之前离开。"朵拉在街道上棕色人种的叫喊声中说。他们说起话来和她很像。

"喧闹，混乱，嘈杂。"朵拉从她的鞋底抠下一粒软化的小柏油球，看看时间，图书馆的午餐差不多结束了。"喧闹，嘈杂。"她记得，那是《标准九级读本》中单词表上的单词。单词表贴在家里梳妆台上，旁边是一个橙色水壶、一副眼镜以及约瑟夫高中时期的照片。"混乱。"读本、照片、水壶还有眼镜都在家里，由柏妮丝照看着，甚至这个时间可能约翰也在。而她坐在这里喝着杧果饮料，在午餐时间看着婴儿车经过。想到这里，她感到很惊讶。

"混乱，嘈杂。"这些单词在页面上加了灰影，所以，所以小心不要混淆它们。

非洲街头的商贩和屠夫，宣礼塔和维多利亚时代的雕像、柱子，熙熙攘攘。

昨天散步时，她去看了一眼议会大厦，就在她现在坐的地方的对面。她走在带尖头的栅栏旁，凝视着绣球花丛中那些巨大的白色柱子，凝视着即将易手的权力，感受着它的沉重。

她想知道，作为一个攻击目标，约瑟夫会如何看待这座大厦。她又走过一段栅栏。这座建筑会不会太大，戒备过于森严？过去，在其全盛时期，肯定会——是的，肯定会……她咽了口唾沫。的确，她刚才的确瞥见了曼德拉本人。曼德拉和两个身穿黑色西装的同伴，从装饰一新的大门走出来，向城镇方向走去。一定是他。那高大的背影和灰白的头发，她不可能认错。那没有被岁月的碎石压弯的脊背，向着镇上拐弯，仿佛是一次午后散步。她加快脚步，推挤着穿过一群游客——"走路当心一点，女士"——她不小心绊了一下，连忙站直身子，小跑起来。她想追上他，近一些看他。她想对他说点什么，比如，"这么多年了，我一直想见到你的真人。"向他介绍自己，"我是朵拉·迈肯，就是那个克莱克顿炸弹客的母亲。"或者不这样，也许不这样说，因为她想跟他握手，听他轻描淡写地说："很荣幸……"仿佛她只是个普通人，一个家政工人，或是一家百货公司的助理。

但是，当她第二次从穿梭的游客中挣脱出来时，曼德拉——如果是他的话，已经消失在视线之中。

她气喘吁吁，眼冒银星。"一圈银色星星，一束光围绕着你。"

下午 2 点 10 分，图书馆还没重新开门，她又看了眼时间，起身试了试图书馆不结实的铜质门把手。在林荫道树篱对面的公园咖啡馆，响起了一阵碰撞声，是空酒瓶被扫到了一起。她想，等了一小时还没吃午饭真是个错误的决定，她感到饥肠辘辘，于是把手伸进包里，拿出一片吐司。这是旅店的早餐，用一张餐巾纸包着。即使有人为她支付所有费用，她仍无法抗拒这一生积累的习惯，不自觉地减少成本。

吃完面包，她拍掉嘴上的面包屑，抽出小镜子，用粉饼补了下妆，涂了口红，又抹了点腮红，然后对着镜子抿了抿自己的红唇，整了整衣领。这是一件雅致柔软的连衣裙，柔和的驼色，真丝面料，棕色的领子和袖口，唯一的配饰是柏妮丝的钉珠腰带。

她发现再等下去已没有意义，便起身沿着大道向小镇走去，这时，一阵意外的兴奋感袭来。一阵呼啸，一次吞咽。是的，不是因为饥饿或炎热，不仅仅如此，也不是因为想起瞥见了曼德拉花白的头发——即使只是想象，但那感觉如此真实，而是因为她突然意识到自己快要成功了。她可以做到，不需要港口记录或任何类型的文件，独自完成多莉故事的结尾，而不需要别人协助。她能看到其模式。通过整个周末的录音，她现在可以清楚地看到多莉的生活轨迹 —— 就储存在磁带上，在她的脑子里。她正在收集，也已经收集齐了，一个完整的故事。多莉因为爱而烹饪、缝纫，又为此悲痛欲绝。朵拉想象她长途跋涉，穿越乡村，然后分娩，生出朵拉的父亲山姆·麦肯，继而勇敢地旅行，走向自由。她把多莉的生命拉向这些时刻，出生和解脱共同作用，像抽绳一样聚集了生命的褶皱。谁想得到她能做到这一点？能从过去的沉默中拉出一个声音？

祖母多莉，在南方唱着竖琴和旗帜之歌。

她不记得有过这样的感觉，起码最近没有。就像赢得比赛一样，一定是像此刻这样的，内心充满了激情。就像把自己的新生婴儿抱在胸前，或是与曼德拉正式见面，面对面交流。她上次有这种感觉是什么时候？惊喜地收到乔送的圣诞礼物，OK 集市上的那些巧克力？当时，乔紧盯着她看，确保她没有失望，而她也因为开心而头皮发烫。

朵拉想象着，多莉·麦肯将双手伸向炽热的夜空，她头戴光环，仿佛飘浮在空中，背影完好无损。那封信上说："一圈银色星星，一束光围绕着你。"

"不好意思，请问你说的是左边吗？向左急转？我想去码头。还是说直行？"

她决定不再找港口记录，而是直接找到这个港口。她决定要去到码头，尽可能靠近大海。她想站在水面上眺望远方，感受海边的微风拂过头发。在那里，这个国家的黑人和白人第一次相遇，第一次宿命般的结合。如果多莉曾经来到这座城市，比如说，在凯瑟琳·戈特身体逐步康复的时候，哄骗她来拜访，那她定会来到这里。多莉是不是也会来到码头，呼吸新鲜又略带咸味的空气，聆听海鸥突然发出尖细的叫声？看着这些殖民时期修建的雕像和柱子，置身于这里遮天蔽日的建筑物中，她会不会感到不安？她会不会背着孩子，急忙忙地奔向码头，奔向开阔的大海，眺望远方模糊的水平线？约瑟夫消失在那里，总有一天也会从那里回来。

　　一架飞机在朵拉的头顶低空飞行，剧烈的振动好似穿过她的颅骨，让她的牙齿格格作响。她感到脚下磨损的铺路石板像松软的糕点，从中间凹陷下去，使她的脚跟向后倾斜。

　　"亲爱的安西娅。"她大声喊道，但又努力压低声音，径直向前走着，"我曾说愤怒并不能通过传递来排遣，但现在我不敢肯定了，我不像以前那样肯定。我能感觉到这种兴奋，我能想象多莉的动作、锐利的眼睛和骨瘦如柴的脸。昨日的苦痛不能抚慰今日的我们——不，我不确定。难道不是初次的创伤最为深刻？那些从过去的混乱中浮现的片段，你清晰地捕捉一部分，又故意躲避另一部分，仿佛某种潜藏的情感让你无力直视。难道不正是这无形的痛苦，压得人难以喘息？想想山姆，如果他是肖恩或沙甘，从来不知道自己的父亲是谁，母亲偶尔喃喃自语时才提起那个英勇的士兵。而士兵父亲可能也对他们一无所知。他本应不知道这些，除非凯瑟琳护士告诉了他，除非多莉自己找他麻烦。她的爱伤痕累累，逐渐暗淡无光，变成了愤怒。想想看，听到这个消息之后他惊慌失措的脸——这几乎是不可能的，不是吗？但山姆记得，他记得多莉每天都沉浸在白日梦中；记得自己拽着她的裙子，哭喊着'妈妈回来吧，跟我说说话吧！'"

"山姆,我的儿子,听着,这是一个勇敢的反叛者曾经教我的曲子。他在上战场前唱过这首歌。我是在他骑马去参加战斗之前从他那里学来的。"

多莉的嘴因痛苦而扭曲。无谓的痛苦?

朵拉走过了几个街区,没有左转,也没有右转。她走在建筑物之间,建筑的阴影越来越蓝,越来越凉爽,但她还没有闻到海的味道。她的额头和脖子开始出汗,汗水流到她胸部的褶皱里,流到柏妮丝的钉珠腰带下面。她把腰带松开一格,自言自语道:"棕得像浆果,骄傲得像孔雀。"她踩着节拍,边走边念着曾教给约瑟夫的那些谚语,"棕得像浆果,骄傲得像孔雀,醉得像主子。"她感觉到大腿内侧和膝盖在不停地摩擦。

"妈妈,主子是什么?"坐在沙发上学习的小约瑟夫敏锐地问道,"是指上帝吗?"

朵拉想,多莉的情夫的上帝,他曾经扮演的是什么角色?"上帝是跳华尔兹的,喜欢三位一体。"她记得在她和柏妮丝还小的时候,妈妈和街上的一个男人离开后,山姆下班回家给她们发放糖果,说:"给,每只手各一个,还有一个吃掉。我的母亲告诉我,永远不要忘记,灵魂的力量有三种,意志、理智和饥饿的肚子。"那次顺带提到了正式的信仰和《天堂的绣花布》,那是山姆最喜欢的诗。

还有撒母耳,那位先知的名字。

一阵风突然刮起,向她袭来,把她的衣裙下摆卷到膝盖上。她低头把手提包抬高至臀部。一定是离码头更近了。当她在红灯前停下来时,她的呼吸急促起来,突然觉得筋疲力尽,摇摇欲倒。她靠在一个蓝色的塑料垃圾桶上。一瞬间,一切都显得很不真实。这一切都不可能——多莉幸存、约瑟夫被释放，这不可能。她来到这个陌生的城市也毫无意义。白人称这座城市为"母亲之城"，确实是一位年轻的母亲。约瑟夫的命运因为一个半编造的故事而改变，这可能吗？约瑟夫这个自由战士由于历史而摆脱了自己的过去，得到了自由？爱尔兰血统的黑人经过改造重生了？

她气喘吁吁地对自己重复道："乔·迈肯，约瑟夫·麦肯。"她挺直身子，过了马路。"愿上帝保佑你们，约瑟夫·迈肯，以及约瑟夫·麦肯，我的爱尔兰祖父。"对，他怎么样了？她问自己。约瑟夫·麦肯，多莉那个无忧无虑的情人。他最后是否能逍遥法外、毫发无伤、逃脱惩罚？他也许娶了一名爱尔兰女人吧？他的目光敏锐而狡猾，他爱他的国家。她想，当他最后在一片欢呼声中回到爱尔兰时，他难道不会娶一个自己部落的女人为妻吗？然后他们会不会像她在安西娅的书中看到的那样，在雨后搬进山丘上一座方形的白色房子里？也许他会有更多孩子，有另一个儿子，作为约瑟夫·麦肯的第一个孩子。但时光荏苒，肯定会有这样的时候——在潮湿的冬夜，他的肌肉因曾经的战斗而疼痛，这时，他会轻轻抱起一直放在壁炉架上的毛瑟枪，把听话的儿子拉到身边。

"儿子，你知道如何拿枪瞄准英国人，如何无声无息地穿过灌木丛吗？""爸爸，如何做到呢？""布尔人教我们，必须一只眼睛盯着地面，注意松动的树枝和碎裂的石头，既要狡猾也要保持速度。他们说，炸桥靠的是速度和技巧，而伏击主要靠狡猾。"

"是的，爸爸，是的，你得匍匐前进，一只眼睛盯着地面，把炸药放在英国人的碉堡旁边。如果你直接跑过去，头顶就会射来一颗颗子弹。"

父亲说："是的，英国人的子弹速度很快。因为我把帽子给了一个朋友，所以我的头上没有任何遮挡。有些战友的帽子上布满了弹孔，但我很幸运，因为我受到了保护。我有一件特别的夹克，那是一件用草原上各种野兽皮拼缝而成的外套，由当地妇女缝制，具有强大的魔力。那件夹克像是无形的盔甲，将伤害转移到其他地方。"

"爸爸，你的魔法外套在哪里呢？让我看看，爸爸，让我看看。"

"孩子，我收起来了，它已经被埋了。我把衣服撕碎了，扔了一些到大海里，还有一些放火烧了。我必须摆脱它，它的魔力只用于战斗。在战斗之外，它太强大了，所以必须消失。"

痛。朵拉的身体猛地一动，脖子扭到一边，好像要睡着了一样。她走在路上，却像在做白日梦。她的嘴张得大大的，看起来像个哑巴。

她听见海鸥在头顶尖叫，风在耳边呼啸。她沿着宽阔的林荫大道匆匆往前走，呼吸急促，街上的垃圾打在她的脚踝上，盒式录音机的一角抵着她的臀部，里面的磁带几乎要用完了。轻轻地录。她催促自己，"轻轻地踩着我的梦"，温柔地，轻轻地。但只有强风，一阵阵刺骨的风，山姆会说"撕裂神经的风"。这让她感觉自己赤裸在外，好像马上就会跌倒或发烧。她看着自己的脚，在一个陌生的城市里，她头痛欲裂，胸口剧痛，无法呼吸，这可怕得难以想象。

　　她眼角隐约看到一圈人头，一圈人脸围了过来。一根手指放在她跳动的脉搏上。

　　"请问你叫什么名字，夫人，你叫什么名字？你要去哪里？"

　　"我想去看开阔的大海。我的祖父来自那里，他姓迈肯，名字里有两个 K。"

　　两边的建筑只剩下地基了。这条路往前延伸了一段街区的距离，然后缩窄成一条泥泞的小路。她顺着这条路一直走，到了一片开阔的平地，这里要实施土地复垦项目。远处，她看到了成堆的瓦砾和一台台起重机，工人们在修建新的码头。再往前看，有一条朦胧的蓝色海岸线。她迎着风，眯着眼睛，继续向前走。

35

多莉·迈肯的故事（3）

朵拉讲述，存入安西娅的电脑。

我将凯瑟琳护士的木橱柜平稳地放在一卷格子布上，头顶着布，抬着橱柜，背着戴着父亲的牛仔帽的小山姆，走在长长的林荫道上，准备离开营地。周围是沉默不语的布尔妇女们。我小心翼翼地向前走，左顾右盼，没有一个人与我对视。

一个也没有。只有一位妇女在大门旁的最后一个帐篷那里等着。她站在那里，在围裙上擦了擦手。其他人低声说着她的名字：克拉西娜·亨德里克斯。她肩上还挂着她已故儿子的子弹带。营地管理人称呼她为"布尔危险分子"。旁人低声说，她陪自己的男人参加了斯皮温山战役，还帮助他挖过炮台。她男人有一次气冲冲地回到家里对她说："怎么，你宁愿我缩在厨房里，也不愿我像长子那样死在自由的坟墓里？来吧，我们一起，战斗至死。"

正是她，布尔妇女中只有她，在山姆患麻疹的时候帮助治疗。当时，她把山姆抱到自己的帐篷里，用牛肝和面团做的膏药，敷在他的眼睛和胸膛上，又将柔软的山羊粪涂在他的嘴唇上，好把疹子引出来。她说，面团膨胀时，我们就会知道热病已经转移进面团了。后来，面团果然胀起来了，羊粪干成了粉末。山姆醒了，一身清爽。

克拉西娜·亨德里克斯噘着嘴看我。她知道，我们也都知道，一张提前退场的门票要付出高昂的代价。我记得，她微微噘起嘴，可能是在骂我，骂爱尔兰护士把我惯坏了，但我有理由认为不是这样的。

有天半夜，她十几岁的女儿发病了，我带着蜡烛去了她的帐篷。当我把蜡烛递到她手中时，我第一次看到她笑了。更确切地说，她咧着嘴冷笑了一下，嘴微微一撇，有些勉强。"这些有教养的英国人拒绝给我们照明，而你一个卡菲尔人却给了我们一根蜡烛。这是一个混乱的世界，一切混乱不堪。为了打赢一场罪恶的战争，我们和魔鬼做交易。"

想到这，我不禁笑了笑。我走向大门时，似乎从眼角看到，她把帽檐往后抬，好让烛光完全照耀在眼睛上。她扬起那肌肉发达的手，举在空中，好像在说，祝你一路顺风。

面前是大门的栏杆，外面是尘土飞扬的草原。突然，一支步枪戳在我的肩膀上。

虽然看到我搬着重物，但看门的混血守卫想都没想，就拿枪管戳我，几乎戳到了我的胸部。"女人，不许动！回去！你以为你能去哪里？"听到他的吼叫，两个白人警察从警卫室跑了过来。

我说："我要去海岸，去纳塔尔港，去那里的海港办事处，我要去找我的家人。"我双脚分开，两边摇晃了几下才站稳。

小山姆斜靠在我的背上，我祈祷着，希望他此刻不要醒来。

　　两位白人也猛地拉住我，说："回去，回去，没有通行证，谁也不能离开。你的通行证呢？"

　　但我对敌人有一定的了解，已做好了准备。在这场战争中，悄无声息的工作落在我们这些黑人仆人手中，我知道我在做什么。由于我们具有做间谍的天赋，双方早就警惕各自的背后了。

　　"我循规蹈矩，在这里待了两年，但现在，人们都说和平要来了，要为大家建立一个新的大殖民地。所以我要离开了。"

　　我从衣襟里抽出凯瑟琳护士给我的十英镑纸币，折叠得小小的，被我的皮肤烘得暖暖的。我把纸币放在掌心，手握成杯状，给他们看了一眼。除了他们，没有人看得见这张纸币。我把它悄悄塞了出去，它倏忽间就消失了。那个混血守卫把步枪从我胸前收了回去，大门也随之打开。

　　我沿着马车道向大路走去。我的爱尔兰靴子前部轻轻扬起尘土。我听到，在我离开的时候，两个白人之间爆发了争论，争论谁拿多少钱。而混血守卫站在他们旁边，一动不动地值勤。

36

谈论和平与一个人人共享的新大国。

这里是一个新建的混凝土码头，朵拉站在钢筋边缘。水面下，一只海豹滑过，掠起一股棕色的水流。一阵风吹来，一对渔船上的索具叮当作响。风吹散了她的头发。她不确定自己是否应该在这里，沿着废弃的新码头走这么远，离开阔的水域这么近。但如果没有人介意，她会在外面多待一会儿。她又往前走了一小段路，小心翼翼地绕过一个像彩虹一样五颜六色的油污水坑。

在港口的某个地方，码头墙的下一个拐角，她听到了像是歌唱的声音，歌声随风而来，随风而去。她敢说，这是一个男声，却甜美动听。她喜欢这个声音，一种令人愉悦的甜美回声，在身边和空中回荡。

她走近码头，聚精会神地听着，伸了伸懒腰，最终还是踩到了一个水坑，该死。由于没有注意脚下，她的连裤袜立刻湿透了，紧紧贴着左脚脚趾。她环顾四周，有一圈电缆，一堆链子，再往下，还有一个又矮又粗的棕色邮筒。真是奇怪。对来往的水手、南极旅行者、患相思病的出海渔民来说，这里想必是最后的告别地，最后一个沟渠，让他们留下一句告别的话。她单脚跳过水坑，靠在邮筒上，好让脚趾能够自由活动。

而且，邮筒位于道路的终点，她这样的猜测肯定是对的。"现在是时候说再见了。"她抓着棕色的上衣，正要把湿透的裤脚往下拉，突然看到身旁有一个小铸铁雕像。是一个纪念碑，面朝大海。邮筒和雕像，矮小笔直，都立在这片卵石与混凝土的支架上，看起来就像是孪生兄弟。相比之下，雕像更瘦小，这是一个矮小的男人，戴着一顶遮阳帽，肩上斜挎了一个巨大的子弹带，与体型完全不相称。

她弯腰去看牌匾。这绝对是一个纪念碑，纪念一个杳无音讯的人。她看到"爱尔兰在非洲"几个字。一股强风猛地撞了一下她的耳朵，又吹走了。

1871 年 7 月 15 日—1902 年 10 月 1 日
爱尔兰在非洲的常驻士兵。
在风暴角不幸失踪。
"如果你至死不渝，
我就赐予你生命的冠冕。"
致敬 2：10

朵拉把脚趾塞进鞋里，双腿分开站立，集中精力保持平衡。"爱尔兰在非洲！"甚至在这里，甚至在这里都能碰到其中的一个爱尔兰士兵！她颤抖着手伸进包里寻找铅笔。即使是在这里，也有一丝运气？这些叛军遍地皆是，这里也有，和在家里一样？她必须把这些细节写在什么地方，比如她的国家图书馆的临时卡上。爱尔兰士兵的生卒年份，恰恰处于世纪之交。她写字时，铅笔摇摇晃晃的。一个在非洲的爱尔兰士兵，看看他如何为多莉的故事添砖加瓦。一个在海上失踪的叛军士兵——是的，她可以在此基础上再接再厉。这不正好给了她一个点，一个她可以完善并继续推进多莉故事的点吗？她把包啪嗒一声扣上了。

这时，她看到了那个唱歌的人。一个弯曲的身影在港口晃动，他身着黄色雨衣，坐在一艘小汽艇里钓鱼。一条小得可笑的船，只有一个很小的舷外马达、一个钩子和一根绳子。

她走到码头边时，他正在收卷鱼线，将鱼钓起。一股深蓝色的海浪向他涌来。他看到了她，猛地挥手，就像他一整天都在等待她出现。

他喊道："正好四条鱼，够吃的了！四条上好的杖鱼。他们说今天这天气不适合捕鱼。"

他对生活如此怡然自得，待人如此热情，朵拉不禁也挥手致意，向他打招呼。

但风打在她的嘴唇上，让她说不出话来。钓鱼人弯腰去处理鱼线。她等了一会儿，按住飘扬的衣领，眯着眼睛看着低沉的太阳。接着，她转过身去，这才意识到自己的笑容还停留在脸上，这令她十分惊讶。自从噩梦般的复活节以来，近半年里，她第一次感到如此轻松，内心如此平静。她笑着转身，脚指头踩在一个水坑里，一个很深的水坑，又是泥又是油，她开怀大笑起来。

风把男人的歌声吹到她耳边，仿佛他就在耳旁呢喃。她想象他的嘴唇轻擦她的耳垂，呼吸拂过她的皮肤。

"这一切都结束了，就让它消逝吧。"

今天一定是个神奇、受上帝眷顾的日子。因为在那里，有个穿红衣服、中等身高的人向她挥手。和约瑟夫一样高，穿着一件和约瑟夫同款的 T 恤。朵拉倒吸了一口气，迅速否定了内心突然涌起的一线希望。那个身影正在挥手回应她的微笑，她认出了那只长长的手臂和手腕，是安西娅。一模一样的手臂。安西娅在挥手，微笑着回应。当然，安西娅说过，朵拉也记得，如果她能向《纳塔尔时报》证明这次旅行是合理的，她这周晚些时候就会坐飞机来一两天，看看事情进展如何。

安西娅模仿军官的扁平声调，说："夫人，你闯入安全区干什么？这个国家还是有禁区的。"朵拉感到安西娅双臂紧紧地抱着自己，或者说，不，可能是她自己先搂住安西娅的。这不重要，安西娅训斥她的时候，她笑得很开心。见到安西娅真是惊喜，可以告诉她刚才发生的事情。

"你知道我刚刚看到了什么吗？你完全猜不到，今天的事情太奇妙了！首先，我想我看到了曼德拉本人，他在镇上散步；然后，又发生一件不可思议的事，我看到了一个纪念碑，上面刻着'爱尔兰在非洲'，就在那里。走，就在不远处，我想带你去看看。这在某种程度上可以支持我们目前所有的工作。"

但安西娅拉着她往相反的方向走去。

"不，朵拉，不行，我是认真的，我们不能回到那里。我来的路上，看到港口入口处有红色警告标志，这里是特别安全区，在进行建筑工程，有的地方还未完工。看看这里多么空旷。谁知道整个码头稳不稳定？我们不能再往前走了，我们得回去。”

　　朵拉跟着安西娅，沿着混凝土码头，绕过一个棚子和一堆摆成金字塔形的水泥袋，穿过平整的泥地。她在包里翻找着。她在那张图书馆卡片上写下的那些细节在哪里？不出意外的话，可以给安西娅看看这个。但她找不到卡片，也找不到铅笔，难道她在向那个唱歌的人招手时弄丢了？她环顾四周，想最后瞥一眼大海，确信至少大海是真实的，但安西娅已经带她离开，水面已在视线之外。

　　朵拉反复对自己说：“这一切都结束了，就让它消逝吧。已经结束的事物，就让它沉没和消逝……”

　　安西娅说：“我去图书馆的阅览室找过你，但他们告诉我你午饭后没回来。然后，谁知道为什么呢？我来到这里走了一圈，他们说你在查阅港口记录。我想到多莉曾要去港口找约瑟夫，所以我就沿路走了过来。”

　　朵拉勉强露出微笑，说：“这是件好事，也许你解救了我，我可能差点就触犯法律了。”

　　他们面对面站在一块裸地中间，鞋下的泥块沙沙作响。在土块的裂缝之间，盐晶体冒着泡沫。傍晚的天空是如此晴朗，蓝色似乎凝结在空中。

　　朵拉心里很高兴，撇开安全区不谈，她很高兴能见到安西娅，见到她来这里，走多莉走过的道路。朵拉很高兴能告诉安西娅：“你知道，来这里很有帮助。我认为这次旅行很有收获。我的录音工作已经快结束了。”

　　她把手伸进还开着的包里，掏出录音机和磁带。包里的法式巧克力手指泡芙和思慕德深红色口红滚落在干燥的泥土上。

"给，你听听这个。有三盘已经录完，还有一盘磁带正在制作中，故事的结尾就要完成了，就要完成了。我想把结尾写在纸上，等你回家再看。"

安西娅在朵拉身旁蹲下，捡起从包里掉落的东西，泪水顺着她的脸颊流了下来，说："我却没有东西给你。自你离开后，我几乎没有写出任何东西。我的专题文章只有一个再粗略不过的草稿。我仍然叫它'自由的非凡遗产'。"非凡的遗产，变形的自由，她用手拍了拍布满灰尘的膝盖，腋下夹着录音机。"我们俩情况不同。在这里，我一直确信我会发现一些东西，一篇大新闻，试图弄清所有联系，抓住机遇。但我查得越深入，一切就越复杂，我写得也就越少。"

朵拉说："来到这里对我很有帮助，在这个故事开始的城市。我不知道怎么说，我觉得我正在寻找多莉的足迹，她的什么来着？魔力？"

两人站起来，挺直身子。朵拉的肩膀突然扭动，两人的脸迅速靠近，泪水涌上她的眼眶。

朵拉说："听着，作为回报，你可以为我做点什么，有一件事我希望你可以尽快去做。"

"随便什么事都行。"

"不，不是随便什么的事，安西娅。"朵拉亲热地拍着她的胳膊，把她拉到身边，近到能感到安西娅突然放松，又僵硬，"我年轻的朋友，你一直以来都很热切，不是随便什么事，而是一件很确定的事情。我想让你与某人建立一种非常重要的联系。你穿上那件红T恤，我要你去戒备森严的监狱见约瑟夫，告诉他我们正在做的事，让他从你这里听到，我们已经进行到哪一步了。"

"我吗？"

安西娅思绪纷飞。风停了，周围突然安静下来。朵拉眼中的泪水渐渐飘散在蓝色的空气中，像火花，又像破碎的玻璃。"愤怒且慌乱"，她的脑海回忆起一个个画面，"愤怒且慌乱"，她爱人破碎的身体、他完好无损的公文包、港口闪耀的灯光。她感到混乱、惊恐，又觉得兴趣强烈，各种情感涌上心头。她想到，他是克莱克顿炸弹手，又想到，他是朵拉的儿子。

"是的，我想让你去见他。"朵拉摇了摇安西娅的手臂，想把她的注意力拉回来，"毕竟，这篇专题报道一开始是你的主意，应该由你通知他我们进行到哪一步了。我希望是这样。我想，你们俩也许还能找到一些共同点，比如都很固执。归根结底，我想，可能因为你们俩都很固执，所以我很钦佩你们。"

37

多莉·迈肯的故事（4）

朵拉讲述，存入安西娅的电脑。

在纳塔尔港的码头上，我顺着一排排军舰向前走，小山姆斜靠在我的背上，我从来没有经历过这样的天气。空气湿漉漉的，像浸湿的法兰绒，热气腾腾，散发着旧盐和鱼的臭味。小山姆的汗水，再加上我自己的汗水，像红蚂蚁一样顺着我的背流下来。

在队伍的尽头，我看到了他。他的脸被烧伤了，在队伍里很突出。年轻的士兵都不敢靠他太近。他抽着烟，挂着拐杖，头顶上高高悬着一台起重机，正将即将耗尽的大炮悬吊至等待在那里的船只上。他的脸红红的、皱皱的，像葡萄干一样。

刚开始时，港口管理员当着我的面把门关上了。我只能一直敲啊敲，直到他走出来向我吼道："只有一种野蛮人比你们卡菲尔人更坏，那就是布尔人。"我将凯瑟琳护士的绿边绸伞给了他，他才给我指了指方向。"都柏林燧发枪队？他们剩下的士兵都在那边。"

我跟着他朝码头的茶室走去,恳求道:"如果你听到爱尔兰士兵回家的消息,请告诉我,我的主子,我的巴斯。周围有这么多军队和装备,还有手推车跑来跑去,我自己无法分辨。"

我也担心会引起士兵们探究的目光。

"好的,太太,也许吧。"脸红红的那个燧发枪士兵把凯瑟琳的玳瑁梳子举到灯光下查看。阳光透过窗户照了进来,他的脸颊,还有他被太阳晒得皱巴巴的眼皮闪着金光。"为了这个,我可以这么做。还有那把刷子。为了这两件东西,我可以把你的口信和你的包裹带回家。"

那把金棕色刷子和梳子,是凯瑟琳·戈特给我的最后的礼物。当时,她脸色苍白,像死人一样,靠在一辆牛车上。牛车把她送到医院的船上,然后送往开普敦。她的头骨似乎刺透了她纸一般薄的皮肤,骨骼就像我在红十字会的手术帐篷里通过X光片看到的一样。她把已经撕破的白色晚礼服和玳瑁套装放在我的怀里,呼吸中散发着胆汁的恶臭。

"多莉,拿着这些,我只剩下这些了。给你自己和你的宝宝买些有用的东西,肉和蛋等食物。还有,把我的日记本也拿去吧,保险起见,这样,我们有一天也许能再次联系上。"

她哭泣着叹息一声,亲吻我的脸颊,我的额头。她大颗的泪水滴在我的脸上,让我的皮肤有些发痒。

小山姆喜欢看阳光照着这把闪闪发亮的梳子,所以我一直保留着梳子和那把刷子,还有那条精美的裙子,直到现在,直到最后一刻,当我没有其他东西可以交换的时候。甚至连凯瑟琳在小山姆出生前专门从纳塔尔港订购的小床垫也留不住了,装着她照片的雕花框架也没了。里面放着凯瑟琳的照片,她身穿护士服，头戴白纱，是营地的校长拍摄的。我在一月份、三月份将这些东西进行了交换，换了美极浓缩鸡汤、本格尔氏食物、鸡蛋粉和痢疾流行时用以治疗的发苦的黄色草药。

除了那些送不出去只能自己留着的东西，我没有什么可以交易的了。我剩下三样东西：储物箱，这是凯瑟琳给我的第一份礼物；她存放在里面的日记本，是第二样东西；第三样东西是制作约瑟夫的魔力外套时保存下来的那块狮皮，现在已经因为抚摸得太频繁变得光秃滑溜。日复一日，日记本和狮皮在我手中越来越轻，似乎在消散，在抽离，努力回到它们的归属地。储物箱里还有一条毯子和我那条布尔人长裤，顶着它只觉得越来越重，沿着海岸线走了三天，我的头顶留下了许多海绵状的淤青。

"你会把消息和这个小包裹一起带到都柏林吗？"我说话时，试图读懂士兵的表情，"你会把它带到我跟你讲的那条街吗？你是来自爱尔兰吧？"

"当然了，夫人，这就好比你现在站在这里，你的儿子很英俊一样。我来自威克洛郡①，土生土长的爱尔兰人。"士兵拍了拍他的绿色绣花腰带，好像在炫耀自己圆鼓鼓的肚子。他指着停泊在旁边的加泰罗尼亚号运兵舰，"终于可以回家了。这条腿伤了，我几个月前就该退役。"

他虽然用腋杖支撑着，但没有指出哪条是坏腿。

"那么我必须再请求你办一件事，"我强迫自己的脑海里回响我爱人的歌声，好让我的请求显得温和一些，"请你写下

———————————
① 威克洛郡，爱尔兰岛东部海岸的一个郡。

这消息。"

他拄着拐杖，晃动着他的坏腿，好像在思考别的问题，说，"那我需要更多的报酬，多一点报酬才行。坐下来写作对我来说很困难。"

好像是为了表示抗议，小山姆叫嚷着醒了过来，用他神秘的蓝灰色眼睛盯着眼前的陌生人，阴郁又沮丧。

"我没有什么可以送人的了，除了一些不好看的东西。比如这个木箱，而这个日记本是你要带回去的包裹，不是给你的。"

"你有条漂亮的白裙子。"

"但这是我唯一的裙子。"

我往后退了一步，生怕他会碰这件茶歇裙，凯瑟琳是这么叫的。这条裙子曾经纯白如云，现在已大不如从前，变得肮脏了，可爱的绒毛已被拔去，用来做膏药袋、防蚊面罩和绷带。

"夫人，我为你写消息，还为你运送包裹，你得把白裙子给我。"

"那就不用送包裹了，我留着日记本，你只帮我带口信。我们现在就写吧。"

一对猴子在仓库屋顶向我们叽叽喳喳地叫着。

士兵说："想传达消息，代价是我口袋里的梳子和刷子，我的未婚妻会非常喜欢它们；要想写这封信，我必须得到你的礼服，这将是她的婚纱。"

他把自己的想法讲清楚后，拄着腋杖跳了一下，好像在踩高跷。他的膝盖撑在木杆上，因为疼痛，他惨叫起来。小山姆也因此突然爆发出悲痛欲绝的哭声，手指抓挠着我的胸口。

突然间我忍无可忍，想摆脱负担。这些重物和束缚，我都想摆脱。

"你可以得到这条裙子，我会把它给你！"我的叫喊盖过了小山姆的哭叫声，"它是你的了，我答应你，它是你的了。只要照我说的去写，把我说的话写下来。之后，我会走到那堵墙后面，换上一条皮裤。这裤子和我身上的上衣就是我仅剩的衣服了。你只需把信送到都柏林，还有这块狮皮。你同意把它们带到我说的那条街——下修道院街，我就把礼服给你，我们就两清了。"

我突然明白，这个日记本太沉重了，无法回到属于它的地方。但与木制储物箱不同，它之所以沉重，是因为承载了凯瑟琳长久的希望。已经太久，本子已经被刮损，留下了黑色的痕迹。她在离开前给我大声朗读过日记。字里行间，太过憧憬，我内心甚至都隐隐作痛，倍感压力。在她久病后，我担心这些文字会在夜间出动，伤害到她。

如果真是这样，她就不会把注意力放在我的信上，而我最想要的正是她读我的信。

这封信把最后的一点魔力传递给了它最初要保护的那个人。给那个一头红发、眼神漫不经心的男人。这张皮在发挥它的特殊魔力，虽然我从来没有想过要寄出去。

士兵伸出手对我说："成交。"

我没有握住他的手，而是从日记本背面撕下两张纸，将一张纸折成一条船，给了小山姆，说："去那些水坑里玩，不要把自己弄湿了。"然后把第二张纸铺在储物箱上面，把箱子举到肘部，这样士兵就可以不用弯腰，只用倚着拐杖写了。他从身边的帆布袋里拿出钢笔和墨水。

我口述道："亲爱的凯瑟琳护士……"我站在那里，穿着白色连衣裙——即将脱下的爱尔兰准新娘的白色连衣裙，裙摆在湿热的空气中软绵绵地耷拉着。我的目光越过格格作响的起重机引擎和悬在空中的箱子，越过船只的缆绳和绿色的海岬，向远处薄纱般朦胧的海洋一瞥，有生以来第二次，我觉得我的心脏肋骨裂开了，像被拔掉的树根一样尖叫着。我右手握着狮皮，它摸起来又脏又破。我一直留着它，它既是我最后的武器，也是一种解药；既是我尾巴上的刺，也是拔出肉中刺的钳子。这块狮皮，我攥得很紧，我想它可能会碎成两半，碎片随风飘走。

封闭魔力，送它回家。

亲爱的凯瑟琳护士，我的朋友，当你收到这封信的时候，你就会知道，我不会像你曾经希望的那样在爱尔兰与你会合了。我从一位同事的信中听说你正恢复健康。我为你感到高兴。你一直是我忠实慷慨的朋友。在收到那封信后，我和小山姆一起离开了营地。也许因为我们遭受过苦难，我们的心会更坚定，这片土地会更繁荣？但我们又能去哪里呢？

我现在非常渴望。为我和孩子在这个世界上找到一个容身之处，这种渴望已到极点。我想我们可以回到多恩科普农场，因为那是在我熟悉的地方。就像我们在营地那样，我们可以在一个不引人注意的角落里为自己种上一块地，勉强度日。谁知道呢，那块土地需要打理。许多布尔人的农场现在都荒废了。尽管英国人说，我们非洲人被释放后，必须回到以前的主人家，但我不能确定贝斯特一家会何时回来。我需要的是独处。这与你的计划相去不远。你幻想的是我们一起住在一个小房子里，带着治愈的心和对孩子的爱，过简单的生活，这也是我如今的期望。最重要的是，我希望这份爱能填补我生命中的空白。所以我以友谊的名义，写信请求你，为我做最后一件事。

有一块狮皮与这封信叠在一起。我曾经为他缝制了一件特殊外套，这是其中的边角料。我多次向你提过他。但我发现我不能再拿着这块皮了，甚至摸一摸它都会让我心痛不已。我提过的那个他曾说，我们两人之间，他和我之间，不可能有诀别。这一承诺早成谎言。我的梦想被他踩在脚下。我相信，这件皮外套只有用爱缝制，才能拥有忠诚和巧妙的魔力。否则，缝纫过程中的力量会令人窒息。这件衣服不仅能灼伤皮肤，还能灼伤肉体和里面的心脏。

所以，看在我们俩友谊的分上，我请求你把这块狮皮送给它应该属于的人。必须将它归还。约瑟夫·麦肯总有一天会回到爱尔兰的家。你如果听说他回来了，就把这条狮皮寄给他，让他知道我们的爱是有结果的。

多莉·迈肯

"麦肯？爱尔兰人的名字麦肯？"士兵一边写着这个名字，一边戏谑地朝我皱起鼻子。

然后他从我手中接过那块狮皮，轻轻地用手尖抓着，仿佛会感染或灼伤他，并把狮皮和那封信放在一个红色的罐子里。罐面贴了一个金圆章，还有一个标签"女王的新年巧克力"。

士兵的眼神和温柔的触摸让我额头冒汗，于是我喊来了小山姆。小山姆急匆匆地冲了过来，小脑袋使劲地撞我的大腿。我说："没错，迈肯，有两个字母 K 的那个。世界上很多事情就是极不相配的。我现在就去把裙子脱给你。"

小山姆跑在我前面，大叫着："一个男人，我妈妈是个男人！"我们很快就离开了码头。那位士兵一直盯着我的背影，似是要盯出一个洞，储物箱又高高地骑在我头上。

但那天我们没有走远。我感到十分疲惫，负担沉重，街道拥挤，又宽又长。在那个傍晚，我感觉放弃了魔力，就仿佛交出了我最后一口气，交出了我想要的一切，我的希望以及我的遗憾。我知道，此后我将变得和以前不一样。变得更温和、隐忍、不信任他人，却像皮革一样可以被很好地治愈，经过阳光烘烤，变得更加坚韧。

晚上，我背靠石墙，和小山姆在哈维·格林埃克斯杂货店旁的人行道上睡觉——这不是我们第一次，也不是最后一次露天过夜。有一次，一群喝醉酒的狂欢者吵醒了我们。他们齐声高唱《我们是快乐的好伙伴》，边唱边互相拥抱，还在杂货店门前挂了一条横幅，上面散发着新油漆和床单清新的气味。到了第二天早上，我就可以看清横幅上的字了。我从硬邦邦的"床"上抬起头来，看到人们举着旗帜高喊英国胜利，街道上到处都是飘扬的彩旗。

露水还湿漉漉地沾在小山姆的毯子上，在他父亲的帽子上留下深色的印迹。我向火车站走去，在那里，火车巨大的镀锌铁皮车顶上撤退的军队嘈杂不堪。然而，我们的目的地和他们的目的地相反，我们要去往北部，去山区。自从两年多前到达营地后，这是我第一次坐火车旅行。

为了换取一张票，我将凯瑟琳护士的日记本给了服务台的白人男子，说："这本子纸质好还结实，后半部分还是空白的。我要回我的主人那里去，但没有车费。"我没敢看他的眼睛。

他的拇指划过纸张，好奇地打量着我，好像生平第一次见到一个女流浪汉或小偷。

"以前的战争办事处，现在是和平办事处，正在寻找因战争分散的家庭和士兵，还有在战争中失踪的非战斗人员。战争期间的文件对他们的工作有帮助。"

就这样，我听见，和平终于真的到来了，他们称之为黄金、谷物和葡萄的友好时期。仿佛这些东西不需要人们挥洒汗水就可以从土地里生长出来。但这并不是因为和平，而是因为我摆脱了过去生活的皮囊，摆脱了附着在我过去爱情上的所有碎片，包括凯瑟琳护士的日记，摆脱了过去的大部分束缚。我走下站台，向棕色的三等车厢走去，感到愈发轻松和自由。我从靴子里掏出一块石头，看起来像魔鬼之刺，我扔掉了它，开始轻声吟唱：

美丽的女王
经历折磨，变得黑暗，
她要拿回她的一切，
挑起了战乱。

她以决心为名义，发动了入侵，
最后敲碎了所有的心，无论是
黑人的心，

黑人女仆的心。

这时，在我身边蹒跚学步的小山姆突然眼睛一亮，又像是感到疑惑。我有些纳闷，不知小山姆是否会想起很久以前的那首歌，在他出生之前就听到过的那首，尽管他可能听不懂。诅咒的圣歌与我子宫里的鲜血交织在一起。

他棕色的脸上，那双浅色眼睛，目光专注，炯炯有神，看向我的眼睛。

我把他抱在怀里，我们坐在三等舱，就在车头后面。这时，火车鸣笛了，一团蒸汽和黑烟向我们而来。小山姆开始咳嗽，大声哭起来。

"该走了，小山姆。"我被烟熏得几乎睁不开眼，跌跌撞撞地站起身来，"来，我再给你唱一首儿歌，一首更轻快的歌。先唱首关于狮子的，再唱首关于天堂和星星的。"

我在车厢里绕来绕去，试图平衡头上的箱子和腰间的孩子，以免撞到挤在车厢里的乘客，但小山姆"呐呐呐"地不停叫喊。

"安静，小山姆，安静点，很快就好了。明天，所有的一切都将过去。安静，安静。"

我转过身去，走到一个女人旁边，她赤裸的手臂因越来越热而冒汗，变得光滑。我在小山姆耳边低语，突然确信他会明白我的意思。我咯咯地笑着，一遍又一遍地低声对他说："明天，所有的一切都将过去。已经结束的就让它枯萎，让它逝去吧。"

38

约瑟夫的想法

这就是我妈妈的白人朋友，她留着一头麦当娜式的金色鬈发，但头发并不好看，荧光灯下的脸像胆汁一样黄。虽然穿着时髦，但并没有为她增添几分姿色。她像是正去往某地，但感觉极度厌烦。要么病恹恹的，要么就是害怕得要死。

她到底想证明什么呢？在最高安全级别的探视室里，没有窗户，烟雾缭绕，警卫不断，她却精心打扮，还不时透过起雾的玻璃偷偷看我。之所以发现她的行为，是因为我的目光稳如磐石，明察秋毫，不错过任何细微动作。她又看我了，目光掠过我的囚服，上下打量。向上打量我的胡茬，它们在下午 2 点时还不算邋遢；向下看我交叠在桌子上的双手。她在看我的手，细看了一圈，却没有显得很刻意。难道上面有看不见的血渍吗？还有那些手指，像扳机一样的手指，设置红色定时引信的那根手指。手指指甲已经血肉模糊。"读者们，他把自己的指甲咬得都露出肉来了。"

但我需要如此吗？出于好奇心而进行的一次审讯，我不喜欢也不需要。仿佛一次礼貌的会面就能拉近我们的距离似的。

我们需要的是无尽的谩骂，彼此吐口水。也无需对回忆表示感谢，事情发生了，无法抹灭，一些人的生活确实被颠覆了。但妈妈说，乔，要有大局观。妈妈在离开前最后一次见我时说："儿子，我试图挖掘更宏大的故事，延伸我们的家族历史。"她身着一件新的绿色旅行外套，很适合她。她说，乔，图景在扩大，定会让你大吃一惊。就当是我们家族故事的生命之吻吧。它使我们超越自我，但也使我们更像自己。超越到哪里？延伸到什么地步？我欲言又止。高谈阔论却毫无进展，令我痛苦万分。延伸？该死。我一向专注于自己的内心，另一个故事与我何干？我们一直都在斗争。记者小姐，我告诉你，我会亲口告诉你，我离开这里后，会继续战斗。直到这个巴比伦陷落，直到没有人再因黑人的身份而辱骂或殴打他们。和解，不过是礼貌用语，表明一无所获。

其实，那件新外套看起来略显宽大，在妈妈身上显得死气沉沉。我希望能以某种方式帮助她，比如买一些配件，再买一件大衣和手提包，就像她说的记者小姐送给她的那个该死的挎包。我送给她礼物和巧克力时，妈妈总是笑得很灿烂。以前我也送过她礼物和巧克力。作为一个有一半爱尔兰血统的黑人，离开这里有一个好处，那就是宠爱妈妈，并且继续抵抗。继续抵抗，宠爱妈妈。或许我还能有幸找到一位伴侣，那将是最好或是第二大好事。

那位白人记者很快又目不转睛地看着我。于是，我缓缓摊开双手。"女士，我妈上次来的时候，在她去度假前提过，说你交了新的男朋友。"在悄悄透露这个消息前，妈妈迅速左顾右盼，她并不介意流言蜚语，却知道人们会议论些什么。她低

声地说，这个新男友，实际上是一个黑皮肤的印度人。"不过
这也是一件好事，能让她放松点。你还知道什么？我觉得她值
得。"什么，妈妈，再次成长和壮大了？黑人情人变得开放包
容了？这是对她动人的同情心的丰厚回报吗？

"乔，别紧张，"妈妈如往常那样，轻轻地拍了拍我靠在
玻璃上的手，"我想说的是，她挺好的，让她做她自己的事。
如果她得到眷顾，我也不会介意。"

但是，我回头一看，糟透了。

我就此有些话想说：

"妈妈，无论我看向哪里，都能看到她的肤色。我也看到
我们自己的肤色，随处可见。我不能假装看不见。无论政客们
在谈论什么，我们的肤色仍然是个问题。"

然后我停了下来，这是妈妈最后一次来访，所以她希望这
次会面是特别且温馨的。我并没有说出心中的想法，和白人在
一起，身边围绕着白人，仍然让我沮丧不已。一想到在我周围
的那些半白皮肤，我就很沮丧。就像如今，面对着这个白皮肤
女人的眼睛，即使它们在移动，也很冷漠，显得茫然、空洞，
同时却充满惊讶。那双盯着我的眼睛仿佛在问："那是什么？"
不，与我无关。刚才她抬头时，我在想，眼睛是那样蓝，如婴
儿般的眼睛，像那个大声嚷叫的人。"嘿，小子，你的教官是
谁？说名字！你聋了吗？你的上级是谁？是谁下令的？"我的
头被踢到了一边，撞在床上，撞在门框上，但我的嘴一直紧闭
着。我的脑袋撞到墙上，但我仍然闭口不言。

与我无关。

妈妈又拍了拍玻璃，说："我的意思是，发生了那件事之

后，她很孤独。我现在明白了，她不是一个坏人，所以她有了新的男朋友。听着，乔，你是个好孩子，就当是为了我吧。尽快同意见她，好让她得到探视权。她现在和我们有所牵连，我们别无他法，她在为你的案子忙活。为了我，孩子。这个故事意味着一个新的起点，意味着揭开我们本可以拥有的记忆。"

我想问，谁的起点？可以问正端坐在那里的她吗？谁有了新的起点，谁在重新开始？你穿着不合时宜的衣服，一直在试图说服我妈妈。你牙关紧咬，精神紧张，手里紧握着那本合上的笔记本，你想说些什么？你是如此迫不及待地希望被接受。那件夹克的衣襟松垮地垂下来，平平地覆在你的胸部。显然，你的胸部肯定很小。提醒你一下，对我来说，任何胸部都可以，乞丐可不会挑肥拣瘦。我有多久没抱过女人了？一定是一年或好几个月了。那是一年多前，复活节前十天，住在离妈妈家三条街的斯尼曼路的林迪，她睁大眼睛安静地看着我，然后把我的手拉到她的胸部。在伊克索普的那晚，酒吧后面的那个无名女人则不作数。我已经很久没有摸过乳房了。想象一下抚摸的感觉。想象一下，如果警卫不在，如果安全玻璃下面有一个空间，可供牵手。

这纯属胡说八道，谁能受得了？犹如某种疯狂的电视节目。平行世界里的炸弹客与受害者 —— 可以说是半个受害者，和混血的恐怖分子眉目传情，暗送秋波。可谁先行动？你以为是你的手指引爆了地雷？在平行世界里，如果我能用我的深色血肉偿还，我会弯曲我的手臂，穿过玻璃隔板，哪怕玻璃将手割破。我的手会抚摸你的心脏，抚摸你的乳房，抚摸着你活生生的血肉。

疯狂地胡说八道，但不及我们试图交谈，挣扎着找话说那样疯狂。何种话语可以打破这种沉默？"妈妈""好的"，还是中性词语"巧克力"？抑或是"朋友"？我们从哪里开始说起呢？我做了什么？我无意造成他的死亡，确切地说，是你死去的男友，前男友。如果他跑去路边的集市给你或自己的妈妈买巧克力，如果他停下来给那个乞丐一些零钱，那他就不会……但说这些话过于疯狂了。如果是在今天，也许我不会放置炸弹。也许我会做一些不同的事情，因为我已知道我的行为所造成的痛苦……一切都太疯狂了。由于我们身后的那些东西，谈话比触摸更疯狂。谈话和故事会延伸至何处？

我无法想象。

你看，妈妈的朋友，事情是这样的。如果我想从这里出去，或许正如你计划的那样，我要成为一个全新的人，一个连我自己都不认识的反叛者；或许需要一次全员大赦，基于谨慎交换的大赦，其他所有政治犯也能获得释放，包括顽固派和疯子，以一换一……用随便哪个愚蠢的白人疯子换我；或许我是一个纯正的爱尔兰人，像曾外祖父一样的曾孙。说到这里我就想笑。或许就像你听到的传言那样，我们都能像曼德拉一样自由行走。虽然你不会问，我们都没有资格问，但如果你问我的意见，我觉得最后一种情况更有可能。传言往往暗含事实。囚犯们窃窃私语，说狱卒们变得友好了。许多监狱的大门已经打开，许多老兵已经安坐在家中的扶手椅上。如果你问我，我会说我在这里暂时安全，我的组织会要求我回去。克莱克顿炸弹客获释，象征着改变未来。监狱大门在我面前大开，在耀眼的蓝天下，周围尘土飞扬的草原闪耀着黄色的光芒，我离开了这里，布尔人狱卒的祝福如雨点般落在我头上。你看，我们和布尔人还有成堆的事情要做。他们有多年的解释尚未完成，他们还要花上数小时去计算自己粉碎了多少东西。这是我亲口说的，事实比任何故事都离奇。再离奇的故事也会变成现实。

安西娅的想法

我有多久没再想象过近距离看他会是什么样子了？如今，我就在这里，离他如此之近。如果没有玻璃隔板，几乎近得可以伸手触摸他。玻璃有点变形，所以当我转移视线时，他的头仿佛与身体分离，飘浮在空中。他的目光穿透了香烟的阴霾，尖锐地凝视着我。我想不出更好的词语来形容，只能说这是一双性感的眼睛，几近情迷意乱，一点也不冰冷。他的肩膀很窄，脖子上沁着汗珠，不像是一个士兵。我从法庭的旁听席向下看时，正好看到了他脖子上的汗水。

令我惊讶的是，我竟然没有颤抖。

他颤抖过吗，哪怕只有一次？在他走出超市的路上，一个幽灵突然从他的坟墓上滑过。他边吃面包边喝果汁，忽然颤抖了一下，几乎就要哽住了，随后重重地咳了一声，而那个炸弹仍静静地躺在运动包里。

寒意突然袭来，我却没有颤抖，也不想颤抖，我要稳住自己，不让自己挪开视线。

他那有光泽的宽鼻子和波浪形的发际线，与朵拉一模一样。真有趣，我喜欢这样，感觉更亲近了。有其母必有其子。

否则我也不会多看他一眼。

如果我在工作的食堂看到他，我不敢冒险与他对视。如果我对他微笑，却没有得到任何回应，我会觉得自己像个傻瓜，为当初的尝试感到内疚。即使这一切没有发生过，那些传统也会将我们分开，分成女人和男人，白人女人和黑人男人。虽然透过亚瑟的脸庞，通过他的爱抚和手势，我渐渐读懂了深色皮肤上的线条与运动，但我也不会多看约瑟夫一眼。

我面对着他紧迫的凝视和充满偏见的脸庞。他就坐在那里，如此之近，却又如此封闭抗拒。他一定觉得我是个讨厌的人。他会这样想吗，还是什么都没想？他在想我这个多管闲事、拿着笔记本的记者，还是什么都没想？想不出还有什么比这更糟糕了。

"人们说我铁石心肠，但事实并非如此，"约瑟夫·迈肯说，"我几乎要笑出声了，这感觉太糟糕了。"

我努力去读懂黑人的话语并理解他们的感觉。在亚瑟耳朵后面嗅了嗅，只闻到了肥皂味。肥皂和皮肤的味道混在一起，有点蜡的味道。约瑟夫左耳下的脉搏正在跳动，我在这个角度看得一清二楚。心想，触碰那个地方，我的手指就能感觉到他血液的流动。

我的心开始痛了，我的心在滴血。

如果我们试着交谈，不再恶语相向，怒目而视，事情会怎样呢？如果我说，抱歉，我不该把这个笔记本带在身上。这样是不是会好一些？或者我是不是也可以说，最近我什么都没写？我最近确实什么也没写。自从朵拉带着磁带离开后，我就没有真正记下任何东西。

　　如果我说，你妈妈让我告诉你，她已经基本上了解了家族整个故事，他又会做何反应呢？采访结束后，我会回家，坐下来听她给我的东西，然后把故事写下来。添加什么内容将取决于我自己 ——我能添加什么内容呢？之后写到今天的采访，我又会说什么呢？

　　作为一个因破坏而臭名昭著的人，约瑟夫·迈肯没有人们想象的那么魁梧奇伟。

　　我们的心在痛，我们心在滴血。

　　还没有描述携带炸弹的约瑟夫·迈肯 ——看着他，人们能想象到，他当时步伐有点错乱，坚定但还是跌跌撞撞地走到那条购物街。那天天气炎热，我看到他满头大汗，穿过航空公司的办公楼。我看到他一边肩膀耸起，不紧不慢地绕过一排塑料购物车。在超市的入口处有一个慈善箱，上面画着一个拿着卡尺的蓝眼睛女孩，然后我什么也看不到了，只剩一个白色空间……我现在说的一切都与那时无关。

　　邓肯，一个名字。

　　他皮肤下的脉动。

　　我散乱的记录落在了这张白纸上。

　　我还能补充什么呢？该我说了吗？

　　你吃得饱吗？你做什么来打发时间呢？你妈妈说，你要准备预科考试。或者，你会盯着墙看？你会挖鼻孔？你会思索你的梦想？为什么你梦中的人物都把脸转过去了呢？ ——我是这样想象的 ——只能看见他们光秃秃的后脑勺。你宽大的鼻子油脂分泌过多，能看到突出的白色粉刺。

　　想我未想过的事情。黑头在黑色皮肤上会是什么样。白色。

慢慢地，我们发掘了不同的自我。

此前我从未想过，你是如何放置炸弹的，你一定感到肚子里翻江倒海。我从未想过，撕开汉堡包装，里面是一个吃了一半的面包。我还能说什么呢？

我发现了，生活本来就是相互交织，纠缠不清的。你妈妈不是也会这样说吗？

我可以说什么呢？

你是怎么保守这个秘密的呢？

他们的对话

"你是怎么保守这个秘密的呢？"

"我将一切都考虑了进去。"

"你妈妈还在度假。"

"我知道。我收到一张明信片，她很好。"

"我上周在那里看到她了，她也说她很好。"

"她没显示出来，但她应该挺开心。是时候让她享受自己的时光了。"

"所以她说，她这周会去海滩，她说这是她人生中第一次去旅游。"

"你给我妈妈找了些事情来充实她的时间，这很好。必须这么说，这是件好事，所以谢谢你。这转移了她在我身上的注意力。"

"对她来说，家族的故事是鲜活的。"

"也许吧，她有时确实会这么说，但我并不这样想。我仍在反抗，他们的压迫仍在继续，只是更加隐晦和扭曲。"

"你还是这么想，对吗？"

"对，我是这个反抗体系中最后一个战俘，你是这个意思吗？我必须闭上我的嘴？我想说的是，我在任何地方都会这样说，让自由的斗争一次次爆发吧。"

"他们当时在英布战争期间也是这么说的，模式都固定好了。"

"事实就是这样。痛苦而真实。你可以感到痛苦，你完全有权利。你完全有权利恨我。我憎恨国家所做的一切。人们仍然会被毒害和枪杀，顽固派和警察沆瀣一气，烧杀抢掠，当局却视而不见。为了结束这一切，我仍会斗争。"

"用鲜血去终结？"

"你愿意这样想就这样想吧。覆水难收，我们无力改变过去。有些事注定会发生在我们身上，我也努力让它发生。听说你正在编造我在想什么，简直可笑，大可不必。这虽减轻了我肩上的责任，但我血液里的反抗精神仍和前人一样。我对死去的人感到非常抱歉，我应该为此负责。但现在听你说完，我忽然想到，我成长为这样是有原因的。反抗是我的生命，我的血液，你刚才提到什么词来着，固定模式？对，我与所有热爱自由的人都分享这一点。也许在某种程度上，英布战争促使我成为一个有着明确目标的混血自由战士。"

"时光流逝，人们也在改变。争论层出不穷，新的状况也亟待解决……"

"人们在改变，是的，这确实会发生。终有一天，这个充满种族仇恨的王国会分崩离析，新自由的光芒会像长矛一样破甲而出，就像火焰中的占卜棒，穿过耀眼的蓝色天空。我们将建立一个全新的纪元，推动和平。但反抗，无论是在过去和现在，都不会终结。"

"所以你的意思是……"

"你没有记任何东西吗？"

"没有，我在认真听。"

"是的，你在听。妈妈说，你很善于倾听。有趣的是，我从未想过妈妈会选择你做朋友。白人，而且和我一样年轻。"

"有时，世界会颠覆，也很残酷，我肯定她对你说过，你很'顽固'。"

"还有'革命'，毕竟我是一个革命者。你不仅让我妈相信了你的计划，还颠覆了她的世界。"

"如果你坚持这么说的话，我也不否认。你是恐怖分子，也是革命者 —— 我想笑又笑不出来。"

"你想笑？"

"我从未想过，我从未想过我会在这里，和你谈话……"

"所以奇怪的事情总会发生。你想听听其他事情吗？我一直没有说出来，但现在也许是时候了。你可以把它写下来，作为你书里的一个故事。你一定会不敢相信。"

"我在听。"

"你把它写下来，然后告诉我妈妈。在此之前，我还不能告诉她。"

"我在记。"

"我躲在雷地史密斯的安全屋里时，发生了一件事。我被捕之前，一直想把它忘掉，但我做不到。在雷地史密斯的那个安全屋里，还有一位正在休息的战友，他的脑子不太好使。多年来他一直在北方作战，老是梦见魔鬼。有一天，一个女人来卖活鸡。她患有白内障，眼睛几近半瞎，但她像是看到了我们，后来她与我们的联系人搭上线了。她告诉那个联系人，她是伊津扬加人。"

"伊津扬加人？"

"是的。她说有药要卖给我们，治疗恐惧的药，治疗疯狂的药，任何我们想要的药她都有。仿佛她能与我们感同身受，她不请自来地回来看望我们。一定要写上'不请自来'。她拿出了一个伊诺斯水果盐瓶子，瓶里的药是灰色的粉末，价格并不便宜。我和那位战友各吃了一勺。我感觉没什么变化，但那位战友说他感觉好多了，第二天早上他就消失了。后来再也没有得到他的消息，就好似他和他梦中的魔鬼一起消散在空气中了。后来，大约是在警察找到我的前一天，听说我们有一位战友破解了这个秘密。该地区的伊津扬加人挖开了战争坟墓。就像你知道的那样，雷地史密斯有很多英布战争的坟墓。他们试图找到代表力量的骨头，也就是死亡士兵的下颌骨和手臂的骨头，无论是哪一方的士兵。他们把骨头碾碎成粉末，然后将其混进药里，服下去能够使我们的战友变得强壮。你不打算把这些记下来吗？"

"我不知道从哪开始记起。"

"他们把旧骨头压碎，制成药，使我们精神振奋，你可以从这里开始记。听到这个后，我从安全屋里跑了出来，差点被自己的口水呛到。那是在他们抓住我的前一个晚上。太阳落山后我开始游荡，根本不在乎谁会看到我。我走到一个小山上，好像有什么指引着我找到了一片公共墓地。从翻开的红土就知道这是什么地方。白色的石头和十字架，一块未被覆盖的白骨在落日余晖中闪闪发光。格瓦里灌木，像是地下喷射出来的一股活力，在尸横遍野的地方拔地而起。而在半明半暗的天色中，那块骨头显得十分惨白。我好像被吸引住了，一动不动地站在那里，也不下山，直到月亮出来，我也没有停止思考。谁知道当时有没有特务看到我？"

"我怎么能写这个呢？"

"我尝了那些骨头，下意识的。"

"我忍不住去想，那可能是……"

"那可能是任何人，但这没影响。第二天早上，我就被带走了。"

"如果你现在被赦免，被释放了呢？"

"这不是我说了算。"

"这就像是魔术。故事活了起来，你能明白我的意思吗？骨头通过你活着……"

"我明白你的意思。我说过你一定不敢相信。"

"你呢？"

"我在燃烧。你明白吗？它在我的血液中燃烧。"

39

安西娅和亚瑟坐在他家客厅的丝绒长沙发上，喝着甘蔗酒和可乐，两人十指紧握，时不时亲吻对方。他们在等待朵拉和柏妮丝的到来，可能还有格蒂。亚瑟的母亲正在做印度炒饭，不让他俩进入厨房。空气中弥漫着调味鸡肉的香气。

"谁都可以来，只要是麦肯故事的主角。"开派对是亚瑟的主意。昨天午饭时，他到安西娅的办公桌前打电话，"我们必须为我们现在取得的成就干杯，为你屏幕上那些成功的片段干杯。"

柏妮丝在电话里说："那我们带酒来，甚至带瓶爱尔兰威士忌和一些点心，比如当季的百果馅饼，朵拉最喜欢的玛丽饼干，还有一大盒巧克力椰子夹心饼干。为什么不办一个大型派对呢？"

亚瑟先举杯致意，他贴着安西娅的嘴唇低声说："为你是个快乐的好伙伴干杯。"

她没有回应，停顿了一下，心事重重，然后举起酒杯，但没有喝。这个聚会意味着她第一次被邀请到亚瑟的家，他们一家人住的地方。在门口，他的母亲微笑着迎接她，但眼神中满是忧虑和警惕。令人意想不到的是，在她身后的走廊里，立着一棵超大的圣诞树，树上闪烁着金色和深红色的灯光。

越过亚瑟的肩膀，安西娅盯着对面的展示柜，问："所以你说那不是神龛？"

"不是，我女朋友的文化意识可真强，不是的。那是我妈妈的装饰品收藏，不要让她听到你说什么神龛。多年来她一直在收集那些铜盘和香座之类的东西。圣物和其他东西挤在一起，不应该让你感到困惑。这个家已经信奉基督教一个多世纪了，早在你们的战争开始。"

"基督教？"

"在抵达这些美丽的绿色海岸时，我们就被迫成了基督徒。我的安西娅，这可能意味着，如果我们俩想结婚的话，不会有什么障碍，至少在宗教方面肯定没有。"

"你是说结婚？现在说这个太早了。"

"我突然就想到了结婚。或许你还没有注意到，我非常喜欢你，真的。"

"但愿我可以为你坚持下去，直到结婚。"

"既然如此，为什么不在派对上宣布呢？现在正是时候。想想朵拉会多么开心。"

"但千万不要忘了她是今天派对的焦点。也许我们也可以另选时间？我……我还要一点时间。"

她突然坐了起来，转过身去，尽管她的身体紧紧地贴着亚瑟的身体，但泪水哽住了她的喉咙。是的，她哄着自己，想想那个名字，让它来吧，谈婚论嫁把它引了出来。想想吧，"邓肯"。当然了，邓肯，他不是这个派对的客人。时间流逝得如此之快，关于他的记忆已经逐渐灰暗。自从亚瑟——他喜欢

交谈、接触，但不知何故，她总是后知后觉，不知何故，相比
接受沉默寡言、喜欢独处的邓肯，她更容易接受自己对沉默或
独处——她的那些空白页——的需求。邓肯会说："我的女朋
友，这么忧郁啊？记住，我才是这里最内向的人。"这样想并
非不忠。那个必然缺席的朋友，如果他在这里，在这个很快就
谈笑风生、灯光闪耀的房间里，他会想办法提前离开，一言不
发地溜走，在门口无声地挥手告别。

她吞咽着泪水，喉咙疼痛。邓肯，总是沉默寡言，总是
不在场。正因为他的缺席，她今天才在这里，她现在的生活才
如此不同。正如她之前研究的那些诗人所言：愤怒让我们最
终超越冲突和失败，进入了更强大、更甜蜜的世界。也许就是
这样，就是这样的结果。在愤怒之外，是的，一个更强大的
世界……

亚瑟把装着她笔记本的袋子推到她的沙发边上，但她没有
去找纸巾，而是在噼啪作响的塑料袋里摸出了一封信。那是朵
拉在开普敦假期的最后一天寄来的，今天早上送到了公寓。国
家图书馆抬头的信纸，折成四等份，翻开一看是手写的文字，
密密麻麻地写了两页半。

"我应该在她来之前看一看这封信。这里面有一些为我的
笔记本，我的剪贴簿做的东西，是她自己做的。她说这话时一
点没有奉承的意思。为了填满那些空白页，她写道：'安西娅，
我们所做的一切使我们脱离了自己，回归了自我。'"

"你可以大声读出来，让我不再想着未来诱人的婚姻。但
请你就坐在这儿，让我抱着你。"

安西娅把信纸摊开，放在膝盖上，读到："1903 年 12 月。

亲爱的多莉。"她愣住了，嘴角微微上扬，眼睛顺着纸页往下
看，翻到下一页，又瞥了一眼第三页。她坐了回去，把脸埋在
报纸里，宽慰、震惊和希望，各种情感突然涌来。她的喉咙仍
然紧绷，于是咳了一声，想将泪水咳出来，然后笑了起来。

　　她说："朵拉做到了！这根本不是剪贴簿，这是多莉故事
的结尾。她说，我们所做的一切最终会让我们回归自我。她不
知怎么就完成了结局，就像她说的那样，她把松散的线缝合起
来了。她做到了。"

40

爱尔兰来信

朵拉构思并转记到安西娅的笔记本上。

都柏林

1903 年 12 月

亲爱的多莉：

　　我极不愿意揭开你的旧伤疤，但这段时间我实在是忧心忡忡，不得不恳求你。我相信，你的愤怒仍然是合理的，但我真的希望，即使你如此愤怒，也能倾听这种痛苦。亲爱的多莉，请你向这位可敬的士兵，我们共同的朋友伸出援手。他现在已经病入膏肓了。

　　我清楚地记得，命运多么残酷地袭击你，一个又一个导弹无情地投向你的胸膛。但我也记得，每一次，你都会拼命止住流血的伤口，百折不挠。我们都知道奉献意味着什么，它又会带来怎样的痛苦，我们也知道一颗宽容之心是多么重要。更重要的是，让一个国家重拾自豪。明白这些之后，我希望你能同意我的这一请求。

亲爱的多莉，自我们分别后，我总是回想起那段时光，我们早上在营地喝咖啡，谈论爱尔兰发生的事情，想象小山姆会是未来的肖恩。请记住这一点，尽快回应这个请求。我们这边目前的情况悲哀得难以言说。在这里，我们前景暗淡，民族事业遭到抛弃，一个新家庭只能听天由命。即使在我写这封信的时候，我们的同胞也在遭受精神的折磨和沉沦。

你一定记得，一年多以前，你通过凯尔特人协会给你以前的情人寄了一件信物。你在信上说，这个宝贵的物品理应属于他，你不能再为他做保管人了，你不能再保留它。现在，我们发现，他也不能。

他亲自签收了信物。碰巧的是，在士兵送来信物后，不到四天，他就无视英国管辖权回家了（士兵在黑暗之中把信物扔下就走了，不敢在爱国者跟前露面）。那次拜访之后，约瑟夫·麦肯再次销声匿迹，直到大约十个月后，他的新婚妻子给我们协会写信，说她遇到了很大的麻烦。

她告诉我们，约瑟夫最近似乎失去了理智，每晚都会梦游，像着了魔一样喃喃自语，不停地拨弄自己的衣服。即使是光天化日之下，或在公共场所，他也曾几次试图脱光衣服，还一天洗好几次澡，或至少将手、脚和头等身体部位浸泡到水里。起初，她以为是对战争的恐惧让他脑子不正常，但现在，自从看到他在梦游时不停拧着某个东西，她开始怀疑不是这样。那东西脏兮兮的，毛茸茸的，像动物的尾巴，反正她是这样猜想的，因为他不允许她看。如果她提到那东西，他就对她咆哮："你也不能看。"他把那东西存放在一个英国巧克力罐里，她把它藏了起来，以为这会对他有好处，但几个月过去了，没有任何变化。她子宫里的孩子长得越大，约瑟夫对她就越陌生，越不会说情话。他表现得如此陌生，敌意如此之强，以至于她现在相信，他的灵魂已经受到蛊惑。最近几天，随着婴儿即将出生，一片红黑相间的扇形云朵笼罩在他们屋顶上空，每小时都在扩散。而周围，甚至隔壁的田地，天气都非常好。她吓坏了，担心某种力量，某个非洲幽灵会在孩子出生的那一刻抢走她的孩子，她现在以上帝的名义求我们去救他们。既然我们已经把信物交给了他们，我们能不能找到一些方法来消除它邪恶的力量呢？

大约一个月前，我和姨妈坐火车去找他们，我们相信人多力量大。但我们发现情况令人心碎：新生婴儿病了，母亲发疯了，而父亲仍然心不在焉。他认为这事与兽皮有关，但对于其确切影响却不肯多说，只是怒吼："这是诅咒，诅咒的结果。"我们相信这可能确实接近事实。

多莉，我们担心，这兽皮向他传达了你的痛苦，并将这痛苦转化成了肉体上的折磨。我以前就一直身体羸弱，从我的经历来看，我知道曾经患病的肉体或受感染的骨头会把折磨或刺激过它的热病积攒多年。在非洲时，我也听到过小道消息说大戟的乳状汁液是致命毒药，如果使用它，会腐蚀箭、石头和皮肤。请原谅我胡思乱想，亲爱的，我相信你会原谅的，这些猜想源自内心深处的不安，一种由于头脑发热或大脑受到折磨而产生的恐惧。它导致病人现在——也就是我写这封信的时候，每晚都去冰冷的大海里洗澡——他说是为了彻底清洗自己，洗去自己的痛苦。听说，每到深夜，他就从海湾的高岩上跳下去，再靠海浪把他托回岸边。显然，很有可能某次跳水就是最后一次，他可能都熬不到新年。

总之，如果这些猜测在某种意义上接近事实，我恳求你，多莉，请你行行好。约瑟夫·麦肯不愿意让我们从他身上拿走信物。他被折磨得死去活来，急需得到解救。因此，我们心想，你的一些话是不是可以引走这股魔力？你能不能写信说过去的事情已经过去了？然后我们私下里给他看这封信。或者，如果这要求太高的话，你能不能寄一张干净的纸作为原谅的标志，你可以在上面做一个识别标记，或者只是按下你柔软的手印？

我可以向你保证，你的爱尔兰士兵现在因你而遭受了巨大的痛苦。我相信你是因为长期的极度痛苦，才采取这种极端措施的。我们知道，不同的信仰不过是透视真理的镜片。然而，亲爱的多莉，你要想一想，这种破坏性极强的魔法不过是一面灰暗的玻璃，使你美丽的脸庞黯然失色。我还想提醒你，约瑟夫以极大的勇气，为他的国家做出了巨大的牺牲。很久以前，他曾发誓要成为一名士兵，永远为爱尔兰的自由而战。在仍活着的士兵当中，他是对爱尔兰这位母亲奉献最多的孩子。当前，暴政的铁蹄不断践踏着自由。我知道，他要参加的战斗会越来越多，甚至越来越重要。如果他就这样没了，那谁来拿起他在非洲英勇作战的武器呢？如果他离我们远去，那谁来传承他的歌声呢？

多莉，在收到你的回信之前，我会留在这里。

真心感谢你的

凯瑟琳·戈特

又及：你有小肖恩的照片吗？可以连同你的回信一起寄过来。他还是我想的那样，留着一头火红的头发吗？——凯瑟琳·戈特

译后记

2010年初冬，博埃默教授把《血脉》这本小说赠送给我，拜读之后，感慨颇多，当下便有翻译的想法。博埃默教授非常大度，当即写了张卡片给我表示愿意授权。但由于工作繁忙，我顾不上翻译。即便如此，十多年来，我一直推荐自己的研究生阅读和研究这本书。有的同学以它为研究对象完成了硕士学位，也有博士生把这本书写入博士论文。这期间先后有杨晨子、徐芳、刘红艳、王晨旭、江鹏、刘思敏、徐金月、黄洪娟、李静芳等同学拜读和研究这部著作，他们中有的还翻译了他们感兴趣的部分。在征得原作者同意后，刘思敏同学还在《译道》杂志上发表了部分译文。

2021年，非洲英语小说家古尔纳获得诺贝尔文学奖，随后，南非的加格特又获得了布克奖。非洲文学惊艳世界文坛。2022年，深圳出版社有意向出版"南非文学译丛"，向国内读者介绍南非文学名家及其作品。经过同胡忠青教授等人协商后，我们一致同意，将博埃默的《血脉》纳入首批出版计划。这些年，博埃默教授的学术研究成果更加突出，勤奋而聪慧的她，笔耕不止，又有更多的小说面世，赢得广泛关注。

博埃默迄今发表了六部小说：《遮天的帷幕》(*Screens*

Against the Sky，1990）、《一个道德清白的人》（*An Immacuzlate Figure*，1993）、《血脉》（*Bloodlines*，2000，获国际 Sanlam 小说奖）、《尼罗河宝贝》（*Nile Baby*，2008）、《黑暗中的呼唤》（*The Shouting in the Dark*，2015，获施赖纳小说奖等）、《奔向火山口及其他故事》（*To the Volcano and Other Story*，2019，入围 2019 年伊丽莎白·乔利短篇小说奖）。

2023 年金砖国家领导人第十五次会晤在南非举行。习近平总书记亲往南非参加一系列活动，将大众的关注点带到了这个"彩虹之国"。2024 年 9 月中国还将举办中非合作论坛峰会，中非之间的经济往来、文化交流在不断扩大，民众也特别希望了解南非文化。

非常感谢深圳出版社胡小跃主任、林凌珠编辑的无私奉献，他们联系版权，字斟句酌地编辑书稿，才使得这套书得以面世。

译者
2023 年 9 月